LA FEMME D'OR

Le destin miraculeux
de la reine-Pharaon Hatchepsout

ISBN : 978-2-37448-346-7

Christian Jacq

LA FEMME D'OR

Le destin miraculeux
de la reine-Pharaon Hatchepsout

roman

XO ÉDITIONS

— 1 —

« Dieux, pensa la jeune femme, que mon pays est beau ! » De la terrasse de la grande villa familiale, elle observa le lever du soleil. Au sortir de la nuit dangereuse, domaine des démons, l'astre de la vie, vainqueur du monstrueux serpent destructeur, renaissait pour répandre sa lumière.

Un instant magique, un miracle que renouvelaient les formules des ritualistes et que le pharaon concrétisait en célébrant le rituel de l'aube.

Hatchepsout ressentait ce moment de grâce au plus profond d'elle-même. Hatchepsout, « la Première des vénérables », le nom secret que lui avait donné un magicien à sa naissance, et que ses parents ne lui avaient révélé que le jour de ses seize ans.

Un nom bien lourd à porter, dont l'ampleur la troublait. Sans doute se référait-il à Hathor, la déesse du ciel et de la joie, à laquelle, il est vrai, elle vouait un culte.

Yeux vert clair en amande, nez fin, joues presque plates, bouche petite, lèvres admirablement dessinées, menton menu, cheveux auburn, Hatchepsout n'était pas seulement jolie, mais belle, très belle. Son corps ressemblait à celui des déesses que des artisans d'élite sculptaient et peignaient sur les murs des temples et les parois des demeures d'éternité.

Quantité de soupirants ne s'estimaient pas à la hauteur. Superbe, riche, cultivée, musicienne, « la Première des vénérables » n'était pas à la portée du premier venu. Même les séducteurs aux nombreux succès n'osaient pas l'aborder.

« Unique, sans pareille, étoile scintillante de l'an nouveau, le regard étincelant, les lèvres douces, les doigts semblables aux calices des lotus, les hanches minces, la démarche noble » : Hatchepsout correspondait point par point au portrait de la femme idéale tracé par les poètes qui avaient rédigé les *Chants d'amour*.

L'amour... Était-il vraiment nécessaire ? Le bonheur, lui, s'était éteint. Trois mois auparavant, la jeune femme avait perdu l'homme qu'elle adorait, son père, le roi Thoutmosis, qui n'avait pas survécu longtemps à son épouse. Sur son lit de mort, Hatchepsout avait recueilli ses dernières paroles : « Ma fille, tu es taillée pour régner. »

Régner... Ce ne serait pas son destin. Le Grand Conseil avait choisi un jeune érudit, résolu à poursuivre la lignée en prenant le nom de Thoutmosis II. Thoutmosis, « Celui qui est né de Thot », le dieu des scribes et des savants. Le père de Hatchepsout avait fondé son pouvoir sur la connaissance. Monarque bienveillant et bienfaisant, aimé de tous, il avait préservé la paix et la prospérité des Deux Terres, la Haute et la Basse-Égypte, si sévèrement ébranlées par l'occupation des Hyksôs, des barbares venus du Nord. Un événement lointain, mais présent dans les mémoires. Au pharaon de protéger son peuple du retour d'un tel malheur.

Le premier des Thoutmosis avait tout appris à sa fille. Une éducation stricte, mais empreinte de tendresse. Il avait guidé sa main pour qu'elle trace ses premiers hiéroglyphes et rectifié ses erreurs avec patience. Ensemble, ils avaient lu les textes des sages, comme les *Maximes* de Ptah-Hotep ou l'*Enseignement à Mérikarê*, qui orientaient la conduite des gouvernants, leur ôtaient toute illusion et leur recommandaient de suivre, en toutes circonstances, la voie de Maât, rectitude et justesse.

Sans s'en rendre compte, la fillette avait été initiée à la tâche presque impossible de manier le gouvernail du navire de l'État, dont elle avait découvert les secrets et le fonctionnement, pendant que les camarades de son âge ne songeaient qu'à se distraire en dehors de l'école. « À quoi reconnaît-on un pharaon digne de ce nom ? » lui avait demandé son père. Hatchepsout avait fourni plusieurs réponses, insistant sur le respect de la Règle, la compétence, la quête incessante du bonheur de son peuple. « Tout cela n'est pas faux, avait indiqué le premier des Thoutmosis, mais ces qualités ne suffisent pas. Un authentique pharaon, c'est celui qui sait transformer l'orge en or. Vis les grands mystères, ma fille, et tu comprendras. »

L'énigme resterait entière, puisque la jeune fille avait été écartée du pouvoir. Ne goûtant pas l'agitation de la cour et ses inévitables mesquineries, elle s'était retirée dans le domaine familial proche de la capitale, Thèbes. Le régir au mieux occuperait ses journées. Un mari, des enfants ? Elle n'en éprouvait pas le désir. Un feu étrange brûlait en son cœur, une ardeur dont la nature demeurait inconnue. Peut-être la volonté de ne pas subir une existence terne et ordinaire. Mais comment l'assouvir ?

— 2 —

— Bon sang de bon sang, c'est toujours le même foutoir ! Mais dans quel monde vivons-nous ?

Régisseur de la princesse Hatchepsout après avoir servi son père, le Vieux était un râleur impénitent, mais aussi un professionnel aguerri, vigneron de formation, à qui on ne la faisait pas.

Livraisons en retard, produits en quantité insuffisante, oublis, erreurs et, par-dessus tout, fausses excuses et maladies imaginaires pour ne pas aller au travail. Dûment réveillé à l'aube grâce à un petit blanc sec qui lui dérouillait les articulations, le Vieux commençait la journée par une tournée d'inspection et, d'un coup de pied dans les côtes, ranimait les feignants.

Le domaine de la princesse employait un personnel abondant : agriculteurs, pêcheurs, boulangers, brasseurs, bouchers, menuisiers, cordonniers, tisserands... Autant de femmes que d'hommes, tous correctement payés, logés et blanchis. De plus, l'école locale était réputée, et l'infirmerie assez efficace.

Le Vieux avait une obsession : la qualité. L'obtenir quotidiennement impliquait ponctualité et continuité dans l'effort. Au moindre relâchement, catastrophes en cascade. Il fallait veiller à tout, depuis la température des fours jusqu'à la conservation des viandes en passant par le bornage des champs.

Par chance, le Vieux disposait d'un allié d'une efficacité redoutable : Vent du Nord, un âne à la stature impressionnante, au museau et au ventre blancs, à l'œil malicieux et à l'énergie inépuisable, à condition qu'il ait une ration convenable de chardons frais, de luzerne, de fruits et de gâteaux. Ayant un don pour repérer les menteurs de tout poil, il signalait au Vieux les anomalies. Et lorsque le fautif voyait arriver le duo, il n'en menait pas large.

Le Vieux était furieux : une miche de pain rassis au milieu de pains frais aux formes variées ! Le boulanger allait passer un mauvais quart d'heure.

— Patron, patron ! cria un jeune livreur. Vous savez ce qui arrive ?

— Apprends-le-moi.

— Le roi... le roi...

— Quoi, le roi ?

— Le roi...

— Exprime-toi, mon garçon !

— Il approche ! Peut-être même qu'il se dirige ici !

— Manquerait plus que ça ! Renseigne-toi et reviens-moi.

Le Vieux s'adressa à Vent du Nord.

— Ton avis ?

L'oreille droite se dressa, ce qui signifiait « oui ».

— On est mal. Préparer un accueil convenable en si peu de temps !

Le Vieux réunit un maximum de responsables et leur dicta la conduite à suivre afin que le souverain découvre un domaine bien géré. En première ligne, les cuisiniers, qui devaient préparer le meilleur des déjeuners.

Puis il pénétra dans le corps central de la villa, où résidait Hatchepsout. Le service de nettoyage était au travail.

— Hâtez-vous, le roi arrive !

La manœuvre s'accéléra.

Vêtue d'une sobre tunique blanche, la fille du souverain défunt apparut sur le seuil de ses appartements.

— Ai-je bien entendu ?

— Sa Majesté vient chez vous, princesse.

La jeune femme n'avait pas de temps à perdre. Coiffeuse, maquilleuse, habilleuse. Elle ne pouvait se permettre de recevoir le pharaon dans une tenue négligée.

Le domaine entier bourdonnait comme une ruche.

« Quelle est la raison de ce déplacement ? » s'interrogea le Vieux en vérifiant qu'il était bien rasé.

— Tu es inquiet, toi ?

L'oreille gauche de Vent du Nord se dressa.

— Non... Ben, tant mieux ! Quand même, ce genre de visite inopinée ne me dit rien qui vaille. Faut qu'on se parfume.

L'âne eut droit à une touche de jasmin sur l'encolure.

— Le voilà ! cria un guetteur.

Partout dans le domaine, l'effervescence. Voir le pharaon, quel privilège ! La réputation de Thoutmosis II restait à construire, et chacun était curieux d'observer le nouveau maître du pays.

— 3 —

Au grand dam de ses servantes, Hatchepsout avait décidé de paraître devant le monarque en toute simplicité : maquillage léger, pas de robe d'apparat.

Que lui voulait le roi ? Elle le connaissait fort peu. Âgé de vingt ans, il vivait avec une certaine Isis, qui lui avait donné un fils, nommé également Thoutmosis. Personnalité effacée et discrète, Isis serait bientôt élevée à la fonction suprême de Grande Épouse royale. Et si l'enfant montrait les dispositions requises, il succéderait sans doute à son père, à condition d'être adoubé par le Grand Conseil.

Hatchepsout, elle, n'avait aucune place dans cet avenir-là. Ne jouant aucun rôle à la cour et n'exerçant aucune influence sur le gouvernement de l'Égypte, elle n'aurait dû apercevoir le pharaon qu'au moment des grandes fêtes que Thèbes savait si bien organiser. C'est pourquoi cette visite privée, inattendue, n'avait aucun sens. À moins que, pour une raison qu'elle ignorait, le souverain, sur la recommandation de l'administration, eût décidé de réquisitionner le domaine de Hatchepsout et de le transformer en fondation, destinée à nourrir des ritualistes ou des vétérans de l'armée. En ce cas, il avait la délicatesse de l'annoncer lui-même à la jeune femme et de lui attribuer une nouvelle propriété, probablement plus éloignée de la capitale.

À la fois intriguée et inquiète, Hatchepsout sortit de sa villa pour accueillir son hôte.

★

Thoutmosis II n'avait pas une allure de conquérant. De petite taille, presque malingre, appréciant davantage la lecture que l'exercice physique, il avait un visage juvénile, caractérisé par un nez court et retroussé. Détestant les grands discours et les apparitions publiques, il préférait analyser les dossiers, souvent complexes, que lui soumettaient ses ministres, dont certains doutaient de sa capacité à gouverner.

Quand il descendit de sa chaise à porteurs, un profond silence s'établit.

Sobre tunique blanche, bracelets d'or aux poignets, coiffe traditionnelle : le roi avait choisi une mise simple.

Il s'immobilisa à deux pas de Hatchepsout, qui s'inclina.

— C'est un grand honneur de vous recevoir, Majesté. Tous, ici, sommes à votre service.

Thoutmosis II contempla longuement « la Première des vénérables » que beaucoup considéraient, à juste titre, comme la plus belle femme du royaume.

Le Vieux se demanda si ce mutisme ne cachait pas une annonce désastreuse pour Hatchepsout. Mais Vent du Nord gardait son calme.

— Désirez-vous vous désaltérer, Majesté, et partager mon repas ? Mes cuisiniers essaieront de vous satisfaire.

— Je dois vous parler loin des yeux et des oreilles, déclara enfin le roi d'une voix sourde et mal assurée. Allons à votre jardin.

Comme partout dans les grands domaines, ce dernier était un enchantement. Palmiers et sycomores encadraient un bassin aux lotus, des kiosques en bois léger permettaient de goûter une ombre bienfaisante tout en savourant une boisson fraîche.

À cette heure, pas de jardinier. D'un regard circulaire, le monarque vérifia que personne ne rôdait dans les parages.

Les deux jeunes gens marchaient lentement le long du bassin.

— Je dois prendre une décision capitale, avoua-t-il, et votre aide m'est indispensable.

Hatchepsout masqua sa surprise.

— Avez-vous confiance en Inéni ?

Inéni, un sage de quatre-vingts ans, l'architecte et le confident de Thoutmosis Ier. S'il y avait un dignitaire auquel Hatchepsout accordait sa confiance, c'était bien celui-là !

— Il a toujours servi mon père de façon remarquable.

— Me méfiant de la cour et de moi-même, je l'ai consulté. Je ne peux régner, vous le savez, sans une Grande Épouse royale.

— Isis…

— Elle ne désire pas remplir cette fonction écrasante. Et je n'ai pas le droit de l'y contraindre. Désemparé, j'ai consulté Inéni. Il n'a pas tergiversé et m'a révélé que mon prédécesseur estimait que vous aviez l'étoffe d'une reine, et pas seulement à cause de votre beauté. Acceptez-vous de donner une ultime satisfaction à votre père ?

Sous un ciel limpide, au cœur de ce jardin luxuriant baigné d'un vent doux, à l'abri de grands arbres, Hatchepsout eut le sentiment d'avoir quitté le monde ordinaire et de voyager dans l'inconnu. Était-ce réellement le roi qui lui parlait ? Son discours avait-il un sens ?

— Nous nous connaissons à peine, déplora-t-il, et le destin que je vous propose n'a pas que des aspects riants. Vous en êtes consciente ; moi aussi. Orienter l'Égypte et la gouverner sont des tâches aussi ardues qu'épuisantes. Sans doute ne m'aimerez-vous jamais en tant qu'homme. Mais vous devrez aimer le roi et le faire bénéficier de votre magie.

La peur envahit la jeune femme. Les dieux l'arrachaient brutalement à une torpeur, qui, certes, la lassait, mais lui garantissait une existence paisible, à l'inverse de la vie harassante d'une Grande Épouse royale.

— Je déteste le mensonge, conclut le monarque, et je n'ai aucun argument convaincant. À vous de trancher. Je ne vous accorde qu'un bref délai, jusqu'à la nouvelle lune. Je vous attendrai au palais. Quelle que soit votre décision, je veux l'entendre de votre bouche. Pardonnez-moi de décliner votre invitation à déjeuner, mais des affaires urgentes requièrent ma présence.

— 4 —

Les joues rouge vif, le chef cuisinier apostropha le Vieux.

— On s'est décarcassé, on a rôti des cuisses de bœuf, grillé des légumes, et le roi ne déjeune pas ! On en fait quoi, de tous nos plats ?

— On les mange, décréta le régisseur.

— Tu veux dire... le personnel ?

— Côté comprenette, tu n'as pas progressé.

— Un festin... On s'offre un festin ?

— Tu vois, les visites royales ont du bon. Et tu pourras même servir les jarres de vin que j'avais choisies.

Le chef cuisinier partit en chantonnant.

Le Vieux, lui, n'avait pas le cœur à se réjouir. Le départ précipité du monarque prouvait que l'entrevue avec Hatchepsout s'était mal passée. La jeune femme avait d'ailleurs disparu, se réfugiant dans ses appartements.

Seul le Vieux était autorisé à y pénétrer en toutes circonstances. Qui d'autre avait réconforté la fillette quand elle souffrait d'un gros chagrin, à la suite de la perte d'une poupée ou d'une remontrance injustifiée ?

Sur la terrasse, à l'abri d'un parasol, la jeune femme semblait au bord des larmes.

— Qu'est-ce qu'il y a, gamine ?

— Tu n'imagines pas !

— Il t'en veut, ce nouveau roi ?

— D'une certaine manière…

— Raconte.

— Il désire faire de moi sa Grande Épouse royale.

— Pas idiot, ça…

— C'est Inéni qui lui en a donné l'idée.

— Ce vieil architecte a toujours démontré son intelligence supérieure. Mais, Isis, qu'en pense-t-elle ?

— Elle refuse d'être reine.

— On la comprend !

— Moi aussi, je refuse.

— Dis donc, gamine, ton père bien-aimé n'avait-il pas tracé ton chemin ? Tu n'es pas du genre commode et soumis, mais à lui, tu obéissais. Ce n'est pas parce qu'il vit aujourd'hui parmi les étoiles que tu es autorisée à te comporter n'importe comment.

— Tu crois que…

— Je ne crois pas, je sais. « La Première des vénérables » n'est pas faite pour se morfondre dans une villa campagnarde. Tu n'oserais quand même pas prétendre le contraire ?

— Je ne sais pas, je…

— Mais si, tu sais. Ton père le savait aussi.

Les yeux embués, elle regarda son régisseur.

— Je dois encore consulter quelqu'un. Auparavant, j'exige une promesse de ta part.

« Là, ça se gâte », pensa le Vieux.

— Laquelle ?

— Si j'accepte, tu viens avec moi à la cour, et tu seras l'intendant de la Maison de la reine.

— À mon âge, ce ne serait pas raisonnable !

— Aucune discussion possible.

— Bon sang de bon sang, tu n'as pas changé !

Hatchepsout embrassa le Vieux sur les deux joues.

— Grâce à toi, je dormirai en paix !

« Et moi, redouta le Vieux, j'aurai encore moins d'heures de sommeil. »

— Il ne manque plus que l'accord de ton ami d'enfance.

— Tu me connais si bien ! Comment me passerais-je de toi ?

Le Vieux grommela.

— C'est quand, le départ ?

— Le roi attend ma réponse à la nouvelle lune.

— Ça ne me laisse pas longtemps pour réorganiser ce domaine !

— Nomme les bonnes personnes.

— Ben voyons ! Comme si ça allait de soi !

— Avec toi, tout s'arrange toujours.

— Qu'est-ce qu'il ne faut pas entendre ! Bon, j'y vais de ce pas.

Hatchepsout tenta de reprendre ses esprits. Non, elle n'avait pas rêvé. La proposition du pharaon commençait à prendre corps, les avis de son père, de l'architecte Inéni et du Vieux ne devaient pas être pris à la légère. Une telle convergence de points de vue, émanant d'hommes si expérimentés, aurait dû dissiper toute hésitation.

Pourtant, l'opinion de son meilleur ami serait décisive. Leur complicité d'esprit datait de leur petite enfance. Comptant absolument l'un sur l'autre, même en cas de bêtise avérée et condamnable, ils ne s'étaient jamais dissociés.

Étourdie par la précipitation des événements, Hatchepsout alla nager avec vigueur. Cette dépense physique éclaircirait ses réflexions.

Mais tout au long de ses mouvements, les dernières paroles de son père la hantèrent.

— 5 —

Âgé de dix-sept ans, comme Hatchepsout, Sénenmout[1] était un beau garçon, parfaitement proportionné, au visage grave et au regard profond. Bien qu'issu d'une famille modeste, mais qui travaillait pour la cour, Sénenmout avait eu la chance d'être remarqué très tôt par la petite Hatchepsout, et leur amitié précoce s'était renforcée au fil des années.

L'adolescent avait vite trouvé son chemin. Doué en géométrie et en mathématiques, il s'adonnait à sa passion : observer les astres, comprendre leurs déplacements, prévoir leur route, interpréter leur action sur la condition humaine. À quinze ans, il avait été pris en main par un spécialiste, astronome et astrologue. Depuis, il passait la plupart de ses nuits sur le toit du temple d'Ermant, à dix-huit kilomètres au sud-ouest de la capitale, Thèbes. Originaire de la région, son professeur le guidait dans ses recherches et rectifiait ses

1. « Le frère de la Mère ». Mout, Mère divine et Épouse d'Amon, est aussi la Mort, qui donne accès, pour les « justes de voix », à Nout, la mère céleste.

erreurs. Les travaux du jeune savant contribuaient à l'élaboration d'éphémérides utilisées par l'État pour la gestion des Deux Terres. Déceler à l'avance bonnes et mauvaises périodes permettait d'adapter la gestion.

Dès l'époque des grandes pyramides avaient été accumulées quantité d'informations concernant les constellations, les étoiles fixes, la précession des équinoxes[1], les décans, le zodiaque, les planètes, et les phases de la Lune, dont les mutations incessantes évoquaient la mort et la renaissance d'Osiris.

L'aube n'allait pas tarder. Fatigué, Sénenmout s'étira et rangea les tablettes consacrées à Saturne, l'une des « Infatigables » qui ne cessaient de sillonner le cosmos. En compagnie de ses collègues, il dégusta des galettes chaudes et but du lait tiède, avant de regagner sa maison, nichée dans une palmeraie et entourée de fermes. Trois ou quatre heures de sommeil, puis il trierait ses observations et les remettrait à son supérieur.

Mais ce matin-là, il fut réveillé par sa femme de ménage.

— Levez-vous, elle est ici !

— Qui, elle ?

— La princesse Hatchepsout. Elle veut vous voir, tout de suite !

— Je dois me doucher, me raser...

— Ça attendra. Dépêchez-vous.

Médiocrement présentable, Sénenmout se rendit dans la pièce d'accueil où, comme dans toute maison égyptienne, trônaient les bustes des ancêtres.

Plus belle que jamais, Hatchepsout leur adressait une prière muette.

1. On constate, notamment, que les Égyptiens connaissaient la précession des équinoxes.

Les deux jeunes gens s'embrassèrent, puis s'assirent côte à côte sur une banquette de pierre.

— Qu'y a-t-il de si urgent ? demanda Sénenmout.

— Thoutmosis souhaite m'élever au rang de Grande Épouse royale.

— Mais Isis, la mère de son fils…

— Elle a refusé. Et l'architecte Inéni m'a recommandée auprès du roi.

— D'après tes confidences, il n'a fait que confirmer les dernières volontés de ton père.

La princesse baissa la tête.

— C'est vrai, mais…

— Tel est ton destin. Ne le refuse pas. Tu es née pour régner. Ton père t'a bien formée, le fonctionnement de l'État ne t'est pas étranger.

— Je ne le nie pas, mais…

— Mais tu n'es pas amoureuse du roi, et tu devras pourtant vivre avec lui et lui donner des enfants.

Hatchepsout demeura silencieuse.

— Toute existence comporte des épreuves que les astres nous infligent, déclara Sénenmout. Tu seras assez forte pour affronter les tiennes. Et tu sauras servir l'Égypte.

— Peut-être, mais pas sans toi.

— Que veux-tu dire ?

— Soit tu m'accompagnes à Thèbes, soit je refuse la proposition du roi.

— T'accompagner ?

— Ma venue dérangera nombre de courtisans. C'est pourquoi je nommerai le Vieux intendant de la Maison de la reine, afin qu'elle fonctionne correctement. Toi, tu seras mes yeux et mes oreilles. Aveugle et sourde, je suis condamnée à l'échec. Sans un homme de confiance tel que toi, je n'ai aucune chance de succès.

— Tu exiges trop ! Mon domaine, c'est le ciel, et...

— Le grand temple d'Amon, à Karnak, abrite les meilleurs astronomes du pays. Rien ne t'empêchera de profiter de leurs connaissances.

— Être mêlé aux mondanités de la cour...

— Ta principale mission consistera, autant que possible, à déceler trahisons et complots, qui ne manqueront pas de s'ourdir. Même mon père n'a pas évité ces calamités. Grâce au dévouement de l'architecte Inéni, il leur a échappé. Acceptes-tu de l'imiter ?

Sénenmout avait son orgueil. Il ne pouvait avouer à Hatchepsout qu'il l'aurait suivie jusqu'à l'extrémité de la terre et qu'il aurait fait n'importe quoi pour elle.

— M'accordes-tu un délai de réflexion ?

— À dire vrai, je comptais partir d'ici avec toi et prendre la direction de Thèbes. Le Vieux nous attend.

Il lui saisit tendrement la main.

— Bon, je réfléchirai en chemin.

— 6 —

La veille de la nouvelle lune, le cortège assez discret de Hatchepsout ne se rendit pas directement au palais, mais s'arrêta dans un quartier proche du grand temple de Ptah, le dieu des artisans. De petites maisons blanches à un étage entouraient une vaste demeure précédée d'un jardin.

Le gardien reconnut la visiteuse.

— Vous, princesse ! Quel bonheur de vous revoir !

— Ton maître est-il chez lui ?

— Il travaille dans son atelier.

Bâtisseur d'une chapelle et superviseur de la fabrication des bijoux rituels sous le règne d'Amenhotep Ier, Inéni, nommé surveillant principal des greniers par son successeur, le premier des Thoutmosis, était devenu l'architecte en chef de Karnak, chargé des grands travaux visant à développer le temple. Salles à colonnes, pylônes, obélisques, mâts à oriflamme, portes recouvertes d'or : une œuvre d'une rare ampleur. Et c'était à Inéni que le pharaon avait confié le soin de creuser et de décorer sa demeure d'éternité, dans le plus grand secret.

En accédant au pouvoir, le jeune Thoutmosis II avait maintenu le vieil architecte dans ses fonctions, et ce dernier n'avait pas relâché ses efforts. Élevé au rang d'*imakh*, « Celui qui est dans la lumière », Inéni mangeait à la table du pharaon et lui servait de conseiller privilégié.

— Toi, mon enfant !

À la vue de Hatchepsout, le visage du vieillard s'illumina. Il la serra dans ses bras.

— Ainsi, tu acceptes !

— Pas encore.

— Assieds-toi et ouvre-moi ton cœur.

Un serviteur s'empressa d'apporter de la bière fraîche et légère.

— D'abord, je voulais savoir si le roi avait dit la vérité. Est-ce bien vous qui lui avez recommandé de me choisir comme Grande Épouse royale ?

— Pour deux raisons. La première, c'est le désir de ton père ; la seconde, mon opinion personnelle. Isis a eu raison de refuser. Elle n'a pas les épaules assez solides. Toi, si.

— Ensuite, poursuivrez-vous votre œuvre sous notre règne ?

— Avec joie, et tant que mes forces me le permettront !

Hatchepsout avait eu les réponses à toutes ses questions. Il ne restait plus aucun obstacle sur le chemin du palais.

*

La cour bruissait de mille rumeurs. Isis était revenue sur sa décision, le roi hésitait entre plusieurs princesses, aucune date n'était fixée pour le couronnement d'une Grande Épouse royale, le trône vacillait. Avec la nouvelle lune, Osiris renaissait et offrait au peuple d'Égypte la certitude de la résurrection. Dans tous les temples, un rituel était célébré.

Thoutmosis II avait passé une nuit blanche. Sa brève rencontre avec Hatchepsout l'avait profondément marqué. Cette jeune femme ne ressemblait à aucune autre. Sa beauté voilait un caractère impérieux et une volonté inaltérable. Une reine ? Sans nul doute. Inéni ne se trompait pas. Mais lui, le roi, serait-il à la hauteur d'une telle personnalité ?

L'ombre du premier des Thoutmosis planait encore sur le royaume. À côté de lui, le deuxième du nom n'était qu'un nain. En épousant sa fille et en l'associant au pouvoir, ne se fourvoyait-il pas ?

Pourtant, elle le fascinait. Mais qui Hatchepsout n'aurait-elle pas séduit ? Derrière son charme se cachait une ambition nourrie par la grandeur de son père, qu'elle jugeait inégalable.

Le secrétaire particulier du monarque troubla sa méditation.

— Un ennui, Majesté.

— De quel ordre ?

— Une obstruction gênante.

Le secrétaire s'expliqua. Le souverain aurait dû être irrité et réagir de façon cassante. Mais cet obstacle imprévu n'était-il pas un signe du destin ?

Au tour du chambellan d'intervenir.

— Majesté, la princesse Hatchepsout se présente à la porte du palais. Où dois-je la conduire ?

— À la petite salle d'audience.

— 7 —

Grâce à Inéni, le palais de Thèbes était devenu un édifice somptueux : chapelle privée du pharaon, vastes appartements avec salle d'eau, grande salle d'audience à colonnes, une seconde plus petite pour des entretiens en comité restreint, des bureaux, et une immense salle de banquet. Les murs étaient décorés de peintures chatoyantes figurant des oiseaux et des plantes.

Le chambellan guida Hatchepsout, qui apprécia les améliorations apportées depuis la mort de son père. De délicieux parfums flottaient dans l'air. La jeune femme eut le sentiment de revenir chez elle après un long voyage.

Combien de décisions capitales avaient-elles été prises dans la petite salle d'audience, loin des yeux et des oreilles ? C'était ici que le maître des Deux Terres écoutait le rapport de son Premier ministre, « celui du rideau », qui connaissait tous les secrets d'État et devait mettre en application les décrets royaux.

Thoutmosis II ne s'était pas assis sur son trône. Debout, mains croisées derrière le dos, il observa quelques instants sa visiteuse.

— Ainsi, vous êtes venue !

— Ne pas répondre à votre invitation eût été une offense !

— Avez-vous pris votre décision ?

— Puisque je suis devant vous, c'est afin de vous donner satisfaction.

— Navré, vous vous êtes dérangée pour rien.

Hatchepsout peina à garder son calme. Le monarque n'avait donc cherché qu'à l'humilier !

— Je suppose que la dame Isis est revenue sur sa...

— Pas du tout ! Mais un obstacle infranchissable s'oppose à notre union.

— Sa Majesté m'accordera-t-elle la faveur de me le révéler ?

Thoutmosis regarda au loin.

— Membre du Grand Conseil, le doyen des scribes refuse de signer le décret vous nommant Grande Épouse royale. C'est un vieux dignitaire revêche et têtu. Il ne vous estime pas apte à cette fonction suprême.

— Est-ce vous qui régnez, ou lui ?

— Ne soyez pas insolente ! Le patron des scribes occupe un poste clé. Si je piétine son avis, il se vengera en grippant toute l'administration. Et la principale victime sera notre pays.

— Sage réflexion, Majesté. Il ne vous reste plus qu'à choisir une femme plus consensuelle que je ne le suis.

— Croyez bien que...

— Avant de quitter la capitale, je souhaite rencontrer l'homme qui empêche notre mariage.

— Évitons cette confrontation. Vous souffririez inutilement.

— Permettez-moi d'insister.

— À votre guise.

★

Dans le bureau du doyen des scribes de la haute administration, encombré d'étagères ployant sous le poids de papyrus roulés et scellés, trônait une admirable statue du dieu Thot, sous la forme d'un babouin qui dictait les justes paroles à un disciple recueilli.

Alors que l'érudit consultait un dossier relatif à l'aménagement des canaux, une étrange apparition.

Une jeune femme.

Ni bijoux, ni robe sophistiquée, pieds nus. Et d'une beauté qui méritait d'être sculptée.

— Je suis Hatchepsout et j'apporte une palette de scribe.

Le hargneux reconnut la fille du premier des Thoutmosis. Elle avait bien grandi et s'était épanouie de manière incroyable. Il condamnait les libertés prises par l'adolescente et son tempérament trop affirmé. Hors de question d'en faire une reine. Et si Thoutmosis, comme il en avait la possibilité, passait outre, le doyen saurait dérégler une administration dont il connaissait les moindres rouages.

Hatchepsout s'avança à pas lents, contourna son ennemi, s'agenouilla devant le dieu Thot, et lui présenta la palette.

— Maître des scribes, je t'offre cette palette que mon père m'avait donnée. Elle se nomme « Entendre et voir ». Grâce à elle, j'ai entendu tes préceptes et j'ai vu tes signes, les hiéroglyphes, paroles de Dieu. Tu es le régent des livres qui contiennent la lumière divine. Oriente-moi sur le chemin de la Connaissance, elle qui crée les temples et anime la pensée de Pharaon. Reçois cet hommage de ta servante, rends son cœur vigilant.

Hatchepsout déposa un objet au pied de la statue, se releva et commença à s'éloigner.

Sidéré, le patron des scribes l'interpella.

— Un instant ! Qu'est-ce que ça signifie ?

La jeune femme se retourna.

— Mon père s'appelait Thoutmosis, « Celui qui est né de Thot ». Par bonheur, notre nouveau roi affermit sa lignée. Que la Connaissance le guide. Quant à moi, je devais rendre hommage au dieu qui, aujourd'hui, nous inspire et nous protège. Puisse-t-il dicter votre conduite.

Hatchepsout abordait le seuil du bureau.

— Attendez ! s'exclama le doyen. Je... je me trompais. Devenez notre reine.

— 8 —

La date du couronnement de la Grande Épouse royale fixée, les rumeurs s'éteignirent et la cour respira. Thoutmosis II pouvait régner et, vu la réputation de Hatchepsout, le couple royal ne manquerait pas d'autorité.

Le peuple se réjouissait. Le souvenir d'un bon roi, le premier des Thoutmosis, demeurait vivace, et chacun espérait que sa fille, « grande magicienne » officielle, saurait donner la force nécessaire au nouveau monarque.

En attendant la cérémonie, le Vieux ne se tournait pas les pouces. Il visitait la Maison de la reine, une institution comprenant des champs, des troupeaux, des bassins de pisciculture, des ateliers, des brasseries, des boulangeries, des boucheries, des écoles. Ici, les jeunes filles apprenaient à lire, à écrire, à compter, à jouer de la musique, à danser et à tisser, réitérant l'œuvre créatrice de la déesse Neit.

Premier poste pour Sénenmout : professeur de géométrie et de mathématiques. Entre lui et le Vieux, un bon fluide. Ce dernier lui conseillait cependant de garder ses distances avec les élèves, dont certaines, délurées, ne manqueraient pas d'être attirées par son physique.

Dès son arrivée, Vent du Nord avait mis au pas les ânes préposés au transport. Face à sa stature impressionnante, ses congénères l'avaient rapidement adopté comme chef de clan.

Le Vieux inspectait les cuisines en plein air. Un pas lourd l'alerta. Dépassant les cent vingt kilos, le bonhomme avait une tête ronde et de petits yeux méchants.

— C'est toi qu'on appelle le Vieux ?

— Il paraît.

— Tu sais qui je suis ?

— Non, mais je ne demande qu'à l'apprendre.

— Hier encore, je dirigeais la Maison de la reine. Hatchepsout m'a évincé.

Le Vieux l'observa longuement.

— Quand on dirige, il faut se méfier des incompétents, des truqueurs et des feignants. D'instinct, j'ai l'impression que tu réussis l'exploit d'appartenir aux trois catégories.

— T'es un plaisantin, toi !

— Ça dépend des moments.

— Écoute-moi bien, le Vieux : ta nomination, c'est une blague. Je reste à mon poste et toi, tu dégages.

— Tu es du genre brutal.

— Tu as tout compris.

— Pas de duel à la loyale ?

L'obèse rigola.

— Tu t'es vu, avorton ? D'une seule main, je te tords le cou ! Retourne dans ta campagne et oublie la cour des grands.

— Ce n'est pas un mauvais conseil, mais il y a un problème.

— Lequel ?

— Hatchepsout, tu sais, la future reine, m'a confié une mission. Étant d'un naturel loyal, je suis contraint de la remplir.

— Alors, t'as rien compris ! Quand tu seras écrabouillé, plus de mission. Je suis l'intendant et je le resterai.

— À ta place, je renoncerais. Sinon, tu passeras le reste de ton existence allongé sur une natte.

La montagne de chair s'esclaffa.

— Tu crois pouvoir me terrasser ?

— J'en suis certain.

— Avance.

— Décampe et ne reviens plus. Tu dénicheras un autre employeur.

— Je t'assomme, je t'étrangle et je te piétine. Ta carcasse sera tellement défoncée qu'on ne te reconnaîtra pas.

— Un crime ?

— Écraser un cafard, ce n'est pas un crime.

— Sois raisonnable, mon gros, et cherche fortune ailleurs. Sinon, tu finiras à quatre pattes.

— T'es vraiment un plaisantin, le Vieux ! Toi, faire le poids face à moi ?

— Les sages recommandent de ne pas se fier à l'apparence.

— Tu n'as même pas d'arme !

— Une dernière fois, dehors !

— Je vais te broyer !

Le grassouillet n'eut pas le temps de mettre sa menace à exécution. La ruade arrière de Vent du Nord lui brisa les reins. Ivre de douleur, il s'effondra en gémissant.

— Tu es encore moins solide que je ne le pensais, constata le Vieux. Dernier problème : tu encombres les lieux.

Il appela des aides-cuisiniers.

— Je suis un maniaque de la propreté, indiqua-t-il. Ôtez-moi cette ordure.

Le Vieux caressa Vent du Nord.

— Après cette petite distraction, allons déjeuner.

— 9 —

Le couronnement de la reine se déroulerait en deux phases distinctes : la première, dans le temple couvert de Karnak, en présence du pharaon et de quelques ritualistes ; la seconde, publique, qui serait l'occasion d'une fête populaire.

Prise dans un tourbillon, Hatchepsout tentait de garder un semblant de lucidité. Dûment purifiée, elle était conduite par deux ritualistes vers le sanctuaire d'Amon, « le Caché », l'unique aux multiples facettes, le secret de la vie en esprit.

Et c'était de cette vie-là, invisible et pourtant essentielle, que la reine, en tant qu'« Épouse du dieu », devenait dépositaire. Elle incarnait Mout, à la fois Mère et Mort. Mère animée du feu créateur qu'elle répandait sur la terre, Mort qui distinguait l'essentiel du secondaire. Ensuite, et seulement ensuite, la compagne d'Amon accédait au rang de Grande Épouse royale, élément indispensable de « Pharaon », formé du couple régnant.

Laissée seule face à Amon, Hatchepsout sentit son destin basculer. En étant initiée à la sphère divine, elle ne s'appartenait plus.

★

Trois jours de congé, boissons et nourritures gratuites, de la musique un peu partout, des chansons à la gloire du couple royal : la fête battait son plein dans l'Égypte entière, avec une intensité particulière à Thèbes.

Même s'il simulait une joie communicative, Pousil, briquetier de son état, pestait intérieurement. La mort de Thoutmosis Ier l'avait réjoui et, se fiant à une rumeur persistante, il se félicitait du manque de charisme de son successeur. Malheureusement, le couronnement de Hatchepsout semblait être une sombre nouvelle. En dépit de son jeune âge, elle n'était ni une écervelée ni une femme timide soumise aux aléas de la cour. À moins qu'elle s'étourdisse dans une existence mondaine. Mais Pousil était sceptique.

Il haïssait les femmes en général et les femmes d'Égypte en particulier, car c'était une souveraine de Thèbes[1] qui avait libéré l'Égypte de ce que celle-ci appelait l'« occupation hyksôs ». Or, les Hyksôs étaient ses ancêtres. Des Phéniciens, des Grecs, des Chypriotes et d'autres encore qui avaient réussi à conquérir le Delta et à fonder une dynastie. Si une maudite reine ne s'était pas levée contre eux, ils auraient fini, avec l'aide des Nubiens, par régner sur l'Égypte entière.

D'origine libanaise, Pousil était persuadé que ce rêve-là se concrétiserait un jour. La quarantaine vigoureuse, le front bas, les sourcils broussailleux, trapu, les mains épaisses et les pouces carrés, il sentait couler en lui le sang des conquérants. À la tête d'une des corporations de briquetiers, qui bâtissaient maisons et villas, il

1. Lire *La Reine Liberté*, XO Éditions.

avait rallié à sa cause des immigrés, décidés à s'emparer d'une Égypte plus fragile qu'elle ne l'imaginait.

Mais il y avait loin de la coupe aux lèvres. Pousil était un homme froid, patient et manipulateur, conscient de jouer un rôle décisif dans le combat de l'ombre visant à détruire l'institution pharaonique. Lorsque lui et les descendants des Hyksôs prendraient le pouvoir, ils commenceraient, comme leurs aïeux, par réduire les femmes en esclavage. Ces créatures étaient faites pour assouvir les pulsions des mâles et leur donner des fils, non pour gouverner.

Former une milice exigeait du temps, des moyens matériels et des complicités dans l'administration. Pousil comptait aussi sur une relative inertie du pouvoir et, par chance, le nouveau Thoutmosis ne semblait pas être un foudre de guerre. De plus, malgré de profondes cicatrices, les dirigeants égyptiens pensaient que le péril hyksôs avait été définitivement éradiqué et qu'il suffisait de surveiller les frontières, sans supposer que le danger pouvait surgir de l'intérieur.

En cette journée de fête où l'on célébrait l'avènement de ce couple royal qu'il désirait anéantir, Pousil avait rendez-vous avec un allié de poids : un chef de tribu nubien qui détestait les Égyptiens et envisageait un raid. Jadis, remâchait le briquetier, l'alliance entre Hyksôs et Nubiens n'avait échoué qu'à cause d'une femme, une reine guerrière !

Cuite et recuite, la haine donnait au briquetier la force d'avancer. Il imaginait les cadavres de ses adversaires, les temples ravagés, les statues des divinités brisées, les villas des nobles pillées et incendiées.

Le Nubien buvait de la bière en compagnie d'autres fêtards, sur une placette ombragée, à proximité des bâtiments ministériels.

Pousil lui tapa sur l'épaule.

— Quelle belle journée, ami ! Longue vie au couple royal !

— Longue vie ! répétèrent en chœur les assoiffés.

— Si on écoutait un petit orchestre, non loin d'ici ?

— Volontiers, répondit le Nubien.

Les deux hommes s'éloignèrent et trouvèrent une ruelle déserte. Ils s'assirent sur le seuil d'un atelier de poterie, fermé pour cause de réjouissances, et s'exprimèrent à voix basse.

— Où en es-tu ?

— J'ai réussi à fédérer trois tribus, qui comptent d'excellents archers. On murmure que le nouveau roi est un faible, peu soucieux d'exploits militaires.

— Un disciple de Thot préfère les livres et la sagesse.

— Tant mieux pour nous. Ce couple royal ressemble à un enfant qui vient de naître. C'est le moment d'agir.

Pousil en saliva.

— Nous passerons par le désert, révéla le Nubien, et nous attaquerons par surprise la garnison d'Éléphantine. Pas de prisonniers. Il faut semer l'effroi. Ensuite, nous nous emparerons des stocks d'armes et des bateaux qui nous emmèneront à Thèbes. Un messager te préviendra de notre arrivée. À toi de semer le désordre dans la capitale, en commençant par éliminer soldats et policiers. Tâche d'enfermer le pharaon et son épouse dans leur palais, mais attends-moi pour l'exécution.

L'héritier des Hyksôs en tremblait de joie. Un plan simple, mais réaliste. Les Égyptiens étaient trop confiants en leur supériorité pour prévoir un tel désastre.

La victoire acquise, resterait une difficulté à surmonter : l'élimination de ce chef de tribu encombrant.

— 10 —

L'encolure ornée d'un collier de fleurs, peigné et brossé, Vent du Nord marchait fièrement à la tête d'un cortège d'ânes, qui transportaient des jarres de bière à distribuer aux fêtards, lesquels acclamaient leur reine alors qu'elle parcourait une des allées de la capitale. Du haut de sa chaise à porteurs, elle souriait, tout en demeurant d'une dignité seyant à sa fonction.

— N'en fais pas trop et n'oublie pas que tu n'es qu'une bête, recommanda le Vieux à Vent du Nord.

Indifférent à cette remarque inappropriée, l'âne continua à dicter le rythme de la procession qui traversa la cité pour revenir au palais royal.

« Pour être populaire, constata le Vieux, Hatchepsout l'est ! Faut dire qu'elle séduirait le plus austère des ritualistes. »

La cérémonie publique s'achevait. Alors que la reine s'apprêtait à franchir le seuil de son nouveau domaine, Sénenmout s'inclina.

— Mon ami... Ton poste de professeur te satisfait-il ?

— Ô combien, Majesté ! Mais je n'ai pas le droit de me taire.

— À quel propos ?

— Les astres sont formels : un grave danger menace notre pays.

— De quelle nature ?

— Je ne saurais le préciser. Humblement, je requiers votre vigilance.

*

Le roi contemplait son épouse. Lui, si fade. Elle, si rayonnante.

— Dormirons-nous ensemble ce soir ?

— Puisque nous vivons sous le même toit, nous sommes mariés, répondit-elle.

— En ce cas, vous...

— Nous ferons l'amour, mais il y a plus urgent. Beaucoup plus urgent.

— Expliquez-vous !

— Une menace pèse sur nous. Sénenmout, un brillant astrologue, m'a mise en garde.

— Des précisions ?

— Non, mais j'ai aussitôt songé à ce qui s'est souvent produit lors des changements de règne : une révolte de tribus nubiennes.

— Voilà de longues années que la Nubie est calme !

— Cette apathie momentanée n'engage pas l'avenir.

— Que suggérez-vous ?

— Renforcer immédiatement la frontière du Sud et la garnison d'Éléphantine. C'est là que les révoltés nubiens attaqueront. Briser une éventuelle offensive est impératif. Il faut également doubler les effectifs des Murs du roi, au nord-est du Delta. Un pays ne survit que grâce à des frontières robustes. Et le nôtre est l'objet de toutes les convoitises. Souvenez-vous de l'occupation hyksôs.

— Déployer des troupes n'est pas si simple !

— Tel est votre devoir, mon roi. C'est le seul moyen d'éviter le pire.

Thoutmosis s'approcha de son épouse.

— Dès demain, je donnerai des ordres en ce sens. Mais ce soir, je ne veux penser qu'à vous.

Lentement, il fit glisser la robe de Hatchepsout sur un corps de déesse.

*

La fête terminée, le Vieux s'était accordé une longue nuit de sommeil, après avoir un peu trop bu. Comme les autres institutions, la Maison de la reine sommeillait et ne reprendrait ses activités habituelles que progressivement. On ne célébrait pas tous les jours l'avènement d'un couple royal. Une fête réussie comme celle-là unissait les cœurs.

Le museau de Vent du Nord le réveilla.

— Qu'est-ce qu'il y a... Ah, c'est toi ! Tu aurais pu roupiller encore un peu !

L'âne fit quelques pas.

— Nous promener, déjà ?

Le quadrupède avança.

— C'est sérieux ?

L'oreille droite se dressa.

— Ce que tu peux être obstiné ! Bon, j'arrive.

Une petite rasade de blanc sec, et le Vieux se mit debout.

L'âne prit soin de ne pas le distancer. Belle matinée, chaleur supportable. À l'issue de cette période festive, on se remettait au travail.

Vent du Nord se dirigea vers les quais de Thèbes. Il évita celui où l'on déchargeait des marchandises pour alimenter le marché principal de la ville et s'immobilisa au-dessus des emplacements réservés aux navires de la marine militaire.

Le Vieux en resta bouche bée.

Des centaines de soldats embarquaient en bon ordre et à un rythme accéléré.

Le bâtiment de tête faisait déjà route vers le sud.

— 11 —

Le commandant Néhésy était un dur. Un vrai. Nubien par sa mère, Égyptien par son père, il mesurait près de deux mètres et sa musculature n'était pas de la gélatine. Il ne se contentait pas d'observer ses hommes à l'entraînement, mais y participait. Et lors des combats singuliers à mains nues, il ne retenait pas toujours ses coups. Militaire de carrière, apprécié de ses supérieurs, il venait d'accéder à un poste délicat : surveiller la frontière entre l'Égypte et la Nubie, marquée par les méandres rocheux de la première cataracte du Nil, et réorganiser la garnison de la forteresse, qui avait tendance à somnoler.

Avec Néhésy, le réveil fut brutal. Discipline rigoureuse, exercices quotidiens, strict respect des consignes. Quelques fortes têtes avaient goûté du gourdin du géant et, quelques semaines après sa nomination, la garnison était de nouveau composée de soldats aptes au combat.

Le commandant veillait à la qualité et à la quantité des nourritures, et lâchait la bride tous les dix jours en organisant une petite fête où la bière coulait à flots. Au milieu de son régiment, il laissait les langues se délier et tenait compte des récriminations.

Néhésy avait pleinement conscience de l'importance d'Éléphantine, capitale de la première province de Haute-Égypte. Grâce à la politique de fermeté de pharaons comme Sésostris III, la Nubie paraissait soumise, mais le commandant, qui l'avait parcourue en tous sens, se méfiait des poussées de fièvre de certaines tribus. Il comptait d'ailleurs proposer au deuxième des Thoutmosis une expédition de contrôle, qui dissiperait les velléités de révolte.

— Message du roi, annonça le facteur.

Néhésy brisa le sceau.

Ce qu'il lut le mit en rogne. Ainsi, le pire se produisait ! Il réunit aussitôt ses officiers.

— Alerte générale. Que la population se terre chez elle. Tous les soldats aux postes de combat. Attaque imminente des Nubiens.

— Nombreux ? s'angoissa son aide de camp.

— On verra bien.

— Et si on ne tient pas ?

— D'abord, on tiendra. Ensuite, des renforts arrivent.

Soudain, une idée traversa l'esprit du commandant.

— Ce n'est pas la forteresse qui intéresse les Nubiens, mais Thèbes. Ils vont nous encercler et se précipiter vers le port afin de s'emparer des bateaux et de s'embarquer en direction de la capitale. Là-bas, ils bénéficient forcément de complicités.

— Un coup d'État...

— Ça y ressemble ! Mais on ne va pas se laisser plumer. Que la moitié de la garnison se dissimule sur les navires. Quand l'ennemi attaquera, il aura une jolie surprise. Moi, je reste ici pour ouvrir la porte à nos hôtes.

— Vous... voulez vous rendre ?

Néhésy eut un drôle de sourire.

— Pas tout à fait. Qu'on donne l'ordre aux soldats du poste de garde de la cataracte de prendre la fuite dès qu'ils apercevront l'ennemi, et de se réfugier ici. Et je ne veux personne sur le chemin de ronde et aux créneaux.

Les officiers se demandèrent si Néhésy n'était pas devenu fou. Mais c'était leur chef, et ils s'empressèrent d'appliquer ses directives.

★

Quand les soldats du poste de garde accoururent, le commandant regarda au loin. Il n'y avait pas qu'une tribu, mais au moins cinq. De solides gaillards équipés d'arcs, de flèches et de couteaux. De rudes et dangereux combattants.

— Dispositif en place sur les bateaux, annonça l'aide de camp.

Les Nubiens s'immobilisèrent à bonne distance de la forteresse. Néhésy lisait dans leurs pensées. La désertion du poste avancé prouvait la panique des Égyptiens. Ces derniers, sans doute en trop petit nombre, n'osaient même pas se montrer aux créneaux, de peur d'être touchés par les excellents archers du Grand Sud.

Au terme de longs palabres, un Noir presque aussi costaud que Néhésy s'avança, seul et sans arme. Il s'exprima d'une voix puissante.

— Je veux parler au commandant.

Également désarmé, ce dernier se montra.

— Me voici. Que désires-tu ?

— Vous ne nous résisterez pas longtemps. Si vous vous rendez, vous aurez la vie sauve.

— Vous feriez mieux de rentrer chez vous.

— Tu acceptes d'ouvrir la porte de la forteresse, oui ou non ?

— Je dois consulter mes officiers.

— Dépêche-toi.

Une grande partie des Nubiens se dirigea vers le port, l'autre se massa derrière son porte-parole.

Lentement, la porte s'ouvrit.

Dans la grande cour, le commandant et plusieurs soldats, les bras ballants, leurs armes sur le sol.

Les Nubiens hurlèrent de joie et, dans un grand élan, coururent massacrer les lâches.

— Maintenant ! hurla Néhésy en ramassant promptement son épée courte qu'il planta dans le ventre du premier assaillant.

Disposés à l'intérieur de la citadelle, les archers égyptiens n'avaient jamais eu de cibles si attrayantes. Leur porte-parole tué, les révoltés, désorganisés, ne savaient comment parer les traits meurtriers qui venaient de partout. Au fur et à mesure qu'ils franchissaient le seuil, ils étaient abattus. Il fallut un monceau de cadavres pour que les survivants songent enfin à ne plus entrer dans cette nasse mortelle et à se replier.

— En avant ! ordonna Néhésy.

Encouragés par leur succès et en supériorité numérique, les Égyptiens se plièrent à des manœuvres cent fois répétées et remercièrent leur commandant de leur avoir mené la vie dure. En bon ordre, disciplinés et méthodiques, ils exterminèrent leurs adversaires.

— Au port ! exigea Néhésy.

Sur ce deuxième front, la situation était moins brillante. Certes, les archers égyptiens avaient bénéficié d'un bref effet de surprise, mais le coordinateur des tribus, l'ami de Pousil, avait vite compris qu'il se heurtait à une forte résistance et, sous la couverture de ses propres archers, avait lancé un maximum de guerriers à l'assaut. Bientôt, ils s'empareraient d'un premier bateau.

Soudain, à sa gauche et à sa droite, deux tireurs d'élite s'effondrèrent, face en avant, une flèche dans le dos.

Le coordinateur se retourna et vit fondre sur lui un géant qui brandissait une hache. Tétanisé, il n'esquissa pas le moindre geste de défense et fut presque coupé en deux.

Prenant les Nubiens à revers, la contre-attaque de Néhésy marquait son triomphe.

La troupe ennemie quasiment anéantie, peu de pertes chez les Égyptiens, la forteresse et les bateaux intacts. Et tous les civils épargnés.

— Regardez, là-bas ! lui recommanda son aide de camp.

Des navires de guerre, toutes voiles dehors.

— Les renforts, ce sont les renforts !

— Mes gars n'en ont pas eu besoin, constata Néhésy.

— 12 —

Matinal, Pousil comptabilisait les briques qui seraient utilisées dans la journée sur les chantiers. Villas, maisons et immeubles à deux étages étaient en construction. Thèbes, la cité d'Amon, le dieu des victoires, connaissait une remarquable extension. Le village d'hier se transformait en cité à l'égyptienne, avec des quartiers où se juxtaposaient luxueuses résidences et demeures modestes.

Son agent de liaison, Furet, déboula dans la réserve. Petit, maigre, possédant l'art de passer inaperçu, le jeune homme avait ses entrées au palais. Il fréquentait cuisiniers, blanchisseurs, personnel de ménage, et recueillait des confidences. Un précieux informateur à l'ambition simple : s'enrichir.

— Une anomalie, patron !

— Raconte.

— Des centaines de soldats viennent de s'embarquer pour le sud.

— Quel motif ?

— Ordre de la reine : renforcer la frontière méridionale.

Pousil grimaça. Hatchepsout avait-elle été informée d'une offensive nubienne ou suivait-elle son intuition ? À peine couronnée, elle exerçait déjà son pouvoir de nuisance !

★

Le clan des nouveaux Hyksôs se réunit dans l'atelier principal de Thèbes. Tous des briquetiers, que nul ne soupçonnait de préparer un coup d'État. Et tous partageaient la nostalgie de l'époque où leurs aïeux avaient infligé une défaite cuisante au pharaon et instauré leur loi dans le Delta.

Dès l'annonce de la prise de la forteresse d'Éléphantine par les Nubiens et de leur embarquement à destination de Thèbes, Pousil lancerait une série d'attentats, destinés à semer la panique dans la capitale. Attaque de la caserne, élimination de la garde du palais, assassinat des ministres, capture du couple royal.

Vu l'ampleur de la tâche et le nombre restreint de conjurés, beaucoup doutaient de la réussite d'un plan jugé trop ambitieux. Mais Pousil savait remonter le moral de sa petite troupe et lui insuffler une énergie destructrice. Elle n'accomplirait d'ailleurs qu'une partie du labeur, car l'arrivée des tribus nubiennes lui procurerait le renfort indispensable pour renverser les trônes de Thoutmosis et de Hatchepsout.

Les diverses actions étaient prévues pour le coucher du soleil, un moment de paix et de relâchement.

— Tu es sûr de ton coup ? demanda un vieil artisan, à la parole difficile.

— Tout est prêt, affirma Pousil. Nous frapperons à l'improviste, vite et fort.

— Les Nubiens sont des tordus, estima un jeune moustachu. On ne peut pas leur faire confiance.

— Alliance obligée, mais... momentanée, rétorqua Pousil. Ils détestent les Égyptiens autant que nous, et leur férocité nous est indispensable. Bien entendu, nous célébrerons leur victoire, et leur chef se verra à la tête du pays.

— Comment l'en empêcheras-tu ?

— Il ne survivra pas longtemps à son triomphe.

— Ses guerriers nous massacreront !

— Tu oublies que tout homme a son prix. Nous posséderons toutes les richesses de Thèbes et engagerons les Nubiens comme mercenaires. Vu le salaire proposé, pas un ne refusera.

— Pari risqué !

— Déjà gagné par les pharaons qui avaient enrôlé des Nubiens dans l'armée égyptienne.

L'argument porta.

Pousil s'apprêtait à préciser le rôle de chacun, lorsque Furet fit irruption dans l'atelier.

— La catastrophe ! Arrêtons tout !

— Calme-toi, garçon, ordonna son patron.

— La catastrophe...

— Explique-toi !

— Les tribus nubiennes ont échoué. La forteresse d'Éléphantine est intacte, aucune force d'invasion ne viendra dévaster Thèbes.

Silence pesant.

Tout en encaissant le choc, Pousil comprit que sa crédibilité dépendait de sa décision. En elle-même, la vague d'attentats prévue comportait de sérieux risques. Sans l'aide des Nubiens, elle devenait insensée.

— Impossible d'agir seuls, décréta-t-il. Nous devons renoncer.

Soulagement général.

— Renonciation temporaire, ajouta-t-il. Oublions ces tribus d'incapables, et ne comptons que sur nous-mêmes. Ne sombrez pas dans le désespoir, reprenons notre souffle, et maintenons le cap. Nos lointains modèles, les Hyksôs, ont montré l'exemple. Inspirons-nous-en.

De maigres paroles de réconfort. Pousil sentit croître en lui la haine envers la responsable de cet échec : la reine Hatchepsout.

— 13 —

— Voici le savant Sénenmout, l'un des deux hommes qui ont évité le désastre, dit Hatchepsout à son mari. Sans sa prédiction qui m'a alertée, le complot nubien aurait pu réussir.

Reçu en audience privée par le couple royal, le jeune homme se sentait mal à l'aise. Bien sûr, Hatchepsout avait été son amie d'enfance, sa partenaire de jeux, sa confidente… Mais aujourd'hui, elle régnait. Et même si Thoutmosis II n'avait guère d'allure, il était le pharaon.

— Ainsi, tu sais lire dans les astres.

— J'ai consulté les écrits des Anciens, Majesté, il me reste beaucoup à apprendre.

— Tu donnes des cours aux pensionnaires de la Maison de la reine, et c'est une mission importante. Je désire que tu rencontres le collège des astronomes de Karnak. Ce ne sont pas des gens commodes, paraît-il, mais eux ne m'ont pas averti du danger. Tu mérites de participer à leurs recherches.

— Je ne crois pas avoir l'expérience suffisante et…

— Sois confiant en tes capacités, Sénenmout. Et continue à nous transmettre les messages du ciel.

Le jeune savant se retira. À sa manière, le monarque ne manquait pas d'autorité.

★

Sur les quais de Thèbes, du délire. L'information avait circulé très vite, et chacun connaissait le rôle décisif joué par le commandant Néhésy. Vu sa taille, il était visible de loin, alors qu'il se frayait difficilement un passage dans une foule compacte, qui le couvrait de fleurs.

Du bateau en provenance d'Éléphantine au palais royal, le trajet fut épique, et le rude soldat apprécia modérément cette popularité inattendue. Il préférait de loin la vie militaire. Mais impossible de ne pas répondre à la convocation du pharaon.

Le chef de la garde le conduisit à la grande salle d'audience où se pressaient les dignitaires, curieux de voir le soldat qui avait brisé l'assaut nubien.

Néhésy s'inclina devant le couple royal, assis sur des trônes en bois. Sous leurs sandales, les figures des « neuf arcs », les ennemis de l'Égypte vaincus et ligotés.

— Tu as bien servi ton pays, dit le roi, et tu seras récompensé.

Depuis un bon moment, le commandant bouillait.

— M'autorisez-vous à dire la vérité, Majesté ?

— Parle !

— À Éléphantine, ce fut un petit miracle. Sans la bravoure de mes gars, les Nubiens auraient gagné. Il faut renforcer immédiatement la frontière et doubler la garnison. Quant à votre palais, je suis consterné. Pas la moindre sécurité. Je suis persuadé que les révoltés avaient des complices ici, prêts à intervenir. Et ce n'est sûrement pas votre médiocre garde personnelle qui les aurait arrêtés !

Les propos de Néhésy heurtèrent l'assistance, notamment les responsables mis en cause. Tant d'impudence méritait une sanction, à commencer par un rapide éloignement de la cour. Un tel rustre, fût-il un héros, était visiblement destiné à un poste subalterne dans une caserne de province.

— Nous savons écouter la critique, déclara Hatchepsout, mais elle ne nous suffit pas. Puisque tu as prouvé ta valeur à Éléphantine, que proposes-tu pour améliorer la situation à Thèbes ?

— Remettre les militaires et les policiers au travail. Depuis des années, ils somnolent, croyant que la guerre et la violence ont disparu. À cause des Nubiens, et grâce à eux, réveil brutal ! Les officiers supérieurs ne pensent qu'à faire carrière et non à former leurs hommes. Moi, j'ai l'habitude. Le premier endroit à protéger, c'est ce palais. Les complices des révoltés sont assommés par la défaite des Nubiens, mais ils ne renonceront pas pour autant. Et leur cible idéale pourrait bien être Vos Majestés. Ça s'est déjà produit.

Des murmures de désapprobation parcoururent l'assemblée, indignée par de tels propos. Qui oserait s'en prendre au couple royal ? Ce soudard avait trop bu !

— Que préconiserais-tu dans l'immédiat ? questionna la reine.

— Vérifier les qualités de chacun des membres de votre garde personnelle, renvoyer les mauvais et fortifier les bons.

— Pour y parvenir, il faudrait un chef.

— Sûrement, Majesté, et pas un mou !

Vexé, le titulaire du poste haussa les épaules.

Hatchepsout échangea un regard avec le roi, qui lui donna un accord muet.

— Nous venons de trouver ce chef, Néhésy. Nous te confions l'organisation de notre sécurité et de celle de Thèbes.

— Moi ? Mais...

— La parole a été tranchée, le décret sera promulgué dès demain, annonça le souverain.

Consternation générale, protestations étouffées. Habitué à la lutte, le géant ne fuirait pas ses responsabilités, au contraire. Et puisqu'on lui confiait une tâche majeure, il ne perdrait pas une seconde pour se montrer à la hauteur.

En se retirant, il regarda les notables d'un œil si féroce qu'ils en tremblèrent.

— 14 —

L'affrontement était inévitable. Hatchepsout ne le fuirait pas, et décida même de le provoquer au plus tôt, de manière à clarifier les positions respectives. Aussi convia-t-elle à déjeuner, à la Maison de la reine, Isis, l'ex-compagne du pharaon, mère d'un petit Thoutmosis.

— Ça va barder, dit le Vieux au cuisinier, qui préparait un repas léger, à base de poisson pêché le matin même, pour satisfaire ces grandes dames, attentives à leur ligne.

— Fallait bien que ça arrive ! Comme elles ont toutes les deux un sacré caractère, la diplomatie risque d'échouer.

— Je choisis un rouge léger. J'espère qu'elles ont le vin gai et qu'il les détendra.

Isis s'était contentée d'une banale robe verte. Plutôt jolie, elle avait un visage fin et beaucoup d'allure.

Les deux femmes se saluèrent. Hatchepsout comprit aussitôt que son interlocutrice n'était ni effarouchée ni soumise.

La salle à manger de la souveraine s'ouvrait sur un jardin où s'épanouissaient des centaines de fleurs, notamment des iris.

— Êtes-vous satisfaite de vos appartements au palais ? demanda la reine.

— Ils me conviennent à merveille. Songeriez-vous à m'en expulser ?

Le Vieux s'empressa de remplir les coupes d'albâtre et s'éclipsa.

L'entretien débutait mal.

— Non, répondit Hatchepsout. J'envisageais, au contraire, de vous accorder davantage d'espace.

— Ce ne sera pas nécessaire.

— Le personnel qui vous a été attribué vous convient-il également ?

— Il me convient.

— Buvons à la santé du pharaon. À ton *ka*, ta puissance vitale, Thoutmosis !

Isis hésita un instant, puis imita Hatchepsout.

— Au *ka* du roi, répéta-t-elle, avant de boire une bonne gorgée.

— Excellent cru, jugea-t-elle.

— Le nouvel intendant de ma Maison est un spécialiste. Si nous goûtions à ces filets de perche ?

Isis ne rechigna pas.

— Votre cuisinier ne manque pas de talent.

La reine changea de registre.

— Pourquoi n'êtes-vous pas à ma place, Isis ?

— Parce qu'elle m'effraie. Trop de responsabilités. Quand le Grand Conseil a désigné Thoutmosis comme roi, j'ai su que je le perdais. Lui me voulait à ses côtés, j'ai refusé. Définitivement. Une Grande Épouse royale n'appartient qu'à l'État. Moi, je veux simplement exister, m'occuper de mon fils, apprécier les mille et un plaisirs de la vie, ne pas succomber sous un poids trop lourd.

— Sachez que je n'ai jamais cherché à vous évincer et que je ne désirais pas remplir cette fonction.

— Sauf votre respect, Majesté, vous vous abusez ! Fille de roi, vous connaissiez la rigueur implacable et les sacrifices qu'elle implique.

— Je m'étais éloignée de Thèbes !

— En apparence, seulement en apparence. Votre magie est si puissante qu'elle a attiré Thoutmosis. Grâce à la force particulière qui vous habite, et dont vous n'avez peut-être pas pleinement conscience, vous m'avez évincée, moi, et toutes les autres.

— Vous me prêtez trop de pouvoir !

— Non, puisqu'il est à présent entre vos mains.

— J'aimerais bénéficier de votre amitié.

Isis vida délicatement sa coupe.

— Admettez qu'un tel lien entre nous semble difficile à établir.

— Au moins, ne soyons pas ennemies. Je vous respecte et ne porterai aucune attaque contre vous.

— Merci de me rassurer. Mais vous aurez bientôt un enfant. Bien entendu, vous le destinerez au trône. Je crains que mon fils n'en pâtisse. Il est encore petit, mais s'intéresse déjà aux hiéroglyphes. Il saura lire et écrire avant ses camarades et aura, je l'espère, une belle carrière de scribe. Ne l'entravez pas.

— Pourquoi agirais-je ainsi ?

— Tôt ou tard, je le redoute, lui et moi, nous vous gênerons.

*

— Alors, ma reine, interrogea le Vieux, ça ne s'est pas trop mal passé ?

— Je ne sais pas.

— Mauvaise réponse ! Quoi qu'il arrive, et même si vous ne savez pas, vous devez savoir. C'est la raison pour laquelle les dieux vous ont choisie.

— 15 —

Une somptueuse villa, un jardin presque digne de celui du palais, des dépendances.

— Pourquoi m'avez-vous amené ici ? demanda le vieil architecte Inéni.

— Parce que c'est ta nouvelle demeure de fonction, révéla Hatchepsout. Ton atelier sera beaucoup plus vaste, et tu engageras autant d'assistants que tu le désires.

— C'est trop, je...

— Non, c'est un juste hommage au génie qui a si fidèlement servi mon père. Et j'ai un service à requérir. Le roi et moi sommes jeunes, mais, conformément à la tradition, nous devons prévoir nos demeures d'éternité dès notre première année de règne. Qui d'autre que toi serait capable de les créer ?

— Vous m'accordez le plus beau des privilèges !

— Thoutmosis te dictera ses intentions. Pour ma part, j'ai un projet précis. Je te le présenterai dès demain. Nous partirons à l'aube pour la rive ouest.

— Mon nouvel assistant nous accompagnera. Il sera soumis au secret et saura le respecter. Un jeune homme extraordinaire, mathématicien d'exception, auquel j'ai commencé à enseigner mon art. Vu mon âge, j'ai besoin d'un second auquel j'accorde toute ma confiance.

— Qui est-ce ?

— Sénenmout, un professeur de votre Maison. J'ai la certitude qu'il me succédera comme maître d'œuvre.

★

Sur le bateau qui traversa le Nil illuminé par les premiers rayons du soleil levant, quatre passagers : Hatchepsout, Inéni, Sénenmout et le nouveau chef de la sécurité, Néhésy, qui avait soigneusement choisi les rameurs, soumis à un test dont il avait fixé les normes. Sur la trentaine de candidats, la moitié avait été éliminée.

Armé de deux épées courtes, le géant n'était pas tranquille, obsédé par une angoisse : les Nubiens n'avaient pas lancé l'assaut au hasard. À Thèbes, la tête pensante de ce coup d'État avorté demeurait tapie dans l'ombre. La réorganisation de la garde royale prendrait du temps, et celle de l'armée de métier plus encore. Il fallait espérer que la bête fauve ne bondirait pas avant la mise en place des barrières nécessaires.

La rive occidentale s'éveillait. Des ritualistes venaient déposer des offrandes sur les autels des sanctuaires et des tombes, afin de maintenir les liens entre les morts et les vivants, l'invisible et le visible. Sans eux, tout s'effondrerait, et les humains ne seraient plus que des prédateurs, prêts à s'entre-dévorer.

Inéni disposait d'une confrérie d'artisans aux compétences inégalables, installée dans la Place de

Vérité[1], fondée par le premier des Amenhotep et son épouse, Iâhmès-Néfertary, auxquels tailleurs de pierre, sculpteurs, dessinateurs et peintres vouaient un culte.

Néhésy entra dans le poste de garde proche du débarcadère.

Personne.

À l'extérieur, sous un auvent, quatre policiers endormis sur des nattes.

À coups de pied, le géant les réveilla.

— Qu'est-ce que..., protesta un grand mou qui n'eut pas le temps de terminer sa phrase.

La gifle du géant lui dévissa la tête.

— C'est comme ça que vous montez la garde ? Vous allez entendre parler de moi ! Allez immédiatement me chercher deux chaises à porteurs.

Leurs rêves brutalement dissipés, les dormeurs n'avaient jamais couru si vite.

Le vieil architecte et la reine correctement installés, le cortège se mit en marche. Sur les instructions de la reine, il se dirigea vers la haute falaise qui, au fond d'un oued, dominait la rive d'Occident.

— Asseyez-vous et ne bougez pas, ordonna Néhésy aux porteurs. Si l'un de vous ne se tient pas tranquille, il tâtera de mes poings.

Tout en connaissant la loi de Maât qui exigeait le respect d'autrui, le géant l'interprétait parfois de manière assez large.

Le quatuor progressa vers l'impressionnante paroi. Dans cet univers minéral, aucune place pour l'éphémère.

De l'index, Hatchepsout désigna un endroit précis.

— Distingues-tu cette faille, Inéni ?

Le vieillard avait encore une bonne vue.

---

1. Deir el-Medineh.

— Tu creuseras ma tombe à cet endroit.
— Majesté... C'est inaccessible[1] !
— Pas pour toi et tes artisans.

1. Soixante-sept mètres au-dessus du sol, quarante au-dessous de la falaise. Ce fut Howard Carter, le découvreur de la tombe de Toutânkhamon, qui explora celle de la reine Hatchepsout.

— 16 —

— Ton chantier traîne, se plaignit le propriétaire de l'immeuble de deux étages en construction, proche des bâtiments de l'administration.

— Mes briquetiers travaillent dur, protesta Pousil, mais pas question de dépasser les horaires convenus et de supprimer les journées de repos. Si vous voulez du mauvais boulot et des murs qui ne tiennent pas longtemps, adressez-vous à quelqu'un d'autre.

— Ça va, ça va, ne prends pas la mouche ! Tu as tes problèmes, j'ai les miens.

— Impossible d'aller plus vite, sous peine de fragiliser la bâtisse. Les briques que produit mon atelier dureront plusieurs générations. Et tes locataires occuperont un logement confortable.

Des réclamations ordinaires qui ne troublaient pas Pousil, en proie à d'autres soucis. Il se dirigea vers un entrepôt où l'attendait Furet, son principal informateur, assis sur un tas de briques.

— Tu me livres les jarres de bière et les sacs de blé promis ?

— Ton salaire t'est régulièrement versé, non ?

— Jusqu'à présent, ça colle ! Mais pour l'avenir...

— Qu'est-ce qui coince, Furet ?

— Néhésy, le chef de la sécurité nommé par Hatchepsout. Il se méfie de tout le monde. Au palais, l'atmosphère a drôlement changé. Se faufiler devient difficile. Il faut montrer patte blanche aux nouveaux gardes, les mesures de sécurité se renforcent. Je parviens encore à me glisser entre les mailles du filet, mais je cours des risques. Forcément, ça vaut plus cher.

— Tu n'exagères pas un peu ?

— Tu as vu la taille des mains de Néhésy ? S'il m'attrape et me secoue, je n'y survivrai pas !

Pousil avait un côté pingre, et les exigences de l'avorton l'énervaient. Hélas, celui-ci n'avait pas de rival dans sa branche.

— Que veux-tu ?

— Davantage de tout : céréales, vin, bière, onguents, tissus, sandales, tabourets, nattes...

— Et tu revends tout ça sans impôt.

— À chacun de se débrouiller.

— Entendu, je t'augmente.

Furet sourit.

— Entre honnêtes gens, on finit toujours par s'entendre !

— Attention, Furet, ne te moque pas de moi. Je veux tout savoir de ce qui se passe au palais. Si tu ne me transmets que des ragots de seconde main, tu regretteras de ne pas avoir été arrêté par Néhésy.

L'espion ne prit pas la menace à la légère. Il y avait tant de dureté dans le regard de Pousil qu'il en frissonna.

— Comptez sur moi, patron.

Avec sa vivacité habituelle, Furet disparut.

Pousil remâchait sa rancœur. Difficile d'avaler l'échec nubien. Plusieurs pro-hyksôs ne croyaient plus à une revanche possible, mais leur chef réussissait quand même à entretenir l'espoir et une relative cohésion. Pour l'instant, une arme indispensable : la patience. Les fortifications les plus épaisses présentaient des brèches. Dans un premier temps, l'action vigoureuse de Néhésy porterait ses fruits. Ensuite, la vigilance diminuerait. Grâce à Furet, Pousil découvrirait une faille.

★

Quand un ritualiste lui ouvrit la porte de la Maison de Vie de Karnak, le jeune Sénenmout éprouvait à la fois crainte et joie. Ici travaillaient de grands savants, qui disposaient d'archives inestimables, de traités scientifiques et d'œuvres des sages.

Le collège des astronomes se composait de neuf membres, tous âgés, et leur physionomie n'avait rien d'aimable. À l'évidence, cet intrus les dérangeait.

— L'architecte Inéni nous a priés de te recevoir, révéla un octogénaire à la voix rugueuse. Il paraît que tu as su déchiffrer un message céleste qui nous a épargné un grand malheur.

— Une dissonance entre Mars et Saturne, confirma Sénenmout. D'après une observation ancienne, elle impliquait un danger, surtout lorsqu'une mauvaise lunaison jouait le rôle de déclencheur.

— Tu as eu du flair, mon garçon. Insuffisant pour participer à nos travaux. Vérifions tes connaissances.

Un flot de questions déferlèrent. Ardues et précises. Maîtrisant ses émotions, se remémorant le savoir acquis au cours de ses longues nuits d'observation, au contact de son professeur, et dans la bibliothèque du temple d'Ermant, Sénenmout se garda de répondre hâtivement, prit des temps de réflexion et se montra aussi concis que possible. Sans se soucier de la rudesse de ses interrogateurs, il se concentra sur les sujets abordés.

Trois cas se présentèrent : soit il savait, soit il doutait et devait énoncer des hypothèses, soit il ignorait et l'avouait.

Le supplice dura plus de trois heures. Comme s'il avait été roué de coups, Sénenmout eut de la peine à comprendre l'injonction : « Retire-toi et attends notre jugement. »

— 17 —

Un vautour lui dévorait le crâne, un autre s'attaquait à sa poitrine. Soudain, un liquide frais et fruité coula dans sa gorge. Le cauchemar se dissipa, Sénenmout se réveilla.

— Debout, mon garçon ! ordonna le Vieux. Tu avais l'air drôlement agité… Heureusement, mon petit blanc sec va te donner du tonus. Le matin, c'est le meilleur remède. Lave-toi en vitesse, l'architecte Inéni t'attend.

— Mes cours…

— Tes élèves auront congé.

Sénenmout se hâta.

— Pardonnez-moi, dit-il à Inéni, qui consultait un papyrus. La nuit a été éprouvante.

— Nous nous rendons sur le site où sera creusée la demeure d'éternité de la reine Hatchepsout. Voici le plan qu'elle m'a confié et que nous devrons respecter.

Le jeune homme fut étonné.

— Ce couloir paraît interminable !

— Il sera long et assez étroit, en effet. Tel sera le chemin de l'âme, qui aboutira à une chambre de résurrection où sera déposé le « pourvoyeur de vie[1] », le sarcophage, que les artisans de la Place de Vérité commencent à créer. Je vais t'apprendre le sens de la pierre et te dévoiler les secrets de la roche. Tu verras à l'ouvrage des artisans d'élite, et tu partageras leurs pensées. En tant que maître d'œuvre, à toi de résoudre leurs difficultés, de veiller à leur bien-être et d'assurer la bonne marche du chantier, quels que soient les inévitables aléas.

— Mais… j'en suis incapable !

— Aujourd'hui, certainement. L'heure est venue d'apprendre. Je te transmettrai mon savoir et mon expérience. Quand j'entreprendrai le grand voyage, tu seras prêt. Ah, j'oubliais… Le collège des astronomes a rendu son verdict et m'en a fait part.

Sénenmout se figea. Le ton d'Inéni n'était pas rassurant.

— Comme le Grand Conseil, ils votent à l'unanimité. L'un d'eux avait une dent contre toi, sans doute parce que tu étais presque aussi savant que lui. Ses arguments ayant été jugés irrecevables, il a baissé pavillon et rejoint ses collègues. Tu seras la plus jeune recrue de toute l'histoire de ce respectable cercle. Et nous travaillons ensemble à la Maison de Vie. La construction d'un édifice ne doit-elle pas toujours débuter avec les faveurs du ciel ?

★

Bien que la perfection fût loin d'être atteinte, Néhésy n'était pas trop mécontent des premiers résultats. La

1. Ce qu'il est convenu d'appeler, selon la terminologie grecque, et bien à tort, un sarcophage, c'est-à-dire un « mangeur de chair morte », exactement l'inverse de la conception égyptienne.

garde rapprochée du couple royal se composait à présent de soldats aptes à les défendre et à donner leur vie pour les sauver, si nécessaire. Le géant bichonnait les hommes qu'il avait choisis : entraînement régulier et sévère, mais aussi solde appréciable, logement confortable et nourriture de première qualité.

Contrôler l'ensemble du palais s'annonçait ardu, tant il y avait d'allées et venues de scribes, de visiteurs, sans compter l'activité quasi permanente du personnel de nettoyage. Dans cette foule, quelles étaient les brebis galeuses ? Méfiantes, elles éviteraient de courir des risques trop importants. Les repérer ne serait pas facile. Un courtisan, une dame de compagnie, un ouvrier, un homme de ménage ?

Même si la majorité des courtisans, qui détestaient le nouveau chef de la sécurité, l'accusaient d'obsession injustifiée, ce dernier demeurait persuadé qu'un clan, dont il ignorait malheureusement la taille, souhaitait renverser le trône de Pharaon et s'emparer du pouvoir. L'Égypte avait déjà connu pareil malheur. Qui ne se souvenait pas de l'occupation hyksôs, si longue et si douloureuse ?

Un facteur de l'armée se présenta au bureau de Néhésy, proche de l'entrée principale du palais.

— Un message pour Sa Majesté.

— Provenance ?

— La forteresse de Bouhen.

La plus imposante de Nubie. Le sang du géant bouillonna.

— Je le lui porte.

★

Comme il était de tradition, plus encore depuis les exploits d'Iâh-Hotep la Libératrice, la Grande Épouse royale avait la haute main sur le ministère des Affaires étrangères et la diplomatie. À elle de correspondre et d'entretenir les meilleures relations avec les autres reines, afin d'éviter les conflits.

En présence d'un Néhésy à l'inquiétude visible, Hatchepsout décacheta le message. Il s'agissait d'un rapport du commandant de l'énorme forteresse implantée au cœur de la Nubie, où elle remplissait une fonction à la fois économique et militaire.

Hatchepsout sourit.

— La Nubie est calme, déclara-t-elle. Aucun mouvement de révolte.

— Magnifique, Majesté ! Les tribus les plus hostiles ont reçu une bonne leçon, les autres préfèrent profiter des largesses de l'Égypte.

Le géant aurait volontiers embrassé la souveraine aux yeux d'or, mais le protocole le lui interdisait.

— 18 —

La principale qualité de Furet consistait à passer inaperçu. Aimable avec chacun, amusant, il n'avait pas d'ennemis. Au palais, il était le parfait bouche-trou. Remplacer une servante malade ? Porter le matériel d'un scribe ? Aider un blanchisseur ? Distraire un notable qui attendait une audience ? Servir à boire ? Polyvalent, toujours disponible, le gringalet n'attirait pas l'attention et recueillait un maximum de confidences.

Prudent, il évitait de s'approcher de Hatchepsout, dont le regard était trop perçant, et de Néhésy, à la méfiance redoutable.

Une nouvelle importante : Hatchepsout était enceinte. De quoi réjouir le clan hyksôs, car l'affrontement entre le rejeton de la reine et celui d'Isis serait inévitable. Lequel prendrait le pas sur l'autre en vue de la succession au trône ? Certes, le Grand Conseil pouvait les écarter tous les deux, mais la fière et déterminée Hatchepsout tenterait d'imposer son choix. Isis ne deviendrait-elle pas sa pire ennemie, et une pièce maîtresse sur l'échiquier de Pousil ?

★

Cheveux noirs coupés court, petit, l'air chafouin, les yeux minuscules, la parole voilée, Lénap avait accepté de devenir le conseiller de la dame Isis et de veiller sur l'éducation de son fils. À la tête d'une équipe de scribes, au premier rang des courtisans, il estimait que le roi avait commis une grave erreur en choisissant Hatchepsout. La dignité de Grande Épouse royale devait revenir à Isis et à personne d'autre. Tôt ou tard, le bon ordre s'imposerait.

D'origine syrienne, Lénap avait le goût de l'intrigue et du mensonge. Maât, rectitude et vérité ? Une utopie typiquement égyptienne ! De sa carrière, une succession de coups fourrés, il avait retiré un maximum d'avantages. Une seule alerte, à cause d'un juge intègre qui s'interrogeait sur ses agissements. Une maladie bienvenue avait mis fin aux investigations de celui-ci.

Lénap rassurait Isis. Fin lettré, il éduquait le petit Thoutmosis, gourmand de connaissances. En raison de sa position à la cour et dans l'administration, le notable serait un bouclier efficace contre une probable attaque de Hatchepsout.

— La reine attend un enfant, révéla-t-il à Isis.

— Ah…

— Selon les médecins, la grossesse se déroule au mieux, et la future mère semble épanouie.

Isis ne cacha pas sa contrariété.

— Ne vous en souciez pas, recommanda Lénap. Je saurai défendre vos intérêts et ceux de votre fils.

— Je n'ai pas revu le roi depuis des mois.

— Pour le moment, il est sous le charme de Hatchepsout.

— N'est-ce pas elle qui gouverne réellement ?

— La rumeur le prétend, mais l'ambitieuse ira sans doute trop loin, en misant sur la complaisance de son époux.

— Vous avez raison : on croit Thoutmosis faible et l'on se trompe, Hatchepsout comme les autres ! Quand elle franchira les bornes, il saura la briser !

*

Blanchisseur au palais, père de trois enfants, Menton-Fendu gagnait bien sa vie et, après le couronnement de Hatchepsout, avait été augmenté. De quoi mener une existence tranquille s'il ne s'était pas engagé auprès de Pousil, avec le désir fou de rétablir la suprématie des Hyksôs. Au début, une aventure exaltante. Maintenant, à la suite du cuisant échec des Nubiens, un rêve insensé.

Dans une taverne du port, il buvait une bière en compagnie de son contact privilégié, Furet, un type habile et intelligent.

— Tu n'as pas l'air dans ton assiette, Menton-Fendu.

— Tout se mélange dans ma tête. Je tente de faire le tri.

— Qu'est-ce qui te contrarie ?

— On devrait arrêter.

— Arrêter quoi ?

— Nos folies.

— C'est-à-dire ?

— Réfléchis, Furet. On est cuits. Tu vois comment Hatchepsout gouverne ? Et Néhésy ? On n'est pas de taille. Et même…

— Même ?

— Pousil nous met en danger.

— Pourquoi ?

— C'est un entêté. Il ne renoncera pas et nous entraînera vers l'abîme. À force de lui obéir, on s'est aveuglés.

— Tu n'as peut-être pas tort.

— J'ai même complètement raison.

— Que proposes-tu ?

— Dénoncer Pousil à Néhésy. Le commandant cherche la tête pensante du complot avorté. Si je la lui offre, je serai récompensé. Et si tu t'associes à ma démarche, elle n'en sera que plus crédible. Toi aussi, tu en tireras des bénéfices.

— C'est tentant...

— D'accord, ce n'est guère reluisant. Mais sortons de notre fausse sécurité. Si Néhésy nous tombe dessus, travaux forcés à perpétuité, au minimum. En lui livrant ce dingue de Pousil, en échange d'un pardon certifié par écrit, nous vivrons en paix.

Furet croisa les doigts.

— Tu as oublié d'être idiot, mon ami.

— 19 —

Porter une vie en son sein intriguait Hatchepsout qui, cependant, honorait ses multiples obligations de Grande Épouse royale. Sa grossesse ne l'épuisait pas, au contraire. Quotidiennement massée, suivie par un médecin qui modifiait son traitement au fur et à mesure des semaines, la reine éprouvait encore des difficultés à maîtriser certains secteurs de l'appareil d'État. Travailleur, méthodique et patient, le pharaon s'entendait plutôt bien avec son Premier ministre. Depuis l'épisode nubien, par bonheur, le pays n'avait subi aucune crise sérieuse. Comme toujours, il fallait néanmoins observer le comportement des chefs de province et agir rapidement en cas de mauvaise gestion.

Le roi se trouvait à Memphis, capitale économique des Deux Terres, lorsque Hatchepsout ressentit les premières douleurs de l'accouchement.

Une forte femme accourut. Beau visage, regard intense, poitrine opulente, voix tonique.

— Je suis la nourrice Touéris et j'allaiterai votre bébé, Majesté. Veuillez me suivre au pavillon de naissance.

La sage-femme et ses assistantes sont très compétentes, et vous n'avez rien à redouter. De multiples amulettes écarteront les démons, et nous vous donnerons une potion qui atténuera la souffrance.

Comme les autres Égyptiennes, Hatchepsout accoucherait debout. La robustesse de la nourrice la rassura.

Fille ou garçon ? Grâce aux tests urinaires, le médecin le savait déjà. Mais la reine préférait l'ignorer.

★

Sénenmout ne parvenait pas à se concentrer sur un papyrus mathématique datant de l'époque de la construction des grandes pyramides. Depuis qu'il avait appris que Hatchepsout était sur le point d'accoucher, il mourait d'inquiétude. Ce passage-là était particulièrement périlleux. Certes, la reine serait bien entourée, mais son corps serait-il assez vigoureux pour franchir l'épreuve ?

Le Vieux lui apporta une coupe de rouge corsé.

— Rassure-toi, garçon, tout se passera bien.

— Comment en être certain ?

— Accompagne-moi à l'étable.

Intrigué, le jeune homme suivit l'intendant de la Maison de la reine.

— Regarde cet âne, recommanda le Vieux.

— Il est splendide, mais...

— Vent du Nord, Hatchepsout est-elle en danger ?

L'oreille gauche se dressa.

— Ça veut dire « non », traduisit le Vieux.

Le regard du savant vacilla.

— Tu plaisantes ?

— Pas du tout, et cette bête non plus. Ce qui m'énerve, c'est qu'elle ne se trompe jamais.

*

Il revenait aux mâles d'accomplir tous les travaux de blanchisserie, tâche estimée trop rude pour les femmes. Menton-Fendu aimait son labeur, apport indispensable à l'hygiène publique, l'une des priorités de l'État pharaonique.

Après avoir détesté cet État, le blanchisseur, ancien pro-hyksôs, prenait maintenant conscience de ses vertus. Ses yeux s'ouvraient, l'endoctrinement de Pousil se dissipait.

Mielleux, enjôleur, ce pervers avait menti à ses disciples. Le dénoncer n'était pas une lâcheté, mais une nécessité. Furet, lui aussi, l'avait compris.

Ce dernier vint le chercher à la lingerie où Menton-Fendu rangeait les draps propres.

— J'ai contacté Néhésy, murmura-t-il, et je l'ai prévenu qu'un de mes amis avait une révélation capitale à lui faire, concernant la sécurité du couple royal. D'abord sceptique, il a fini par me croire. Je lui ai expliqué que mon ami et moi voulions l'impunité en échange de nos déclarations. Il a beaucoup hésité avant de me donner sa parole et de me promettre un rapport écrit, dans lequel nous serons traités comme des victimes et innocentés.

Donner sa parole, c'était engager sa vie devant les dieux. Et le géant avait la réputation d'un homme droit.

— Comme il est méfiant, Néhésy ne veut pas nous rencontrer au palais. Un curieux pourrait nous surprendre. Il nous attend à l'entrepôt de planches, à côté de l'atelier de menuiserie. Le temps d'y aller, les artisans seront partis.

Les deux hommes marchèrent normalement, à bonne distance l'un de l'autre. Arrivés sur les lieux, ils vérifièrent que l'atelier était bien vide. On y fabriquait des lits et des sièges.

La porte de l'entrepôt était fermée par un gros verrou.

— Impossible d'entrer, constata Menton-Fendu.

— Néhésy m'a appris comment l'ouvrir. Je n'en ai pas pour longtemps.

— Il n'y a pas de gardien ?

— D'ordinaire, si. Mais le géant lui a donné congé.

Furet s'exécuta.

Les complices entrèrent. L'entrepôt était plongé dans l'obscurité.

— Néhésy, c'est nous ! annonça Furet.

Une forme humaine émergea du fond du local. Ce n'était pas celle d'un géant.

En distinguant les traits de Pousil, armé d'un couteau, Menton-Fendu faillit s'évanouir.

— Ainsi, mon ami, tu voulais me trahir ?

— 20 —

Convoqué au palais, Sénenmout s'y précipita. Ce fut la nourrice Touéris qui l'accueillit.

— La reine désire que tu examines le ciel de naissance de son enfant.

— Garçon ou fille ?

— Une fille, et magnifique ! Je parie qu'elle sera aussi belle que sa mère.

— Comment se porte Sa Majesté ?

— Une grande fatigue, mais rien d'alarmant. Son médecin lui a prescrit des sédatifs et interdit toute visite, sauf la mienne avec le bébé, pendant trois jours.

— Je consulte immédiatement les éphémérides.

Dans le local des astronomes, Sénenmout se mit aussitôt au travail, oubliant de boire et de manger. Il vit se dessiner le portrait dressé par les constellations, les décans et les planètes infatigables.

Un portrait auquel il ne s'attendait pas.

*

— Patron, une anomalie au palais, dit à Néhésy l'un de ses adjoints.

— S'il n'y en avait qu'une ! Raconte.

— Un blanchisseur, Menton-Fendu, ne s'est pas présenté à son poste ce matin.

— Il est peut-être souffrant.

— Je suis allé chez lui. Sa femme l'a attendu toute la nuit, il n'est pas rentré.

— Divorce en vue ?

— D'après les voisins, non. Le couple avait l'air heureux, avec ses trois gosses.

— Interrogatoire poussé de son épouse ?

— Il en ressort que son mari faisait de temps en temps des gueuletons avec des collègues et des copains, travaillait dur et aimait son boulot. Du banal.

— Bien noté par ses supérieurs ?

— Très bien. Promotion à l'horizon.

— Donc, disparition inquiétante.

— Plutôt.

— Lançons des recherches. À Thèbes, on ne s'évanouit pas comme ça !

Le géant n'eut pas à les organiser, car un autre adjoint accourut.

— Patron… venez vite ! C'est atroce, atroce…

★

Sorti du canal par deux apprentis blanchisseurs et leur chef de section, le cadavre de Menton-Fendu n'était pas beau à voir. De profondes blessures à la gorge et au ventre, nez et mains tranchés.

— Forcément un crocodile, jugea un apprenti. Ce pauvre gars se sera trop penché, et le reptile l'a attrapé. Ça arrive de temps en temps.

En raison de sa vitesse d'intervention, le « grand poisson », comme l'appelaient les Égyptiens, était un prédateur redoutable.

— Ça fait vingt ans que je lave du linge dans ce canal, objecta le chef de section, et il n'y a jamais eu de crocodile dans ce coin-là. En plus, un professionnel comme Menton-Fendu n'aurait pas commis d'imprudence.

Néhésy ne fut pas dupe. Ni crocodile ni accident, c'était un assassinat. Un acte rare, car il conduisait à l'anéantissement de l'âme. Celui qui avait tué le blanchisseur se moquait des valeurs qu'incarnait l'institution pharaonique et ne songeait qu'à la détruire, sans hésiter à utiliser la violence.

Bien entendu, l'enquête n'aboutirait pas. Les innocents ne sauraient rien, les complices se tairaient. Seul espoir : une faute de l'assassin. Un mince espoir. À Néhésy de redoubler de vigilance.

*

Le délai de prudence écoulé, Sénenmout fut autorisé à rendre visite à Hatchepsout, qui se reposait sur la terrasse du palais, à l'ombre d'un parasol. Son regard d'or étincelait, sa beauté n'avait rien perdu de son éclat. La revoir fit battre le cœur du jeune savant.

— La nourrice m'a permis de voir votre fille, Majesté. Comme elle est mignonne !

— Que dit le ciel, mon ami ? Surtout, pas de circonlocutions. Je veux la vérité.

— Elle est placée sous la domination de la planète Saturne. Son existence ne versera ni dans la facilité ni dans la superficialité. Une personne recueillie, qui aimera approfondir toutes choses, détestera les mondanités, aura un goût prononcé pour l'étude. D'autres éléments l'orienteront vers la musique, et c'est probablement dans le cadre d'un temple qu'elle s'épanouira.

— Tu ne décris pas un être qui a le goût du pouvoir et des aptitudes à gouverner.

— Difficile à envisager, mais…

— La vérité, Sénenmout.

Le jeune homme baissa les yeux.

— Je ne le pense pas.

— Ce qu'enseigne le ciel ne doit pas être négligé, et je choisirai le nom de ma fille en fonction de tes indications. Elles m'incitent aussi à nommer un précepteur qui saura l'éduquer et la construire. Ce sera toi, Sénenmout.

— Majesté…

— Tu lui ouvriras les chemins et tu l'éveilleras à elle-même. La nourrice la nourrira de son lait, toi de ton savoir.

— 21 —

— L'enquête est terminée et conclut à un accident, apprit Furet à Pousil. Le blanchisseur a été enterré aux frais de l'État, et sa veuve recevra une pension pour élever sa marmaille.

— Représente-t-elle un danger ?

— Non, c'est une tête vide qui ignorait l'engagement souterrain de son mari. Elle n'a évoqué que des beuveries entre camarades, sans soupçonner la véritable nature des réunions auxquelles il participait.

— À ton avis, est-il utile de la supprimer ?

— Ce serait une imprudence, qui mettrait la puce à l'oreille de Néhésy. Cette idiote ne tardera pas à se remarier et à oublier son blanchisseur. Ne la touchons surtout pas.

Pousil fronça ses sourcils broussailleux.

— Ce minable allait me dénoncer. D'autres membres de notre clan ont peut-être la même intention. Faire le ménage chez nous est ma priorité. Il faut couper les branches pourries et former un noyau dur, afin de repartir de l'avant et d'envisager une nouvelle stratégie.

— Comment procéder ?

— L'épuration prendra du temps, mais elle est indispensable. Tu connais la plupart des pro-hyksôs, je te donnerai le nom des autres. Tu les contacteras un à un, et tu leur proposeras de me trahir, en échange de l'impunité et de la tranquillité. Mes ennemis se démasqueront, et je les éliminerai. Ensuite, je saurai vraiment sur qui compter.

Furet en frétilla d'aise. Cette mission l'amusait au plus haut point.

★

Le petit Thoutmosis lisait avec passion *Les Aventures de Sinouhé*, un roman mettant en scène un dignitaire témoin d'un complot qui s'enfuyait, affrontait de rudes épreuves et revenait en Égypte pour recevoir le pardon du couple royal. Sa mère, Isis, méditait en mangeant les grains d'un raisin noir, mûrs à souhait.

— La reine et sa fille se portent bien, lui apprit son conseiller, Lénap. Une fille, ce n'est pas une mauvaise nouvelle. Rien ne lui interdit de régner, certes, mais je ferai en sorte que votre fils soit le principal candidat à la succession de son père. Je fréquente déjà plusieurs membres du Grand Conseil, et je compte développer mes relations. Ne faut-il pas prévoir l'avenir ?

Isis fut troublée.

— Oubliez-vous que le deuxième des Thoutmosis pourrait avoir un long règne ?

— Non, mais...

— Que sous-entendez-vous ?

— D'après un médecin auxiliaire, le long séjour du roi à Memphis et son voyage à travers toute l'Égypte, avec des arrêts dans chaque capitale provinciale, l'ont épuisé. Il a été heureux de découvrir sa fille et de goûter une période de calme dans sa résidence thébaine. La santé du monarque semble fragile.

Tel était, en effet, le point faible de celui qu'Isis avait tant aimé.

— Hatchepsout a pris les rênes du pouvoir, ajouta le conseiller. Tous les ministres, le premier compris, sont à ses pieds. Pour l'instant, sa gestion des affaires publiques est un franc succès. Mais, inévitablement, des orages surviendront, et beaucoup doutent de sa capacité à les affronter.

— Où voulez-vous en venir ?

— Que nous réserve l'avenir ? Vous et votre fils devez vous tenir prêts à profiter des événements. Et je serai le premier à vous aider, pour le plus grand bien de notre peuple.

— Rappelez-vous : je ne désire pas régner, et je ne régnerai pas ! Seul le destin de mon fils m'importe.

— Je l'entendais ainsi, et c'est dans ce sens que je travaille.

Désemparée, Isis n'avait personne d'autre que ce courtisan à qui se confier. Au moins, il se démenait pour préserver le petit Thoutmosis des possibles attaques de Hatchepsout.

⋆

Lénap n'avait jamais été si optimiste. Un roi manquant de vigueur, une reine qui susciterait de plus en plus de rancœurs… À lui de prendre la tête d'un parti d'opposition qui favoriserait l'émergence d'un nouveau pouvoir dont lui, Lénap, serait la pièce maîtresse. Entreprise délicate, mais ô combien profitable si elle réussissait !

Surtout, ne pas apparaître tant que la victoire ne serait pas acquise. En défendant les intérêts d'Isis et de son fils, il s'attirait la sympathie de notables qui voyaient d'un mauvais œil la montée en puissance de Hatchepsout, trop présente au sommet de l'État.

Lénap se gardait d'émettre une quelconque critique à son encontre et, au contraire, vantait ses qualités, au service d'une fonction exténuante. Qui lui reprocherait de céder sous le poids ?

— 22 —

— On a un souci.

En tapant sur l'épaule du Vieux, un cuisinier de la Maison de la reine l'arracha à sa sieste.

— C'est quand même incroyable, râla-t-il, pas possible de se reposer cinq minutes ! Qu'est-ce qu'il y a encore ?

— Pour le banquet de ce soir, le poisson me paraît moyen. Si tu goûtais ?

Et c'était comme ça pour tout et n'importe quoi ! Les uns prenaient du bon temps, les autres s'échinaient. Le Vieux était malheureusement tombé dans la seconde catégorie.

— Indigne de la table de la reine. Déniche-moi un meilleur produit.

— Le temps presse et…

— Si tu désires garder ta place, presse-toi, toi aussi !

Le cuisinier se hâta.

Vu la douceur de cette nuit d'été, les festivités auraient lieu à l'extérieur. Le Vieux avait passé plus d'une heure dans la cave à choisir des vins « huit fois bon » datant du règne de Thoutmosis Ier.

Les premiers arrivants furent des artisans de la Place de Vérité, qui transportaient un objet lourd recouvert d'un voile. Conformément aux instructions de la reine, ils le déposèrent au centre de l'aire prévue pour le banquet. Des tables basses, séparées les unes des autres pour faciliter le service, des coussins, des cônes de parfum, des assiettes et des coupes en albâtre, des rince-doigts, des serviettes… Le Vieux vérifia que rien ne manquait.

Et ce fut l'apparition que chacun guettait : d'une élégance souveraine dans sa longue robe rouge, coiffée d'une perruque de fête, parée d'un collier de lapis-lazuli et de bracelets d'or aux poignets et aux chevilles, la Grande Épouse royale éblouit ses invités, à commencer par Sénenmout, qui la trouvait plus belle de jour en jour.

Hatchepsout était accompagnée de la nourrice Touéris, laquelle portait le berceau où dormait la fille du couple royal. Un nourrisson idéal : bon appétit, croissance régulière, excellent sommeil.

En ce jour marquant son premier anniversaire, sa mère allait révéler le nom officiel de la princesse et célébrer dignement cet événement.

— Devons-nous attendre le pharaon ? demanda le Vieux, qui s'étonnait de l'absence du monarque.

— Il est souffrant et ne viendra pas. Nous boirons à son *ka* afin qu'il se rétablisse au plus vite.

La rumeur était donc fondée. La santé de Thoutmosis II se dégradait, il avait besoin de plus en plus de repos.

Le sourire de Hatchepsout ramena la gaieté parmi les invités, impatients de connaître le nom de l'enfant. À la table d'honneur, proche de celle de la reine, la dame Isis n'était pas la moins curieuse. Élément essentiel de l'être, le nom survivait à la mort physique, du moins pour les justes reconnus comme tels par le tribunal d'Osiris.

— Notre fille s'appelle Néferourê, « Accomplissement en perfection de la lumière divine ». Souhaitons-lui une existence à la recherche de cette perfection et au service de cette lumière.

« Ainsi, pensa Isis, Hatchepsout ne place pas son enfant sous la protection du dieu d'État, Amon, mais sous celle de Râ, au sommet de son rayonnement à l'époque des pyramides. »

La reine ancrait sa fille dans la plus ancienne tradition, également la plus austère, et lui ouvrait un chemin aussi exigeant que difficile.

D'un geste à la fois gracieux et autoritaire, la reine ordonna au maître sculpteur de la Place de Vérité de dévoiler la statue qu'il avait créée dans le secret de la Demeure de l'or.

L'assistance fut médusée. D'un cube sortaient deux visages, ceux de Sénenmout et d'une jeune princesse, aux traits fins et ressemblant à sa mère.

— Sénenmout est le précepteur de Néferourê, déclara Hatchepsout. Cette statue sera offerte au temple de Karnak, de façon que les dieux veillent sur ma fille et sur lui.

La reine accordait à son ami d'enfance un privilège extraordinaire, et beaucoup estimèrent que ce ne serait pas le dernier.

— Tout cela est bien beau, dit la nourrice à l'oreille de la souveraine, mais ce n'est pas une raison pour perturber ce bébé. Maintenant, les gens vont manger et causer, il y aura trop de bruit. J'emmène la petite dans sa chambre, et je reste auprès d'elle. Aucun démon nocturne n'osera l'importuner.

Aussitôt dit, aussitôt fait. Hatchepsout remercia le ciel de lui avoir procuré la meilleure des nourrices.

★

En raison des circonstances, Sénenmout dînait à la droite de la reine. Point de mire de cette soirée exceptionnelle, il ne se déridait pas et grignotait.

— Ce menu te déplairait-il ? s'inquiéta Hatchepsout.

— Non, Majesté. Je n'ai pas faim. Cette statue, cette reconnaissance officielle…

— Tu n'as pas changé, et j'espère que tu ne changeras jamais. Ce n'est pas l'ami d'enfance que j'honore, mais le savant et le futur maître d'œuvre. Tu détestes les mondanités, préfères l'étude et la recherche. À t'en croire, ma fille te ressemblera. Tu seras donc un parfait éducateur.

— Serai-je à la hauteur de toutes ces tâches ?

— Tu doutes de toi, Sénenmout. Tu as tort. Sache que notre amitié est, pour moi, d'une importance vitale. Si tu ne te réjouis pas, c'est parce que tu as lu dans les astres que de rudes épreuves m'attendent, n'est-il pas vrai ?

Le jeune homme se mordit les lèvres.

— Je n'ai pas le droit de vous mentir.

— Elles surviendront, je les affronterai et tu m'aideras à les surmonter.

Appuyé sur sa canne, le vieil architecte Inéni s'inclina.

— Permettez-moi de me retirer, Majesté. Ce moment fut heureux, je ne l'oublierai pas. J'ai une grande nouvelle à vous annoncer : la confrérie a travaillé plus vite que prévu, et vous pouvez visiter votre demeure d'éternité dès demain.

— Me guideras-tu ?

— Hélas, ma carcasse m'en empêche, car l'emplacement choisi exige des efforts que je ne peux plus déployer. Mon assistant Sénenmout me remplacera avantageusement. Ses progrès dans l'art de bâtir sont fulgurants, et je ne doute pas qu'il sera un remarquable maître d'œuvre. Puissent les dieux prolonger encore un peu mon existence, afin que je lui transmette tout ce que j'ai acquis.

— 23 —

Le Vieux avait requis une garde rapprochée, composée d'artisans de la Place de Vérité et de policiers de la Maison de la reine. À la tête du cortège de chars, Vent du Nord menait bon train. S'il percevait un danger, l'âne s'immobiliserait.

Aucun incident.

Au sommet de la falaise, des tailleurs de pierre. Une échelle descendait jusqu'à l'entrée de la tombe, presque invisible.

— Je vous précède, Majesté, dit Sénenmout. Ne regardez pas en bas.

La reine ne courait pas de risques, car une corde passée autour de sa taille permettrait à deux costauds de la remonter à la moindre alerte.

Ne souffrant pas de vertige, la jeune femme atteignit sans encombre l'entrée de la demeure où elle reposerait pour l'éternité. Elle se détacha et pénétra dans le long couloir qu'avaient creusé les artisans et qu'éclairaient des torches disposées à intervalles réguliers.

— N'ayez crainte, la rassura Sénenmout, nous ne manquerons pas d'air. Cette roche respire, et nous avec elle.

Une lente progression, jusqu'à la chambre de résurrection. Hatchepsout ne vit pas une grande marche et chuta. Très vif, Sénenmout la recueillit dans ses bras, lui évitant de se blesser.

Une fois, une seule fois, alors qu'ils se baignaient nus dans un canal, il avait failli l'embrasser, mais sa timidité l'en avait empêché. Ce contact imprévu, son corps contre le sien, cette intimité loin des regards...

Il la déposa sur le sol.

Les yeux d'or se troublèrent.

— Merci, mon ami.

Sénenmout s'écarta et désigna le sarcophage de quartzite, d'où émanait une lumière apaisante. Sur le couvercle, une représentation de la déesse-ciel, qui accueillerait l'âme de la reine lorsqu'elle rejoindrait le cosmos.

— J'ai gravé moi-même cette inscription, révéla le futur maître d'œuvre : « Souveraine de tous les pays, fille de roi, Épouse du dieu, Grande Épouse royale, maîtresse des Deux Terres. »

Voir sa mort, n'était-ce pas accroître sa vie ? Hatchepsout se recueillit longuement devant cette barque de pierre qui l'emmènerait dans les espaces de l'au-delà.

Au sortir de sa longue méditation, Hatchepsout s'approcha de Sénenmout, retiré dans un angle de la chambre de résurrection.

Elle s'approcha si près que son parfum l'envahit. Un pas encore, et leurs lèvres se touchaient.

— Tu mérites un autre privilège, mon ami.

Transformé en statue, le jeune homme osait à peine respirer.

— Dès demain, tu bénéficieras d'une chapelle dans la Vallée des Nobles, et jamais ton nom ne sera oublié.

Hatchepsout emprunta le couloir qui remontait vers le monde des humains.

★

En cette fin d'après-midi, l'ardeur du soleil diminuait, et un vent doux gonflait la voile du bateau royal voguant sur un Nil calme et enchanteur. Une vision du paradis que décrivaient les sages.

Dans la cabine centrale, Thoutmosis et Hatchepsout buvaient une bière fraîche.

— Vous avez meilleur visage, mon roi.

— Vous mentez mal, ma reine.

— Le médecin du palais...

— Il ment aussi mal que vous. Je ne nie pas ses compétences, mais je connais mon corps mieux que lui. Ses remèdes ne font que retarder l'échéance prochaine. Je mène une lutte inégale contre la lassitude qui me ronge.

— Ne serait-ce pas une simple période difficile à traverser ?

— Je sais que non, et vous le savez aussi. Je voulais nous accorder cette promenade sur le fleuve qui nous nourrit afin de préparer l'avenir dont vous aurez la charge. J'ai appris à vous aimer, ma reine, et maintenant, je vous aime de tout mon être.

Tendrement, elle l'étreignit.

— Avoir eu la chance de vivre un pareil bonheur, n'est-ce pas une faveur divine ? Mon souffle ne tardera pas à s'éteindre, mais le vôtre perdurera. Tenez ferme le gouvernail du navire de l'État que vous contrôlez déjà si bien. Élevez notre fille dans le respect de notre institution et de nos rites. Des vents mauvais tenteront de vous déraciner, résistez-leur. Je n'ai pas été à la hauteur de votre père, mais j'ai suivi son chemin. Vous, élargissez-le. La préoccupation principale, ce sont les chefs de province et Memphis. Mon dernier voyage m'a permis de résoudre de nombreux problèmes, mais pas tous. Aujourd'hui, je n'en ai plus la force. Pendant que le Premier ministre s'occupera, à Thèbes, des affaires courantes, poursuivez mon œuvre et maintenez la cohésion de l'Égypte. Me le promettez-vous ?

— Je vous le jure.

— 24 —

Six mois de voyage, de réceptions, d'entretiens approfondis avec les chefs de province, de contacts nombreux et variés. Six mois au cours desquels Hatchepsout, loin de son mari et de sa fille, avait acquis une véritable popularité. Une reine, certes, mais proche des préoccupations des paysans et des artisans, à l'exemple de son père. Quant aux notables, ils avaient senti qu'il valait mieux remplir leurs devoirs, sous peine de provoquer la colère de leur si belle et si souriante souveraine.

À présent, Hatchepsout avait parcouru la totalité des Deux Terres et n'appréciait que davantage le pays aimé des dieux, une terre unique aux multiples visages. La protéger du malheur, maintenir sa prospérité, faire respecter la règle de Maât : cela suffirait-il à « transformer l'orge en or », selon la recommandation de son père ?

Dernière étape, avant le retour à Thèbes : Memphis, la « Balance des Deux Terres », capitale des origines et du temps des pyramides, centre économique majeur. Le palais royal était plus vaste et plus somptueux que celui de Thèbes, et l'influence du maire s'étendait bien au-delà des frontières de sa ville.

Le maire de Memphis... Le dernier obstacle de ce long voyage, et pas le moindre ! Joufflu, la bedaine épanouie, ce gros mangeur avait accueilli avec faste la reine d'Égypte, avec une intention à peine dissimulée : la voir repartir au plus vite vers le sud.

Aimable et distante, Hatchepsout avait reçu l'hommage des notables de la grande cité. Son silence prouvait que sa visite était purement protocolaire et sans aucune conséquence sur l'administration et la gestion des richesses.

Au terme d'un dernier banquet au cours duquel le vin avait coulé à flots, au point de provoquer quelques malaises, le maire, éméché, se pencha vers la reine.

— Vous partez demain ?

— À l'aube.

— Ma ville vous a-t-elle plu ?

— Ce n'est pas *votre* ville.

Le joufflu eut un haut-le-cœur.

— Pardon, Votre Majesté, mais...

— Toutes les villes de ce pays sont placées sous l'autorité de Pharaon, Memphis comme les autres. Et c'est à lui que vous devez votre poste.

— Bien sûr, bien sûr, et je lui en sais gré !

— Je n'en suis pas certaine. Allons dans votre bureau.

Brutalement dégrisé, le ventripotent découvrait une femme inquiétante. Jusqu'à présent, beauté, charme, attitude conventionnelle, parole lisse. Et soudain, caractère impérieux.

— Il est tard, Majesté, et...

— Quand il s'agit de l'État, l'heure importe peu.

Le joufflu n'était pas parvenu à la mairie de Thèbes sans écraser quelques sandales. Dissimulant ambition et cruauté, sa bonhomie avait toujours fait merveille. Son instinct lui disait que cette femme-là ne serait pas facile à manipuler, mais sa jeunesse jouait en sa défaveur.

— Bel endroit pour travailler, fit observer Hatchepsout en découvrant un immense bureau dont les fenêtres donnaient sur les temples du centre de la ville. Mobilier de luxe, peintures murales, lampadaires. Dommage.

— Dommage... Pourquoi, Majesté ?

— Parce que vous méritez le titre de premier des paresseux.

— Moi, mais...

— Votre ville est mal gérée. Trop de fonctionnaires, trop de bons amis incompétents occupant des places qu'ils ne méritent pas, des dépenses inconsidérées, des bâtiments mal entretenus : les rapports des scribes honnêtes sont accablants.

— Des calomnies !

— Non, des faits. J'ai lu ces rapports et j'ai exigé des vérifications. Tout est exact. T'obstiner à mentir aggravera ton cas.

Le maire eut la sensation de recevoir un violent coup de poing dans l'estomac. L'édifice patiemment construit depuis trois ans s'écroulait, le sol bougeait sous ses pieds.

Face à lui, une panthère prête à bondir. Séduisante et douce, avec des crocs et des griffes.

— J'ai peut-être commis quelques erreurs, concéda-t-il. Memphis est si vaste ! Et tous mes subordonnés ne respectent pas mes consignes. Soyez assurée que je vais sévir !

— Trop tard et trop grave, trancha Hatchepsout.

— Accordez-moi une seconde chance, je vous en prie !

— Tu ne sais que tricher. Ou tu te retires immédiatement, ou tu comparais devant un tribunal dont les juges ne seront pas nommés par toi.

— Si je démissionne, que vais-je devenir ?

— Le préposé au creusement des canaux a toujours besoin de main-d'œuvre. Ce labeur, indispensable à notre communauté, te fera perdre du poids.

Décomposé, le joufflu s'affaissa sur son siège.

— 25 —

L'aube était voilée, un vent frais soufflait sur Memphis. Avant son départ, Hatchepsout avait convoqué un scribe, auteur d'un rapport détaillé sur les agissements de l'ex-édile. Sexagénaire, rompu aux formalités administratives, effacé mais efficace, il réfléchit longuement avant d'accepter la proposition de la reine : devenir maire de Thèbes, en dépit de la lourdeur de la tâche, et pour une raison qui convainquit la reine, l'amour de sa ville.

Elle ne lui cacha pas que son comportement et ses réformes seraient passés au crible.

Alors que Hatchepsout empruntait la passerelle du bateau qui la ramènerait à Thèbes, le commandant de sa garde rapprochée vint vers elle.

— Majesté, une terrible nouvelle... Je ne sais comment...

— Parle.

— Le roi est mort.

★

Tout au long du voyage, Hatchepsout, silencieuse, avait observé le fleuve, plus calme que d'ordinaire, comme si lui aussi était en deuil. Alors qu'elle commençait à former un vrai couple avec Thoutmosis, le destin le lui arrachait. Elle s'efforça de ne se remémorer que leurs moments de bonheur, et surtout cet entretien au cours duquel la profondeur de ses sentiments l'avait tant émue.

Elle dédia ces heures de navigation à son époux défunt, dont l'âme voguait sur les eaux célestes afin de rejoindre celles des autres pharaons et de leurs frères, les dieux.

★

Sur les quais de Thèbes, d'habitude si animés, quelques dockers, et pas un bruit. Marché annulé. Pendant la momification du roi, qui durerait soixante-dix jours, les hommes ne se raseraient pas, et aucune fête ne serait organisée.

Le Vieux et Sénenmout accueillirent la reine, qui ne s'était pas maquillée. Ni perruque ni bijoux, une simple tunique blanche.

— Comment va ma fille ?

— En pleine santé, répondit le Vieux. La nourrice Touéris s'en occupe à merveille.

Hatchepsout regarda Sénenmout, bouleversé.

— L'épreuve ne fait-elle que commencer ?

— Les mois à venir ne seront pas doux, Majesté.

Un char conduisit la reine à sa Maison, plongée dans la tristesse. Néhésy avait renforcé la garde ; le service de nettoyage continuait à travailler, mais les lèvres demeuraient closes.

Dans sa chambre, Néferourê dormait, sous l'œil vigilant de sa nourrice.

À l'entrée de sa mère, elle ouvrit les yeux et lui sourit. Hatchepsout la caressa et l'embrassa.

— C'est le moment de la nourrir, décréta la robuste Touéris, qui lui donna aussitôt le sein. Trois ans d'allaitement lui assureront une bonne santé.

La nourrice observa la souveraine.

— Ne restez pas dans cet état. Vos servantes vont vous doucher, vous parfumer, vous coiffer et vous vêtir. Vous êtes notre reine. En ces temps difficiles, le pays ne compte que sur vous pour maintenir son unité. Quel que soit votre chagrin, vous incarnez l'espoir.

Ce discours, que la jeune femme redoutait d'entendre, la ramenait brutalement à la réalité de sa fonction.

*

Hatchepsout reçut le Premier ministre dans la petite salle d'audience du palais. Âgé, voûté, la parole embarrassée, le dignitaire paraissait usé.

— Selon nos lois, déclara-t-il, vous êtes régente du royaume pendant la période de deuil. Je vous présenterai un rapport quotidien, synthèse des notes que me remettent les ministres. Bien entendu, il serait malséant de prendre une décision importante ou d'émettre un décret.

— Et si des troubles se produisaient ?

— À l'intérieur, peu probable. Néhésy veillera au maintien de l'ordre. Pour le moment, nous ne sommes en conflit avec personne, et la Nubie est calme. Je ne discerne aucun danger provenant de l'extérieur. Nous

nous contenterons donc, vous et moi, d'expédier les affaires courantes, jusqu'à ce que le dieu Amon et le Grand Conseil désignent un nouveau pharaon.

Entre la reine et le Premier ministre, une totale froideur.

— Je n'ai travaillé qu'avec votre époux, Majesté, et je sais que vous prenez part aux activités de divers ministères. Puis-je vous rappeler qu'il me revient de les coordonner et de vous en rendre compte ? Bien entendu, vous avez le pouvoir de me révoquer mais, pendant le deuil d'État, une telle maladresse entraînerait de fâcheuses conséquences pour le pays.

Hatchepsout ne prononça pas un seul mot. Le Premier ministre salua et se retira.

— 26 —

D'une pression de ses pouces carrés, qui lui permettraient d'étrangler un animal de belle taille, Pousil déboucha une jarre de vin rouge deux fois bon, datant de l'année précédente, et but au goulot.

Grâce à Furet, d'une habileté remarquable, le chef du clan souterrain pro-hyksôs avait identifié deux traîtres qui songeaient à le dénoncer. La filature avait été permanente, jusqu'au moment où Pousil, patient et méthodique, avait organisé des accidents crédibles, qui ne provoqueraient aucune enquête. Chute du haut d'une maison pour le premier, noyade pour le second, grand amateur de baignade qui se vantait d'affronter n'importe quel courant.

Enfin, Pousil disposait d'un noyau dur, composé de séides qui lui obéissaient au doigt et à l'œil. Digne descendante des Hyksôs, qui avaient terrassé l'armée égyptienne, grâce à leurs chevaux, à leurs chars et à leurs armes de bronze, cette armée invisible, encore mince, avait le désir de revanche chevillé au corps.

Que se produirait-il après la mort de Thoutmosis II ? Pendant soixante-dix jours, l'Égypte était figée, et la reine Hatchepsout assurait la continuité de l'État. Mais ensuite ? Quelles seraient les décisions d'Amon et du Grand Conseil ?

Une série de coups frappés à la porte du domicile de Pousil. Le code de Furet.

— Entre.

L'agent de liaison était excité.

— Ça y est, le Grand Conseil délibère !

— Des échos ?

— A priori, Hatchepsout s'impose.

— Une femme Pharaon...

— Ça s'est déjà vu ! Et celle-ci connaît le fonctionnement de l'État.

— Une femme...

— Rien n'est fait, patron. La majorité du Grand Conseil lui est hostile.

— Quel autre candidat ?

— Je n'ai pas d'informations à ce sujet.

— Eh bien, patientons.

★

Le règne de Thoutmosis II avait été trop bref pour qu'il eût le temps de faire bâtir un temple des millions d'années où sa mémoire serait vénérée. Quant à ses funérailles, elles furent aussi discrètes que son existence. Aménagée à la hâte par Inéni, sa modeste tombe[1] accueillit son sarcophage et les objets indispensables à son heureux parcours dans l'au-delà.

La reine accomplit le cérémonial de l'ouverture de la bouche, des yeux et des oreilles, en présence d'Inéni,

1. Elle n'a toujours pas été retrouvée.

de Sénenmout et du Vieux. Puis le sarcophage fut descendu dans un puits et déposé dans un cercueil de pierre.

La période de deuil était terminée. L'Égypte avait besoin d'un nouveau pharaon.

★

Les délibérations du Grand Conseil duraient depuis une semaine. Plus chafouin que jamais, le conseiller Lénap débordait d'optimisme et tentait de transmettre ses espoirs à la dame Isis.

— Hatchepsout ne régnera pas, prédit-il. Malgré ses capacités, elle ne fait pas l'unanimité. Et j'ai agi en sorte de l'évincer.

— De quelle façon ? s'inquiéta Isis.

— En persuadant plusieurs membres du Grand Conseil qu'elle n'était pas apte à gouverner.

— De la corruption ?

— Pas de grands mots ! Je travaille pour votre fils. C'est lui, le troisième des Thoutmosis, qui doit monter sur le trône des vivants.

— Lui, un enfant !

— Souvenez-vous : Pépi II n'avait que six ans lorsqu'il a été élu, et il est mort centenaire ! Bien entendu, votre fils ne dirigera pas dans l'immédiat, mais il sera le pharaon, et vous, la régente.

— Je refuse tout pouvoir !

— Dame Isis, ne compromettez pas l'avenir d'un fils que vous chérissez ! Je serai à vos côtés, nous nommerons ensemble des ministres compétents et, dès qu'il en sera capable, Thoutmosis prendra les rênes.

— Vous me mettez à la torture !

— Pour le bien de notre pays, et vous le savez. Hatchepsout écartée, le chemin sera libre pour Thoutmosis. Et votre joie sera immense.

— Immense...

— Je retourne au palais. Entre deux délibérations, je bavarderai avec les membres du Grand Conseil qui n'ont pas encore basculé dans notre camp.

Subissant la pression des événements, Isis céderait. Quant à Lénap, il serait le Premier ministre idéal.

— 27 —

Une impasse.

En minorité, les partisans de Hatchepsout refusaient de céder à leurs adversaires, qui la refusaient comme Pharaon, sans pour autant proposer une solution qui ferait enfin l'unanimité.

Quand la dame Byna prit la parole, un petit sourire au coin des lèvres, elle eut la certitude que sa proposition emporterait l'adhésion générale. Une proposition mise au point avec un courtisan à l'esprit ô combien dévoué à sa cause, Lénap, conseiller d'Isis, la première compagne du monarque défunt et mère de son fils unique.

Cheffe du service de santé de la province de Thèbes, grande propriétaire terrienne, épouse et mère comblée, Byna était une jolie brune de quarante ans, affligée d'une voix éraillée. Sa douceur apparente cachait la dureté du métal.

Dès sa première rencontre avec Hatchepsout, lors d'un banquet, elle l'avait détestée. Trop belle, trop intelligente, trop rayonnante. Humiliation suprême : ne pas avoir été appelée pour soigner le roi, à cause de cette femme, qui avait préféré, à tort, le médecin du palais.

Hatchepsout se croyait tout permis. Aujourd'hui, Byna espérait prendre sa revanche. La suggestion du conseiller Lénap la ravissait. Elle plairait aussi au Grand Conseil, puisqu'il s'agissait d'une excellente solution.

★

— Tu ne manges plus rien ! protesta le Vieux.

— Je n'ai pas d'appétit, reconnut Hatchepsout.

— Dépérir avant de devenir Pharaon, mauvaise idée !

— Ne rêve pas.

— Qui d'autre que toi le Grand Conseil choisirait-il ? Le fils d'Isis n'est qu'un bambin qui sait à peine lire et écrire, et aucun dignitaire ne possède tes compétences. Alors, cesse de te ronger les sangs, et nourris-toi convenablement. Ce morceau de bœuf rôti aux fines herbes est tendre à souhait. Et mon vin rouge te redonnera de l'allant.

— Je vais faire un effort, promit la jeune femme.

★

Contrarié, le Vieux voulut en avoir le cœur net. Il se rendit à l'étable où Vent du Nord, lui, ne dédaignait pas sa salade de chardons frais et de luzerne croustillante.

— Dis donc, toi, j'aimerais savoir ce que tu penses de cette chienlit !

L'âne tourna la tête.

— D'accord, je te dérange en plein repas, mais il y a parfois des urgences. Question simple : notre gamine sera-t-elle désignée Pharaon par le Grand Conseil ?

L'oreille gauche se dressa.

— Comment, non ? Tu divagues, ce n'est pas possible ! C'est à elle de régner !

L'oreille s'abaissa, l'âne mâchonna une bouchée.

— Mais alors… Cette bande de crétins va l'éliminer !

De nouveau, l'oreille gauche se dressa.

— Non ? Exclue et adoptée… Tu racontes n'importe quoi, cette fois ! À croire que tu ne comprends plus ce qu'on te dit.

Furibond, le Vieux retourna à ses soucis domestiques. Même en cette période d'incertitude, il fallait assurer le fonctionnement de la Maison de la reine.

*

— Ça y est ! annonça Furet à Pousil. Le Grand Conseil a pris une décision. Il la rendra publique demain, au temple de Karnak, en présence de tous les dignitaires.

— Encore faut-il l'approbation d'Amon.

— Jusqu'à présent, en ce qui concerne les pharaons précédents, elle n'a jamais manqué.

— La situation est si particulière… Nous verrons bien. Pourvu que le pouvoir continue à s'affaiblir et nous, à nous renforcer ! Si le chaos se répand, nous attirerons des partisans.

*

Le lendemain, après le rituel de l'aube célébré par le Premier serviteur d'Amon en l'absence d'un pharaon, les Deux Terres connaîtraient leur nouveau souverain. Au choix des humains s'ajouterait la consécration divine, et le peuple d'Égypte serait à nouveau orienté vers la lumière.

Aux portes du pouvoir suprême, Hatchepsout prit conscience d'une erreur qu'elle n'avait plus le temps de réparer : ne pas avoir flatté, d'une manière ou d'une autre, les membres du Grand Conseil. Préoccupée par les affaires de l'État, elle s'était tenue à l'écart des notables pour s'attacher à l'essentiel.

Sa solitude la handicapait. La voix du vieil Inéni s'était affaiblie, et son ami Sénenmout ne disposait pas d'une position dominante.

Privée d'alliés influents, la reine se heurterait à une cohorte d'opposants. Au-dessus d'eux, le dieu Amon, dont la volonté s'exprimerait par la bouche de son Premier serviteur, un octogénaire incorruptible et sévère. C'est lui qui avait proclamé la légitimité de Thoutmosis II, et cette confirmation était jugée indispensable.

Aussi Hatchepsout s'en remit-elle au dieu des victoires, qui avait permis la libération de l'Égypte en armant le bras d'une reine contre l'occupant hyksôs.

— 28 —

Lénap jubilait. Non seulement la décision du Grand Conseil lui convenait parfaitement, mais encore il avait obtenu une faveur exceptionnelle, en raison de circonstances favorables : être le porte-parole des autorités.

À peine arrivait-il au temple de Karnak que l'assistant du Premier serviteur d'Amon lui barrait le chemin. Âgé de quarante ans, Hapouséneb avait une forte corpulence. Crâne rasé, robe de lin, voix grave et regard autoritaire.

— La cérémonie doit être repoussée.

— Pour quelle raison ?

— Mon supérieur est souffrant. J'ai été contraint de le remplacer pour célébrer le rituel de l'aube.

Lénap le savait déjà et comptait précisément profiter au maximum de cette occasion ô combien favorable.

— Le Premier serviteur a-t-il une chance de se remettre ?

— Pas dans l'immédiat, reconnut Hapouséneb. Il n'a plus l'usage de la parole.

— L'Égypte ne saurait attendre, affirma Lénap. Il lui faut un pharaon. La période d'incertitude n'a que trop duré, et met les Deux Terres en danger. En outre, la décision du Grand Conseil attirera forcément les faveurs d'Amon.

— Ce n'est pas conforme à notre Règle. Patientons. Si le Premier serviteur ne se rétablit pas, un successeur sera nommé et interviendra comme interprète d'Amon.

— Navré, nous n'avons pas le temps.

— Je proteste contre cet abus de pouvoir !

— Ne t'emporte pas inutilement, mon ami ! Nous agissons pour le plus grand bien du pays. En tant qu'assistant d'un sage estimé de tous, tu nous transmettras son opinion. Une opinion positive, j'en suis certain. Une telle attitude sera appréciée en haut lieu. Et je t'imagine remplissant la fonction de Premier serviteur. Tu possèdes les qualités requises.

Le ton mielleux de Lénap irrita le ritualiste.

— Vos propos sont intolérables. Je refuse de cautionner des manigances.

— Sois prudent, Hapouséneb.

— Une menace ?

— Un conseil.

— Vous vous débrouillerez sans moi. Je quitte le temple immédiatement.

Cet obstacle de dernière minute n'en était pas vraiment un. Lénap connaissait le troisième personnage de la hiérarchie de Karnak, au tempérament conciliant.

★

Dans la grande cour à ciel ouvert, pas un notable ne manquait. Au grand complet, la cour avait les nerfs à vif. Un sentiment dominait : quelles que fussent les réticences à son égard, qui d'autre que Hatchepsout pouvait gouverner le pays ? Ces derniers mois, elle avait prouvé des compétences que nul ne contestait. Pourquoi les délibérations du Grand Conseil avaient-elles été interminables ?

Au premier rang, Isis et son fils, un garçonnet au visage sérieux, précoce dans l'art de dessiner les hiéroglyphes, solitaire et studieux.

Devant la façade du temple couvert, Lénap, porte-parole du Grand Conseil, et le Troisième serviteur d'Amon, un personnage falot.

L'apparition de Hatchepsout imposa un silence total. Admis à cette cérémonie en tant qu'intendant de la Maison de la reine, le Vieux fut ébloui par sa beauté, son élégance et sa dignité. Quant à Sénenmout, il la dévorait des yeux. Comment parvenait-elle à concilier une féminité rayonnante et l'autorité d'un monarque ?

D'un pas tranquille, la souveraine se dirigea vers les deux hommes qui allaient sceller son destin. Goûtant son heure de gloire, Lénap laissa passer un long moment. En cet instant, cette femme inaccessible ne lui était-elle pas soumise ?

— Voici la décision du Grand Conseil, proclama-t-il enfin, de sa voix aigre. Notre nouveau pharaon est Thoutmosis, troisième de la lignée.

L'enfant n'exprima aucune émotion. Sa mère Isis, en revanche, porta la main à ses lèvres pour refréner un cri, mélange d'incrédulité et d'angoisse. Ni le garçonnet ni elle ne voulaient de cet avenir-là.

Hatchepsout demeura impassible.

Le Vieux marmonna des injures, Sénenmout serra les poings.

— En raison de son jeune âge, poursuivit Lénap, le pharaon Thoutmosis III ne pourra pas remplir tous les devoirs de sa charge. C'est pourquoi la reine Hatchepsout est confirmée comme régente du royaume. Elle continuera à gérer l'État, les Deux Terres lui obéiront, elle tiendra le gouvernail jusqu'à ce que le pharaon désigné soit capable de le manier.

L'étau se refermait sur Hatchepsout, d'une immobilité minérale.

— Le dieu Amon approuve-t-il ces décisions ? demanda Lénap au Troisième serviteur.

Ce dernier hocha la tête.

— Majesté, interrogea le porte-parole, le décret est rédigé. Il ne reste qu'à apposer votre sceau.

Les regards s'affrontèrent. Face aux yeux d'or de Hatchepsout, Lénap baissa les siens. Si elle refusait, une crise inédite débuterait.

— Je l'apposerai, déclara-t-elle.

— 29 —

— D'accord, dit le Vieux, crispé, tu as eu raison, une fois de plus. Tu n'exiges quand même pas des excuses ?

L'œil de Vent du Nord demeura d'une grande douceur.

— J'aime mieux ça... J'avais peur que ta tête grossisse comme un melon d'eau ! J'ai eu tort de ne pas te croire, ne revenons pas là-dessus. Hatchepsout n'est pas pharaon, mais reste régente. Intenable !

Le Vieux avait gâté son âne : des baies, des figues et de la salade juste cueillie.

— On peut toujours discuter, non ?

Pas de réaction. Vent du Nord avait sa fierté. Serait-il susceptible au point de bouder ?

— J'explique : Thoutmosis III est le pharaon, mais ne gouverne pas. Hatchepsout gouverne, mais n'est pas pharaon. Ça ne tiendra pas longtemps comme ça. On court au conflit.

Pas de réponse de l'âne. Plus de doute, il boudait.

— Bon, je te présente mes excuses. Tout le monde peut se tromper. On recommence à causer ?

Lentement, l'oreille droite se dressa.

Le Vieux se sentit soulagé. Ce n'était pas cette bête qui décidait du sort de l'Égypte, mais la consulter ne manquait pas d'intérêt.

— Toi et moi, on l'aime beaucoup, cette gamine. Diriger, elle ne sait faire que ça. L'ennui, ce sont les médiocres et les salopards qui la haïssent. Penses-tu qu'elle résistera ?

L'oreille droite se dressa.

*

Existait-il plus émouvant que le visage ridé d'un vieil architecte mourant, qui avait voué son existence à servir son roi et la fille de celui-ci, sans jamais songer à son bien-être ?

Hatchepsout prit les mains de l'agonisant, allongé sur un lit aux pieds en pattes de taureau.

— Vous êtes venue... Quel honneur ! Vous m'accordez le plus bel instant de ma longue existence.

Le sourire d'Inéni déchira l'âme de la reine. Elle se refusa à prononcer des paroles convenues. La mort était imminente, la nier serait puéril.

— Tenez bon, Majesté.

Ce furent les derniers mots du maître d'œuvre.

*

Au palais, une atmosphère pesante. Indécis, les courtisans se sentaient obligés de louer à la fois le roi et la régente. Que réserverait l'avenir ? L'avènement de Thoutmosis III ou le triomphe de Hatchepsout ? Si la régente osait s'en prendre au pharaon légitime, une révolte la renverserait. Mais l'enfant était incapable de régner, et sa mère refusait obstinément d'assumer la moindre responsabilité.

Situation si délicate que les plus expérimentés hésitaient à prendre parti, de peur de compromettre leur carrière.

En apparence, pas de dérèglement. La régente recevait chaque matin le Premier ministre, et la vie semblait suivre son cours.

Ce matin d'hiver, un timide soleil éclairait les Deux Terres. La mine sombre, le Premier ministre pénétra dans le bureau de Hatchepsout, qu'avaient occupé avant elle son père et son mari.

— De mauvaises nouvelles, Majesté.

— Pas de bonnes ?

— Malheureusement non.

— Commencez par les pires.

— Difficile de trier.

— Essayez quand même.

Le Premier ministre déroula un papyrus.

— Dans plusieurs provinces, l'entretien des canaux est insuffisant.

— Pour quelles raisons ?

— Manque de personnel et d'outillage.

— Votre intervention n'a-t-elle pas suffi ?

— Bousculer les chefs de province serait contre-productif.

— Ensuite ?

— La construction de nouveaux greniers prend du retard. En cas de mauvaise crue, nous n'aurons pas assez de réserves de blé.

— Les responsables ?

— Les corporations de briquetiers traînent les pieds. Elles veulent une augmentation. Le ministre de l'Économie s'y oppose.

— Et vous-même ?

— C'est un notable très influent. Je dois le ménager.

— Continuez.

— Ces derniers temps, la production de cuir est insuffisante. Il semblerait que des quantités non négligeables de peaux d'animaux morts soient détournées.

— Vous avez enquêté, je suppose ?

— Sans résultat, hélas ! Le monde paysan est souvent opaque.

— D'autres désordres ?

— La circulation des bateaux sur le Nil m'inquiète. Les livraisons n'arrivent pas à la date prévue.

— La police fluviale serait-elle inefficace ?

— Trop de contrevenants. Elle est débordée.

— Toi aussi, semble-t-il.

— M'accuseriez-vous de négligence ?

— Et si c'était le cas ?

— Alors, je me plaindrais au pharaon. Mes arguments le convaincraient, et je serais lavé de toute accusation injustifiée.

— 30 —

— Votre enfant est incroyable ! dit la nourrice Touéris à la régente. Nous savons toutes que les filles sont plus intelligentes que les garçons, mais celle-ci me stupéfie ! Je n'ai jamais vu un enfant marcher si vite, et voilà qu'elle commence à faire des phrases et à chantonner des airs qu'elle a entendus ! Il faut admettre que Sénenmout est un bon précepteur. Il prend son rôle très au sérieux, a convoqué un orchestre féminin qui joue chaque jour de la musique pour Néferourê et il lui lit lui-même des contes. À l'école, elle sera sûrement une élève brillante !

Ce bonheur-là allégea un peu le fardeau de Hatchepsout. La joie de vivre qu'elle contempla dans les yeux de sa fille lui redonna de l'énergie.

— Aucun souci de santé, ajouta la nourrice. Mon lait vaut mieux que tous les médicaments. Et comme cette gamine a bon appétit, elle grandira vite.

★

Creusée dans l'une des collines dominant la Vallée des Nobles[1], la demeure d'éternité de Sénenmout n'avait rien de modeste : façade rythmée par plusieurs niches, fenêtres livrant accès à la lumière, plafond d'une hauteur de quatre mètres, murs recouverts d'un enduit qui recevraient bientôt des scènes rituelles. Les artisans de la Place de Vérité avaient bien travaillé, et le jeune savant était heureux de faire découvrir à sa reine cet endroit paisible, loin des tourments du pouvoir.

— La situation est grave, révéla Hatchepsout. Le Premier ministre et son gouvernement me sont hostiles. Lui et ses alliés, probablement sous la houlette de Lénap, le conseiller d'Isis, m'empêchent d'agir. Pis encore, ils veulent appauvrir le pays et semer le trouble afin de démontrer mon incompétence. Placée devant l'évidence, je serai contrainte de m'effacer, Lénap me remplacera tout en proclamant sa loyauté absolue envers un enfant-roi.

— Comment empêcher ce désastre ?

— Isolée, je n'entrevois qu'une seule possibilité d'y échapper : m'appuyer sur la hiérarchie des ritualistes de Karnak.

Sénenmout ne cacha pas son scepticisme.

— Le Premier serviteur d'Amon est grabataire, son assistant a quitté le temple, et le Troisième serviteur s'est vendu à vos ennemis !

— Je sais, mais j'envisage une stratégie. Me seras-tu toujours fidèle, mon ami ?

Bouleversé, Sénenmout s'agenouilla.

— Vous avez ma parole. Que je sois anéanti si je la trahissais.

— Relève-toi.

1. Cheikh Abd El Gourna.

Comme les autres femmes étaient fades à côté d'elle ! Le jeune homme avait la chance inouïe de côtoyer une reine authentique. Il remerciait les dieux en la servant de son mieux.

— J'ai le pouvoir de te nommer grand intendant d'Amon et gestionnaire des biens royaux. À ce titre, tu veilleras sur les richesses de Karnak, et les ritualistes te rendront des comptes.

— Ne s'opposeront-ils pas à ma nomination ?

— Seul le Premier serviteur aurait pu protester. Son état l'empêche de réagir, et le Premier ministre n'aura pas son mot à dire. À toi de te montrer à la hauteur de cette nouvelle tâche.

Sénenmout se sentait prêt à tout pour satisfaire la souveraine.

— Il est urgent de retrouver Hapouséneb, déclara-t-elle. Son attitude prouve son intégrité. Soit il renonce à toute activité officielle, soit il t'écoute. En ce cas, amène-le-moi.

*

Tant qu'ils n'auraient pas obtenu l'augmentation réclamée, les briquetiers ne travailleraient qu'à mi-temps, ce qui ralentissait la construction des villas, des maisons et des immeubles. Animateur de la contestation, Pousil était de plus en plus populaire. Sa revendication paraissait raisonnable, et l'on déplorait chaque jour davantage la division du pouvoir qui affaiblissait le pays.

Pousil se gardait de prendre parti et instillait une idée que certains interlocuteurs prenaient au sérieux : l'institution pharaonique ne garantissait plus la prospérité des Deux Terres. Un modèle dépassé qu'il faudrait remplacer par un autre type d'autorité.

Non sans un intense plaisir, le briquetier aux sourcils broussailleux constatait sa capacité de persuasion.

— 31 —

Sénenmout ne rechercha pas longtemps Hapouséneb. Ce dernier logeait dans la ferme familiale, occupé à traire une vache magnifique, à la robe brun clair et aux grands yeux doux. L'ex-ritualiste de Karnak avait des gestes mesurés et ne tourna pas la tête à l'approche de l'intrus.

— Je suis Sénenmout, astronome et précepteur de la fille de la régente.

— Grand bien te fasse.

— Elle vient de me nommer intendant de Karnak. Une tâche ardue. J'ai besoin de tes conseils.

— Je t'en donne un seul : renonce.

— La bonne gestion des richesses du temple est indispensable à l'équilibre du pays.

— Après ce qui s'est passé, cet équilibre-là est définitivement rompu !

— Je ne partage pas ton avis.

— Alors, tu manques de lucidité ! Ta régente est fichue. Dirigé par cette ordure de Lénap, le clan adverse rognera peu à peu ses prérogatives et prendra le pouvoir. Étudie l'astronomie et oublie le reste.

La traite terminée, Hapouséneb caressa sa vache et boucha la jarre de lait.

— Si les gens de bien renoncent à lutter, estima Sénenmout, le Mal aura le champ libre. Tu ne le désires pas, j'en suis certain.

Hapouséneb dévisagea enfin son interlocuteur. L'argument avait porté.

— J'ai soif. Installons-nous sous la tonnelle.

La bière était légère et désaltérante. Dans le potager voisin, des paysans chantonnaient en récoltant des poireaux.

— J'aime la terre, avoua Hapouséneb. Elle ne ment pas, ne triche pas, ne vole pas.

— Et tu accepterais, passivement, de l'offrir à des ambitieux qui n'ont d'autre souci que gloriole et vanité, au point d'opprimer le peuple ?

— Ce ne serait pas le cas de Hatchepsout ?

— Je la connais depuis l'enfance et je t'assure qu'elle ne ressemble pas à ce portrait-là. Oui, elle est née pour régner, et son père l'a formée à cette fonction. Servir est son impératif. Et sa seule loi sera la règle de Maât.

— Toi, tu es naïf et optimiste !

— La science des astres m'a délivré de ces travers. Elle est rigoureuse, exclut la fantaisie et les sentiments personnels.

— Cette science t'autorise-t-elle à croire en Hatchepsout ?

— Ce n'est pas une question de croyance, ni d'amitié, ni même de profond respect. Elle aime l'Égypte plus qu'elle-même et elle lui vouera sa vie, en tentant de préserver deux biens précieux : la paix et la prospérité.

— Tu défends la régente avec ardeur.

— Toi, as-tu confiance en elle ?

De la réponse de Hapouséneb dépendrait l'issue de cet entretien.

La réflexion fut intense et longue.

— Plutôt.

— Sans nier les qualités du troisième des Thoutmosis, et son statut de pharaon, entériné par Hatchepsout elle-même, ne penses-tu pas qu'elle a été spoliée ?

— J'en ai été témoin. Amon ne s'est pas exprimé comme il l'aurait dû. C'est pourquoi j'ai quitté un poste que je ne pouvais plus assumer en conscience.

— Une seule manière de te forger une opinion définitive : voir la reine. L'acceptes-tu ?

*

La rencontre n'eut lieu ni au palais, où régnait désormais Thoutmosis III, ni à la Maison de la reine où un bavard s'en ferait fatalement l'écho, mais dans l'étable de Vent du Nord, tandis que le Vieux et Sénenmout montaient la garde.

Considéré comme un rebelle, Hapouséneb était exclu des cercles officiels, et un contact avec la régente eût provoqué, pour lui comme pour elle, des conséquences fâcheuses. Lénap et ses alliés attendaient avec impatience une faute grave de Hatchepsout pour la chasser définitivement du pouvoir.

Sans arrogance, mais d'un œil acéré, Hapouséneb observa cette femme qu'il contemplait pour la première fois de si près. La légende qui lui attribuait des yeux d'or exagérait à peine. Vêtue comme une simple paysanne afin de ne pas attirer l'attention, elle incarnait une autorité fascinante, tout en gardant un charme de nature magique.

Habitué aux rituels et aux formules de Connaissance, Hapouséneb l'était moins aux arguties des courtisans. Prévoyant un comportement plus ou moins diplomatique de la part de la régente, destiné à le convaincre de l'aider, il fut étonné de son silence. Elle le laissait la jauger, comme si elle se mettait à nu.

Pas un instant son regard ne se déroba. Une certitude s'imposa : reine, régente, cette femme avait l'étoffe d'un roi.

Ébranlé, l'ex-ritualiste peina à remettre ses pensées en ordre.

— Amon, le Caché, est notre protecteur et notre guide. C'est lui qui assure la stabilité des Deux Terres. Entendre sa voix est primordial. Voici ce que je vous propose.

L'ouïe fine, le Vieux écouta Hapouséneb détailler son plan.

— Complètement insensé, marmonna-t-il, sans s'apercevoir que ce jugement négatif avait fait se dresser l'oreille gauche de Vent du Nord.

— 32 —

Au palais, l'atmosphère était sinistre. Pourtant, Lénap avait obtenu ce qu'il désirait. Mais ses protégés ne réagissaient pas comme espéré. Le roitelet s'obstinait à lire et à écrire, sans manifester le moindre intérêt pour l'exercice du pouvoir. Quant à sa mère, elle persistait dans son refus de participer à la vie publique. Voir grandir son fils, à l'évidence un futur scribe d'élite, telle était son unique ambition. À ces attitudes décourageantes s'ajoutait l'habileté de Hatchepsout, qui évitait toute confrontation, se cantonnait dans la Maison de la reine et à son rôle de régente, sévèrement limité par le Premier ministre.

Tôt ou tard, le tempérament de cette femme si fière reprendrait le dessus et l'inciterait à tenter un coup de force contre le pharaon légitime, qu'elle avait elle-même reconnu comme tel.

La reine éliminée, il serait aisé de mettre à l'écart le jeune Thoutmosis, qui ne s'en offusquerait pas. Il deviendrait un pantin entre les mains de Lénap qui adorait manœuvrer dans l'ombre.

Le Premier ministre le rejoignit dans une allée du jardin jouxtant la résidence du roi.

— Sénenmout a été nommé grand intendant d'Amon. Le voici à la tête des richesses de Karnak.

— Impossible de s'y opposer ?

— Seul le Premier serviteur du temple aurait pu contester cette décision. Vu son état, elle a été entérinée par la hiérarchie des ritualistes qui apprécient ce brillant astronome.

— Est-ce si gênant ?

— Non, puisqu'il sombrera avec sa reine vénérée. Mais sa première initiative a de quoi surprendre. Il désire consulter le grand oracle d'Amon.

Lénap fut contrarié.

— En a-t-il le droit ?

— Pas sans l'accord de l'Épouse du dieu, à savoir Hatchepsout.

— Que manigancent ces deux-là ?

— Je l'ignore, aucune indiscrétion n'a filtré. Il n'y a guère de raisons d'être inquiet. Sénenmout est un dignitaire comme les autres, il a l'occasion de s'enrichir. Il ne la manquera pas, à condition d'assurer la gestion de biens considérables. Autant demander à Amon d'approuver ses directives et d'étouffer à l'avance toute critique.

En connaisseur, Lénap admit la valeur de cette stratégie.

— Quand il constatera la déchéance de Hatchepsout, le grand intendant se détachera d'elle et se rapprochera de nous. Ne ferait-il pas un parfait Premier serviteur, maître de Karnak, et fidèle sujet de Thoutmosis III ?

Cette hypothèse ne déplut pas au Premier ministre.

*

Même si l'événement ne présentait aucun danger, Lénap prit ses précautions. Il ordonna au Troisième serviteur d'Amon de choisir douze porteurs de la barque d'Amon tout à fait sûrs, puisqu'il s'agirait d'employés de la dame Byna, farouchement hostile à Hatchepsout. Ainsi, aucune mauvaise surprise.

Sous un ciel bleu éclatant, la cour était rassemblée. Contraint d'occuper un trône à l'abri du soleil, le petit pharaon avait hâte de voir la cérémonie se terminer et de retourner à la bibliothèque du palais. Raide dans sa robe austère, Isis détestait ces festivités.

Comme il se devait, la régente se tenait en retrait et à l'écart. Le plus proche d'elle était le Vieux, qui se préparait à affronter un désastre. Le plan de Hapouséneb n'avait aucune chance d'aboutir.

Le chemin de Hatchepsout s'arrêterait ici, de façon brutale. Sous le coup d'une atroce humiliation, que deviendrait-elle ? Quoi qu'il advînt, le Vieux resterait à ses côtés.

Quand la barque d'Amon, recouverte d'or fin, sortit de sa chapelle, elle suscita l'admiration. À l'avant, une tête de bélier en or, finement sculptée. Les douze porteurs avancèrent lentement et s'immobilisèrent au centre de la cour.

Sénenmout se détacha des rangs des ritualistes, s'approcha de la barque divine et éleva les mains en signe de vénération.

— Toi, le dieu des victoires, réponds à mon appel. Que ton oracle oriente notre conduite et nous maintienne sur l'étroit sentier de la vérité. Réponds à ma voix, dieu Un et multiple, puissance cachée qui fait rayonner la vie.

« Après les formules rituelles, s'impatienta Lénap, la question ! »

Sénenmout l'énonça d'une voix claire, en détachant les mots.

— Ô Amon, reconnais-tu Hatchepsout comme Pharaon, roi de Haute et de Basse-Égypte ?

Pendant quelques instants, la barque ne bougea pas. Puis une vibration l'anima, contraignant les porteurs à se diriger vers la régente.

L'assistance osait à peine respirer.

À trois pas de la régente, la tête de bélier sembla se redresser. Si l'arrière de la barque s'inclinait, l'oracle d'Amon fournirait une réponse négative, et Hatchepsout n'aurait plus qu'à se retirer dans une lointaine campagne.

Thoutmosis et Isis semblaient pétrifiés. La dame Byna trépignait. Le conseiller Lénap se mordillait les lèvres.

Les porteurs n'étaient plus maîtres de leurs gestes. Une force inconnue s'était emparée d'eux. Les six de devant s'agenouillèrent, et le bélier d'Amon s'inclina devant Hatchepsout, avant de lui baiser les mains.

— Gloire à notre pharaon ! s'exclama le Vieux, aussitôt imité par des centaines de courtisans.

— 33 —

De rage, Lénap déchira le papyrus.

— Ma troisième et dernière requête a été refusée par le Grand Conseil, dit-il au Premier ministre, assis en face de lui. Ses membres refusent de se réunir pour annuler l'élévation de Hatchepsout au rang de Pharaon.

— Ils ont raison : ce qui s'est produit, selon les ritualistes, a la valeur d'un *bia*, un miracle. Le grand oracle d'Amon s'est exprimé, les humains ne sauraient le contredire.

— Les porteurs de la barque ont été achetés !

— Nous savons que non. C'étaient des employés de la dame Byna, qui avaient remplacé les desservants habituels. De solides gaillards qui ont été soumis à la volonté divine. Quels que soient nos sentiments, c'est bien Amon qui a désigné Hatchepsout.

— Thoutmosis, sa mère et moi sommes maintenant en grand danger !

— À condition que l'ex-régente soit couronnée. Son comportement est troublant. Depuis un mois, elle s'enferme dans ses appartements et ne reçoit personne, pas même moi.

— Renoncerait-elle au trône ?

— Elle n'en a pas le droit. Si telle était son intention, pour une raison que nous ignorons, une seule issue : le suicide.

★

— Mais enfin, s'emporta le Vieux en débouchant une jarre de rouge deux fois bon, qu'est-ce qui lui prend, à la petite ! Au lieu de célébrer son triomphe et de se préparer au couronnement, elle se cloître.

— Je crois le savoir, avança Sénenmout.

— Raconte !

— Hatchepsout hésite.

— Amon l'a choisie !

— Bien sûr, nous avions un mince espoir que le plan conçu par Hapouséneb réussisse, vraiment très mince. Quoiqu'elle soit taillée pour la fonction suprême, Hatchepsout y avait renoncé en faveur de Thoutmosis III. Et soudain, l'impossible lui saute au visage ! Ce miracle n'est pas dû à des humains, mais à Amon, le Caché, le maître de Thèbes et des Deux Terres. Imagines-tu la violence du choc ?

— J'aime autant pas.

— Nous voici au-delà de l'ambition, du pouvoir personnel et de l'existence individuelle, estima Sénenmout. Hatchepsout a pris conscience qu'elle ne serait plus jamais une femme comme les autres et que sa vie ne lui appartenait plus. Confronté à cette réalité impitoyable, qui ne prendrait pas peur ?

— Peur... jusqu'à quel point ?
— S'enfuir. S'enfuir définitivement.
— Tu veux dire...
— Elle en est capable.

★

La seule distraction de Hatchepsout, perdue dans ses pensées : jouer quelques minutes avec sa fille, la regarder sourire, apprécier son sérieux. Privée d'appétit et de sommeil, la souveraine ne cessait de ressentir le baiser du bélier d'Amon.

Transformer l'orge en or, selon l'exigence de son père : elle s'en sentait incapable. Oui, elle avait rêvé de pouvoir suprême, mais sans percevoir l'ampleur d'une investiture divine. *Bia*, un miracle... En être l'objet l'avait plongée dans la détresse. Être dévorée par la fonction, ne plus s'appartenir, renoncer aux plaisirs les plus simples, n'avoir qu'une ligne de conduite inflexible, devenir le canal de l'énergie créatrice pour la transmettre au pays et au peuple... Le voile s'était déchiré, le regard du bélier d'or lui avait révélé un monde de devoirs trop écrasants. À présent, Hatchepsout comprenait la portée de la principale désignation du pharaon : *hem*, « serviteur ».

Elle, qui se croyait si forte, n'était finalement pas de taille. Sa longue retraite allait prendre fin. Se libérer de son destin passait par sa disparition physique. En s'étiolant chaque jour davantage, elle perdrait son souffle et s'éteindrait peu à peu. Protégé par la hiérarchie du grand temple d'Amon, Sénenmout serait un père pour Néferourê et l'éduquerait au mieux, jusqu'à ce qu'elle soit admise parmi les ritualistes.

Lasse, mais apaisée, la reine s'allongea sur son lit. Elle ne boirait plus une goutte d'eau et s'endormirait en admirant le jardin luxuriant de sa Maison et en écoutant le chant des oiseaux.

— 34 —

— Mais qu'est-ce que je vois là ! s'exclama Touéris en découvrant la reine, les yeux mi-clos, alanguie, un bras pendant, le visage baigné par le soleil couchant.

Ses lèvres étaient desséchées.

De ses bras puissants, Touéris souleva doucement la jeune femme et lui humecta la bouche avant de lui faire boire une petite gorgée d'eau et de poser un linge parfumé sur son front.

— Je n'aurais pas dû venir à cette heure-là, mais j'ai l'instinct de vie, moi, et je me doutais que vous prépariez un mauvais coup. Buvez encore. Pas trop vite.

Mains sur les hanches, Touéris se campa au pied du lit.

— Ça ne se passera pas comme ça ! Je ne suis que nourrice, mais je vais vous dire ce que j'ai sur le cœur. Amon vous a choisie comme Pharaon, c'est un miracle, et personne n'y peut rien, surtout pas vous ! Beaucoup de gens n'ont pas de destin. Vous, vous en avez un. Et même s'il ne vous plaît pas, pas question d'y échapper. On doit toujours se battre, même avec soi-même. Seuls les lâches prennent la fuite.

Piquée au vif, Hatchepsout redressa le buste.

— Quel terme as-tu osé employer ?

— « Lâcheté ». Ne serait-ce pas le bon ?

Éteints, les yeux d'or flamboyèrent à nouveau.

— Tu n'as pas le droit de me traiter ainsi !

— Erreur, Majesté ! C'est vous qui n'avez pas le droit de *vous* traiter ainsi. Dépérissez dans votre coin, si ça vous chante. Moi, j'emmène votre fille, je la nourris, et Sénenmout l'élèvera.

— Sais-tu à qui tu t'adresses ?

— Non, justement ! Au pharaon à qui je dois respect et obéissance, ou bien à une faible créature, incapable d'assumer ses responsabilités ?

Hatchepsout se releva et marcha jusqu'à la fenêtre de sa chambre. Des couleurs douces, de l'orangé au rouge sombre, rendaient le jardin féerique.

— Nourrice, apporte-moi un bon dîner.

*

— D'après un domestique, apprit Furet à Pousil, la régente serait en train de mourir d'inanition. Au lieu de la monter au sommet, le miracle d'Amon l'a détruite. Adieu, Hatchepsout ! Ne subsiste qu'un roitelet, couvé par une mère qui persiste à refuser toute intervention dans les affaires de l'État. Une situation idéale, non ?

Pousil savoura l'information. L'institution pharaonique se délitait, le chaos s'annonçait. Que rêver de mieux, en effet ? Le nouvel homme fort s'appelait Lénap, mais il n'était qu'un manipulateur habitué à grenouiller dans l'obscurité, et n'aurait pas la stature nécessaire pour s'imposer comme maître des Deux Terres.

La gravité de la situation entraînerait plusieurs notables à concevoir un pouvoir fort, qui mettrait un terme à ce désordre.

À Pousil de s'engouffrer dans cette brèche, en recrutant de nouveaux adeptes.

★

— Elle est morte ? questionna Lénap.

— Simple rumeur, répondit le Premier ministre. Pas de confirmation.

— Rumeur insistante, tout de même ! La régente refuse-t-elle toujours de te recevoir ?

— Toujours.

— C'est bon signe, non ?

— Peut-être, mais ne nous réjouissons pas trop tôt. L'intendant de la Maison de la reine ne pourra pas cacher éternellement la vérité. Lors de l'annonce du décès, nous proclamerons un deuil officiel, limité à la province de Thèbes. La régente sera vite oubliée.

★

Hapouséneb continuait à traire ses vaches. Il ne regrettait pas d'avoir proposé à Hatchepsout de faire appel au grand oracle d'Amon, mais déplorait l'attitude de la régente, incapable d'honorer un miracle qui la portait à l'apogée du pouvoir. Le dieu s'était-il trompé ?

Occultant ses doutes, Hapouséneb n'avait plus d'autre souci que l'entretien de la ferme familiale. Puisque la reine, disait-on, était sur le point de disparaître, il reviendrait au clan du jeune Thoutmosis de gouverner le pays le moins mal possible.

Une visite inattendue : le Vieux, accompagné de son âne.

— J'aime les vaches, confessa-t-il. J'en avais une qui assistait aux vendanges et buvait le jus du pressoir. Ensuite, elle se roulait sur le dos, les pattes en l'air.

— Hatchepsout est morte ?

— Je l'ai vue il y a deux heures. Amaigrie, pâlotte, mais l'œil vif. Le vin que je lui ai prescrit lui redonnera son énergie habituelle.

— Renonce-t-elle au trône ?

— Qui t'a raconté ces balivernes ?

— La rumeur...

— Toi qui as lu les *Maximes* de Ptah-Hotep, tu sais que c'est un poison et qu'il ne faut jamais l'écouter.

— Je sais, je sais... Mais alors ?

— Alors, il faut préparer le couronnement, et ce n'est pas une mince affaire. Sénenmout est déjà au travail. Lui seul, quelles que soient ses qualités, ne suffira pas. Et tu connais le rôle majeur du Premier serviteur d'Amon.

— Tu as raison.

D'un panier que portait Vent du Nord, le Vieux sortit une jarre de vin blanc cinq fois bon.

— N'aurais-tu pas une petite soif ?

— Ça se pourrait. Je suis heureux de fêter l'avènement de Hatchepsout.

— On a une autre bonne nouvelle à célébrer : elle te nomme Premier serviteur d'Amon, supérieur du temple de Karnak.

— 35 —

Pousil détestait les rites, d'inutiles simagrées. Et si, par hasard, ils établissaient un contact avec ce que les Égyptiens appelaient « les dieux », ils étaient dangereux et nuisibles. À l'exemple de ses aïeux, les Hyksôs, le Libanais ne s'encombrerait pas de cérémonies désuètes et commencerait par éliminer les ritualistes et fermer les temples. Une seule puissance avait trouvé grâce aux yeux des envahisseurs, celle de Seth le destructeur, dont la force brutale s'exprimait par la foudre.

— Le couronnement de Hatchepsout aura lieu demain, lui apprit Furet. Au palais, ce n'est pas la joie ! Lénap a tout fait pour l'empêcher, en vain.

— Sa haine décuplera. Peut-être un futur sympathisant.

— Pour le moment, il a peur ! La revanche du nouveau pharaon le touchera de plein fouet. Isis redoute également que son fils, tout roi qu'il soit, ne subisse la colère de Hatchepsout.

— Si les deux souverains s'entre-tuent, quel bonheur ! Ce sera la pagaille, les partisans des deux camps s'étriperont. Nous, nous pillerons les palais et les grandes villas. Et notre milice rétablira l'ordre.

— N'oublions pas le commandant Néhésy !

— Je le tuerai de mes mains. Il sera le premier à mourir.

★

Chargé d'organiser le banquet qui suivrait le couronnement, le Vieux ne savait plus où donner de la tête. Malgré ses efforts et ceux de Vent du Nord, qui conduisait son troupeau d'ânes transportant des denrées, être prêt au moment prévu relevait de l'exploit.

Mais la joie de voir Hatchepsout régner effaçait les soucis, et les vins seraient tous de grande qualité.

Point délicat : Isis et Thoutmosis III répondraient-ils à l'invitation de la souveraine ou la défieraient-ils par leur absence ? Quoi qu'il en soit, la situation deviendrait vite intenable. Jamais l'Égypte n'avait connu deux pharaons en même temps ! Les monarques trop jeunes pour gouverner laissaient agir une régente, jusqu'à ce qu'ils fussent en mesure de remplir réellement leur fonction.

Hatchepsout avait failli renoncer devant l'épreuve mais, à présent, elle se sentait assez forte pour affronter son destin. Grâce aux repas que préparait et goûtait le Vieux, elle avait recouvré son dynamisme et sa beauté. Ne doutant pas de sa détermination, il se rendit aux cuisines où l'on grillait des tranches de bœuf.

★

— Sors par l'arrière de la villa, ordonna la dame Byna à son amant d'un jour, un jardinier dont elle ignorait le nom.

Redoutable femme d'affaires, richissime, Byna avait accru sa fortune en héritant des biens de son mari, mort l'année précédente. Un notable vertueux et ennuyeux, surtout au lit. Le tromper eût été risqué, à cause de son tempérament jaloux. Accusée d'avoir rompu sa parole, elle aurait eu de sérieux ennuis.

Maintenant, la quarantaine épanouie, elle était libre et s'adonnait à sa distraction favorite : croquer les mâles. Peu importaient leur condition ou leur âge. L'essentiel était de partager les plaisirs du sexe, sans jamais s'attacher à un partenaire. Des liaisons brèves et intenses, voilà ce qu'aimait la belle brune, qui choisissait ses proies au gré de sa fantaisie.

Hélas, maintenant que le corps avait fini d'exulter, il fallait revenir à une triste réalité : le lendemain, Hatchepsout serait couronnée et prendrait le pouvoir suprême, face à un roitelet qui le détenait déjà !

Adversaire déclarée de Hatchepsout, Byna ne regrettait pas son choix et misait sur un avenir malheureusement lointain. L'ex-régente n'accorderait certainement pas au petit Thoutmosis le loisir de s'affirmer, et ce n'était pas Isis qui créerait un parti d'opposition. Elle, Byna, s'en sentait capable. Mais trouverait-elle des alliés déterminés et courageux ? Échapperait-elle à la répression que déclencherait Hatchepsout, probablement de façon sournoise, avec l'appui de son âme damnée, Sénenmout ?

Se terrer quelque part ne résoudrait rien. Au contraire, Byna resterait bien en vue, en espérant que sa position de grande propriétaire terrienne la rendrait indispensable à la prospérité de la fragile couronne de l'usurpatrice.

Usurpatrice... Non, puisqu'elle avait été désignée par le bélier d'Amon, dont la barque était portée par des employés de Byna, encore sous le choc de leur incroyable expérience.

Quand les dieux parlaient, il n'était pas toujours aisé de les comprendre. Pourquoi Amon avait-il accordé ses faveurs à Hatchepsout ? Bien qu'elle fût incapable de répondre à cette question, Byna combattrait l'ex-régente jusqu'à sa chute.

— 36 —

Existait-il une plus belle vision que celle du soleil couchant sur le Nil ? La montagne d'Occident, où vivaient les âmes des justes, s'estompait. De la terrasse de la Maison de la reine, Hatchepsout et Sénenmout contemplaient la rapide descente de l'astre dans les ténèbres. Il y affronterait le gigantesque serpent qui voulait empêcher la lumière de renaître.

Cheveux dénoués, la reine avait ôté ses sandales et ne portait qu'une robe courte et transparente, qui cachait à peine les courbes de son corps parfait.

Sénenmout gardait les yeux rivés sur le fleuve.

— Demain, dit-elle, nous ne serons plus les mêmes. Tout aura changé. « Épouse d'Amon »... Comprends-tu la portée de ce titre ?

— Ma reine...

— La reine et la régente vont disparaître. Un roi naîtra avec les premières lueurs de l'aube.

— Hatchepsout...

— Je sais, mon ami, mon tendre et fidèle ami, tu m'as toujours aimée. Aimée d'amour.

Le jeune homme fut incapable de nier.

— Le destin nous a séparés. Thoutmosis m'a aimée, lui aussi, et nous avons donné naissance à une fille. J'avais de l'estime pour lui. L'amour, c'est différent.

— Dois-je comprendre que...

— En tant que régente, j'aurais pu épouser l'homme de mon choix. Celui que je connais depuis l'enfance. Mais un feu brûlait en moi et me l'interdisait. En renonçant au trône, j'aurais été libre de lui avouer enfin mes sentiments. Amon en a décidé autrement.

Au même moment, Sénenmout éprouva le plus intense bonheur et la plus effroyable détresse. La femme qu'il aimait depuis toujours était proche à le frôler, et désormais inaccessible.

— Tu connais notre Règle, Sénenmout. Quand une femme monte sur le trône des vivants, elle devient à la fois Homme et Femme. Nul monarque masculin ne saurait régner sans Grande Épouse royale. En revanche, une souveraine n'est mariée qu'au Principe créateur. Quelle que soit la durée de mon existence, je régnerai seule, sans époux humain.

— Cette contrainte ne m'empêchera pas de vous aimer.

— Je te délie de ton serment de fidélité.

— Non, Majesté. Je jure de vous rester fidèle jusqu'à la mort. Même elle ne nous séparera pas. Ordonnez, et j'obéirai.

*

Avant l'aube, le rituel de couronnement débuta par le rite de purification dans la Maison du matin, dont Sénenmout avait été nommé responsable. Des ritualistes lui apportèrent une aiguière contenant de l'eau puisée dans le lac sucré, émanation de l'océan primordial. Il en versa le contenu sur le corps nu de Hatchepsout, un corps sublime que nul, désormais, ne caresserait.

Le corps de Pharaon.

Vêtue du pagne traditionnel, la jeune femme sortit de la Maison du matin et, alors que le soleil se levait, s'agenouilla devant Hapouséneb, Premier serviteur d'Amon.

Il posa sur sa tête une règle de maître d'œuvre.

— Sur ta vie, t'engages-tu à maintenir la loi de Maât ?

— Sur ma vie, je m'y engage.

Hapouséneb noua autour du front de Hatchepsout le bandeau-*sia*, celui de l'intuition créatrice.

— Voici ta nouvelle vision. Qu'elle illumine ta pensée avec l'intensité du premier jour. Suis-moi jusqu'au sanctuaire.

Hatchepsout pénétra dans la chapelle où avaient officié son père et son mari. À elle, maintenant, d'ouvrir les portes du naos contenant la statue d'Amon.

Elle vit Dieu, et Dieu la vit. La lumière qui l'inonda, secret vital, inspirerait son action. La jeune femme ressentit une force pénétrer en elle, le *ka* royal qui, depuis l'origine des dynasties, passait, inaltéré, de pharaon en pharaon. À chacun de l'utiliser au mieux.

L'éveil du dieu accompli, Hatchepsout sortit de la chapelle.

— Toi qui es Horus et Seth dans le même être, déclara Hapouséneb, sois revêtue de tes habits de fonction.

La perruque-*némès* remplaçant la pensée individuelle par une perception cosmique, la barbe postiche symbolisant l'âge d'or, les bracelets d'or stimulant l'énergie, les sceptres de maîtrise et d'illumination, qui serviraient à consacrer quotidiennement les offrandes : Hatchepsout avait reçu l'équipement symbolique, indispensable pour régner.

— Établis solidement la Règle, exigea Hapouséneb, place la lumière dans les ténèbres, fais-la rayonner. Soutiens les quatre piliers du ciel, que le soleil soit sur tes bras.

Dans la grande cour à ciel ouvert de Karnak, sous le regard des notables, le pharaon Hatchepsout accomplit la course rituelle, d'abord coiffé de la couronne blanche de Haute-Égypte, puis de la rouge de Basse-Égypte. Elle arpentait ainsi l'ensemble du pays en le sacralisant.

Le rite accompli, Hatchepsout grimpa les marches montant au trône des vivants. En s'asseyant, elle sentit son esprit vaciller, mais n'en laissa rien paraître.

— Voici les cinq noms du pharaon, annonça Hapouséneb, qui révéla le programme de gouvernement du monarque : « Celle qui est riche en puissance créatrice », « La verdoyante d'années », « Celle dont les apparitions sont divines », « La Règle est la puissance de la lumière divine », « Celle qui s'unit à la lumière divine, la Première des vénérables ».

La femme avait disparu. Pharaon renaissait.

— 37 —

— Remets-moi ça, demanda au Vieux le commandant Néhésy. Je suis crevé et je meurs de soif.

D'un trait, le chef de la sécurité vida sa deuxième coupe d'un rouge revigorant. Enfin, il pouvait se détendre, au terme d'un banquet à haut risque.

Ils étaient tous venus. À droite de Hatchepsout, Thoutmosis ; à sa gauche, sa mère, Isis. Aux tables d'honneur, le conseiller Lénap et la dame Byna.

Afin d'empêcher des discussions orageuses, le Vieux avait eu une idée de génie : prescrire à des orchestres féminins de jouer sans cesse, des entrées aux desserts. Uniquement vêtues d'un bandeau floral et d'une ceinture de perles, certaines musiciennes avaient capté l'attention.

Entre Hatchepsout, Thoutmosis et Isis, pas un mot ne fut échangé. Ravis du spectacle et de la qualité des nourritures, les convives se félicitaient d'avoir participé à cet heureux moment avant une crise inévitable dont l'ampleur risquait de détruire le pays.

— On s'en sort au mieux, soupira Néhésy.

— Le calme avant la tempête, estima le Vieux.

— Probable, mais je savoure l'instant présent. Tu t'imagines, une querelle publique ou je ne sais quel incident ?

— Hatchepsout est habile, et tu as une présence apaisante.

— Tes musiciennes m'ont bien aidé. Les femmes, quand même…

— Ce n'était qu'une première étape. La suite sera moins agréable.

★

Le conseiller Lénap avait à peine touché aux mets du somptueux banquet et s'était contenté d'eau fraîche. À tout instant, il s'attendait à un coup de force du pharaon Hatchepsout, qui anesthésiait les convives grâce à un menu de fête et à une musique ininterrompue.

Aucun incident, comme si l'Égypte était aussi tranquille qu'un Nil d'automne dépourvu de remous. Des convives comblés par l'élégance et le raffinement et, à l'orient de la salle du banquet, deux pharaons !

Le silence de Hatchepsout ne présageait rien de bon. En ne se manifestant pas de façon brutale, elle prenait le temps de s'attirer un maximum de soutiens. Quand frapperait-elle ?

En première ligne, Lénap se sentait pris dans une nasse. Il aurait volontiers trahi et abandonné le jeune Thoutmosis, mais il s'était tellement engagé en sa faveur qu'il ne savait plus où se réfugier. Implorer le pardon de Hatchepsout et se rallier à sa cause ? Une démarche incertaine, si cette femme altière, comme il le redoutait, exerçait sa rancune.

Un domestique accourut.

— Elle... elle est là ! La reine... Enfin, le roi !

Sur le seuil du palais, Hatchepsout. Perruque courte, collier de cornaline, longue robe vert sombre. Et ces yeux d'or, fascinants.

— Majesté, quel honneur !

— Ne suis-je pas chez moi ?

Le caractère cinglant de la réplique cloua le bec au conseiller. L'offensive de Hatchepsout débutait.

Sur le passage du pharaon, les gardes s'écartèrent. À qui fallait-il obéir ? Dans l'incertitude, surtout ne pas commettre d'impair.

Hatchepsout ouvrit elle-même la porte des appartements de Thoutmosis. Affolée, une servante poussa un cri et détala.

La mine défaite, Isis apparut.

— Vous... vous êtes seule ?

— Seule.

— Vous venez m'arrêter ?

— Quel délit avez-vous commis ?

— Aucun !

— En ce cas, que craignez-vous ?

— Vous voulez nous exclure, mon fils et moi !

— Thoutmosis a été élu, son règne a débuté. Je respecterai la décision du Grand Conseil.

Isis demeura interdite.

— Vous... vous moquez de moi !

— Ce serait indigne de ma fonction.

— Je... je ne vous comprends pas.

— C'est pourtant simple, Isis. Votre fils est un souverain légitime. En raison de l'intervention d'Amon, je le suis également. Nous régnerons donc de manière conjointe. Vous conviendrez qu'il n'a pas encore la capacité de maîtriser l'appareil de l'État. J'espère y parvenir, et je l'associerai aux cérémonies officielles. Quand je disparaîtrai, il saisira le gouvernail. Qu'il continue à étudier.

Abasourdie, Isis regarda le pharaon se retirer.

— 38 —

Comme les autres dignitaires, Lénap était dérouté par le comportement du pharaon Hatchepsout. Elle n'avait pas changé de Premier ministre, ne critiquait pas ses rapports, abandonnait le palais à Thoutmosis III dont le nom apparaîtrait après le sien sur tous les documents officiels, selon une décision annoncée à la cour.

Une Hatchepsout conciliante, modérée, qui semblait se contenter de son titre, sans utiliser tous les pouvoirs dont elle disposait, et ne s'en prenait d'aucune façon à ses ennemis.

Elle passait ses journées à rencontrer des hauts fonctionnaires et de plus modestes serviteurs de l'État, qu'elle interrogeait sur leur travail, et recueillait à la fois doléances et propositions pour améliorer le fonctionnement de l'administration. Hatchepsout s'entretenait fréquemment avec Sénenmout qui, à la surprise générale, n'avait pas été nommé Premier ministre. Fort occupé par la gestion des richesses de Karnak, sous la férule du Premier serviteur Hapouséneb, à l'autorité incontestée, il poursuivait aussi sa tâche de précepteur.

Le même jour survinrent les deux événements que Hatchepsout guettait avec anxiété.

Sénenmout lui présenta le plan qu'il avait conçu, en fonction des desiderata de la souveraine. C'était sa première œuvre en tant que chef de tous les travaux du roi. L'enseignement d'Inéni et ses propres compétences techniques suffiraient-ils à satisfaire Sa Majesté ? Elle examina attentivement le dessin détaillé et posa de nombreuses questions auxquelles l'architecte répondit avec précision.

— C'est parfait, mon ami. Mais... tu me sembles préoccupé.

— Si vous voulez bien me suivre jusqu'à l'atelier des sculpteurs.

— Elle... est achevée ? Tu l'as vue ?

— Ce matin même.

— Qu'en penses-tu ?

— Je n'ose...

— Ton avis, je t'en prie !

— Une merveille.

Gardant son calme, au moins en apparence, Hatchepsout se rendit à l'atelier.

Se produisit alors le second événement, peut-être le déclencheur du véritable règne.

Le maître sculpteur ôta le linge qui recouvrait la première statue du pharaon Hatchepsout, dans la vêture et la posture traditionnelles. Elle s'inscrivait ainsi dans la suite des dynasties et la lignée des ancêtres. Surtout, les yeux, la bouche et les oreilles ayant été magiquement ouverts, cette œuvre vivrait pour l'éternité. Hatchepsout médita devant cette autre elle-même, l'incarnation du *ka* royal, dont la puissance la dépassait, mais qu'elle devait incarner au quotidien.

Pour représenter Homme et Femme, Il et Elle au cœur de l'être de Pharaon, le maître sculpteur avait utilisé toutes les ressources de son art, exercé avec génie depuis le temps des pyramides, et transmis de génération en génération. Hatchepsout était le roi, mais son charme et sa féminité n'avaient pas disparu. Pas de robe, seulement le pagne créé par les deux sœurs, Isis et Nephtys, dans la demeure de l'acacia, et faisant allusion à la vie surnaturelle d'Osiris. Problème délicat : conformément au canon de l'âge d'or, la poitrine de Pharaon était nue. Avec une habileté consommée, le maître sculpteur avait suggéré des seins féminins, sans les accentuer. Comment parvenir à concilier la puissance et la grâce, à rendre cette pierre si vivante qu'elle rayonnait ?

Hatchepsout avait vécu dans sa chair les rites du couronnement, mais se savait mortelle et éphémère. Face à l'au-delà, cette statue demeurerait inaltérable, consacrant la pérennité d'un règne situé dans la sphère des divinités et des étoiles.

Hatchepsout n'avait entrepris aucune action d'envergure avant de savoir si les sculpteurs, « ceux qui donnent la vie », lui seraient fidèles et façonneraient des œuvres correspondant à sa vision.

Pour elle, cette statue signifiait la véritable naissance à sa fonction.

Inquiet, le maître sculpteur attendait le verdict. Le sourire et le regard de la souveraine furent éloquents.

— Ce n'est qu'une première effigie, Majesté. D'autres sont en préparation. Puis-je la déposer dans le temple d'Amon ?

La jeune femme hocha la tête et sortit de l'atelier, peinant à contrôler ses émotions. Le message de la pierre achevait de la transformer en Pharaon.

— Convoque le patron des briquetiers, ordonna-t-elle à Sénenmout. Je veux le voir immédiatement.

— 39 —

Pousil gratta ses épais sourcils. Sous la conduite de Sénenmout et de deux gardes, il n'en menait pas large. Qui l'avait dénoncé ? Deux solutions, soit nier et convaincre ses accusateurs de son innocence, soit tenter de s'échapper. Sans arme, il ne réussirait pas à terrasser les policiers.

Étrangement, Sénenmout ne semblait pas menaçant. Et les gardes ne le serraient pas de près, comme si Pousil ne représentait aucun danger.

Et si cette convocation n'avait aucun rapport avec ses activités clandestines, mais concernait plutôt sa récente position de patron de la corporation des briquetiers ? Une perspective plus optimiste, du moins dans un premier temps.

Hatchepsout le reçut dans son bureau de la Maison de la reine.

Approcher ainsi la maîtresse des Deux Terres, quel privilège ! Diverses impressions se mélangèrent. La sidération provoquée par une beauté souveraine, la crainte de son pouvoir et, presque aussitôt, un sentiment dominant : la haine.

Hatchepsout était une femme. Et qui plus est, un pharaon. Elle cumulait les tares que le Libanais voulait détruire, et formait l'obstacle majeur au retour de la déferlante hyksôs.

— Te voici à la tête d'une importante corporation, déclara-t-elle.

Pousil adopta l'attitude qui lui réussissait tant : faussement humble, sympathique, bon enfant, la voix mielleuse.

— Une lourde responsabilité, Majesté ! Je ne la souhaitais pas, mais mes collègues m'ont forcé à l'accepter. Je tâcherai de m'en montrer digne.

— Tu commences de manière plutôt abrupte, avec une demande d'augmentation des salaires.

— Les briquetiers sont mal payés. Pourtant, leur labeur est indispensable. Sans eux, ni palais, ni villas, ni immeubles. Et nous construisons même les demeures des ritualistes, à l'intérieur de l'enceinte des temples.

— Qui le nierait ?

— Dois-je comprendre... que vous acceptez nos revendications ?

— À une condition : que vous prouviez votre valeur.

Pousil fronça les sourcils.

— De quelle manière ?

— Sous la direction de l'architecte Sénenmout, les briquetiers édifieront un nouveau palais royal, à côté de l'ancien. Tu engageras autant d'ouvriers que nécessaire.

— Le délai ?

— Un mois.

— Impossible, Majesté !

— Je répète : autant d'ouvriers que nécessaire, répartis en plusieurs équipes, et tout en respectant les conditions de travail habituelles. Salaires doublés. Si tu respectes ce délai, tous les briquetiers seront augmentés.

★

Installée dans le temple de Karnak, sa première statue plaçait, plus que jamais, la femme-Pharaon sous la protection du dieu Amon.

La construction d'un nouveau palais avait été entamée sans que le Premier ministre fût consulté. Au fond, quelle importance ? Les travaux d'État relevaient de Sénenmout, et lui seul serait sanctionné en cas de difficultés. Le Premier ministre bénéficiait toujours de son réseau et naviguait habilement entre le fantomatique Thoutmosis III et l'inerte Hatchepsout. Bon moyen de durer : leur assurer que le pays se portait bien et, surtout, enrichir ses soutiens afin qu'ils ne le lâchassent point.

Il remit son rapport à Sénenmout.

— Gardez-le, Sa Majesté veut vous voir.

— Un problème particulier ?

— Je l'ignore. Elle vous attend dans la grande salle d'audience.

La pièce à colonnes était vide. Assise sur un siège en bois dépourvu de décoration, Hatchepsout portait la coiffe la plus traditionnelle, le *némès*, et une sobre robe blanche de lin royal.

Décontenancé, le Premier ministre s'avança. Pourquoi ce cadre solennel sans un seul dignitaire ?

Il s'inclina.

— Voici mon rapport quotidien, Majesté. Comme vous le constaterez, rien à signaler.

— Depuis longtemps, toi et moi sommes en désaccord sur nombre de sujets.

— De simples différences de perspective, rien d'essentiel.

— Quand j'étais régente, tu m'as empêchée de gouverner.

— Certes non, Majesté ! Je ne songeais qu'à vous conseiller pour le plus grand bien du pays.

— Permets-moi d'en douter.

— Majesté, je vous assure que...

— Ne gâche pas la parole.

Ce n'était plus une séduisante jeune femme qui s'exprimait avec douceur, mais le roi qui allait prononcer une condamnation.

— Je fais la part des choses, déclara Hatchepsout. En certaines circonstances, tu as servi les Deux Terres, et tu ne les as pas ruinées. Puis le goût du pouvoir a érodé ton âme et alourdi ton cœur.

— J'admets mes erreurs. Continuez à m'accorder votre confiance.

— Tu l'as perdue depuis longtemps. Ne compte pas sur tes relations pour t'aider. Dès qu'ils apprendront ta destitution, tes grands amis te tourneront le dos. En raison des actes justes que tu as accomplis avant de te corrompre, je t'autorise à passer une retraite tranquille dans la province d'où tu es originaire. Ne reviens jamais à Thèbes et ne t'associe à aucune faction hostile au trône. Si tu commettais de telles fautes, je ne serais plus indulgente.

— 40 —

Le conseiller Lénap se sentait écrasé sous la cascade de mauvaises nouvelles. Définitivement écarté des cercles du pouvoir, l'ex-Premier ministre, vieilli de dix ans, avait quitté Thèbes avec sa famille, trop heureux d'échapper à un châtiment plus sévère. Démantelé, son réseau n'existait plus, et le conseiller se retrouvait privé de nombreuses relations influentes. Quelques irréductibles, néanmoins, se regroupaient sous sa gouverne, avec un seul mot d'ordre : nuire à Hatchepsout et tenter de la renverser.

L'intrigante ne pouvait tout régir, et le choix du nouveau Premier ministre serait décisif. Elle avait reçu tant de dignitaires que quantité de noms circulaient. L'incertitude était sur le point de se dissiper car, au terme d'un mois de travail acharné, le nouveau palais serait bientôt terminé, et la première cérémonie qu'il accueillerait serait l'investiture du bras droit de Pharaon.

*

De vastes espaces, de nombreuses ouvertures laissant pénétrer la lumière et assurant une agréable circulation de l'air, une salle du trône à colonnes, des appartements spacieux dotés de sanitaires, des bureaux équipés d'étagères... Sénenmout avait appliqué à la lettre les directives de la souveraine, soucieuse d'améliorer plusieurs aspects des palais habituels.

Les peintres travaillaient jour et nuit. Des couleurs vives, des représentations de fourrés de papyrus, de parterres de fleurs, de plans d'eau bordés d'arbres, d'ibis, de pélicans, de huppes et de beaucoup d'autres oiseaux. Une vie luxuriante se déployait sur les murs.

Comblée, Hatchepsout parcourut son nouveau domaine en compagnie de Sénenmout.

— Je dois répondre à la question que tu n'oses pas me poser : pourquoi ne t'ai-je pas nommé Premier ministre, toi, le seul être pour lequel j'éprouve une totale confiance ?

— Sachez que je ne désire nullement remplir cette fonction et que je n'en suis pas capable.

— Sur ce dernier point, tu te trompes. Sur le premier, je sais que tu es sincère. Ma décision a une raison profonde : t'épargner. Le premier de mes ministres sera écrasé sous le poids du quotidien. Les Anciens nous apprennent que sa tâche est amère comme le fiel, tant il doit résoudre de problèmes et subir de récriminations. Tu n'aurais plus une seule heure pour observer le ciel, traduire le message des astres, veiller à l'éducation de ma fille, préserver les richesses de Karnak et diriger les chantiers auxquels je pense. Tu me servirais de toutes tes forces, mais elles s'épuiseraient vite. Et je ne veux pas te perdre.

— Votre décision est la bonne, Majesté.

— J'ai une autre mission à te confier : interpréter les paroles de mon père. Quand il les a prononcées, j'ignorais qu'elles me concerneraient si directement. « À quoi reconnaît-on un pharaon digne de ce nom ? C'est celui qui sait transformer le blé en or. Vis les grands mystères, et tu comprendras. »

— Il s'agit certainement d'une science de la Maison de Vie que je ne connais pas.

— La confrérie des astronomes t'aiderait-elle à la découvrir ?

— Peut-être. Je ferai tout pour vous satisfaire, Majesté.

Dans le regard de la jeune souveraine, il y avait plus que de la gratitude. Mais elle était mariée à Amon et à l'Égypte.

★

— Elle, ici ? s'étonna Isis quand le conseiller Lénap lui apprit la venue de Hatchepsout, qui se purifiait les mains et les pieds sur le seuil du palais de Thoutmosis III.

— Dis-lui de partir !

— Pharaon est partout chez lui.

— Je la chasserai moi-même.

Isis alla au-devant de l'intruse, si élégante dans une robe rose à bretelles. Elle n'eut pas le temps d'exprimer sa hargne.

— Je viens consulter le roi, déclara Hatchepsout.

— Consulter mon fils... Qu'est-ce que ça signifie ?

— Affaire d'État.

— Notre souverain est encore un enfant, intervint Lénap ; j'assisterai à l'entretien afin de le seconder.

— Ni toi ni Isis, trancha Hatchepsout. Où trouverai-je Thoutmosis ?

— Il… il n'est pas ici, affirma sa mère.

— Vous mentez mal et inutilement. Qu'il me rejoigne dans la petite salle d'audience.

Lénap déconseilla à Isis de faire davantage obstruction. La patience de Hatchepsout n'était pas inépuisable.

★

Le garçonnet ne semblait ni boudeur ni arrogant. Simplement sérieux, impressionné par cette femme qu'Amon avait choisie pour maintenir l'union des Deux Terres, un miracle que devait renouveler chaque pharaon, et dont parlaient les écrits des sages, si prisés du lettré en herbe, également passionné par la botanique.

— Nous allons nommer un Premier ministre, expliqua Hatchepsout, et nous présiderons ensemble la cérémonie d'investiture. J'ai eu beaucoup de peine à convaincre la personne qui me paraît la meilleure pour exercer cette fonction. Vous l'avez croisée et je souhaite connaître votre opinion. Suivez votre intuition et soyez franc.

Hatchepsout donna le nom du futur chef de son gouvernement.

Recueilli, Thoutmosis prit un long temps de réflexion.

— Je vous approuve, Majesté.

— 41 —

Admirative, la cour découvrit le palais du pharaon Hatchepsout, éclatant de beauté, à l'image de l'Épouse d'Amon. La grande salle à colonnes était un hymne aux couleurs vives, et l'on se pressait pour contempler l'estrade sur laquelle étaient installés deux trônes recouverts de feuilles d'or.

Lors de cette cérémonie ô combien importante, la souveraine continuait donc à associer l'enfant-roi à une décision dont dépendait, en grande partie, l'avenir du pays. Isis et le conseiller Lénap se tenaient au premier rang.

Malgré diverses investigations, aucun dignitaire n'avait obtenu de certitude sur le nom du Premier ministre. Hatchepsout était une dirigeante secrète, et son confident notoire, Sénenmout, ne bavardait pas.

Hatchepsout et Thoutmosis apparurent ensemble et s'assirent sur leurs trônes respectifs.

« Une mère et son fils », pensa le Vieux, qui observait la mine déconfite d'Isis qui, à l'évidence, n'appréciait guère ce spectacle. La grande magicienne ne lui volaitelle pas son fils en l'obligeant à tenir publiquement son rang et sans lui témoigner la moindre hostilité ?

Le silence se fit.

— Par décret royal, annonça Hatchepsout, nous nommons Premier ministre le Premier serviteur d'Amon, Hapouséneb, celui qui peut s'approcher de Dieu, et qui devient ainsi nos yeux et nos oreilles. Qu'il se présente devant nous et s'agenouille.

La stature de Hapouséneb impressionna l'assistance. Visage grave, démarche posée, regard droit, il ne semblait pas la proie de la moindre émotion. À tous, sa nomination apparut comme une évidence, et beaucoup approuvèrent la lucidité de la femme-Pharaon qui prouvait ainsi son aptitude à diriger.

Le discours de Hatchepsout surprit par sa brièveté. Elle se contenta de rappeler l'essentiel, à savoir que le devoir principal du Premier ministre était, dans tous les domaines, de faire respecter la loi de Maât, la justesse divine, à laquelle le pharaon lui-même était soumis. Portant un collier auquel était accrochée une figurine de la déesse de la rectitude, Hapouséneb devait exclure le mensonge, rechercher la justice en toutes circonstances, agir de la même façon envers le puissant et le faible, ne négliger aucune plainte, inspirer à la fois la crainte, le respect et la confiance. Quand chacun, quel que soit son rang dans la société, savait qu'il serait traité de manière juste, une bonne énergie circulait dans le corps social.

Au Premier ministre de veiller à la sécurité des personnes et des biens, de gérer le cadastre, d'assurer le prélèvement régulier des impôts et de rendre compte quotidiennement de ses résultats au pharaon, « derrière le rideau ».

Hapouséneb prêta serment de remplir ces devoirs, et même les plus sceptiques furent réconfortés. La souveraine s'appuyait sur un roc.

★

En accord avec la souveraine, la première nomination du nouveau chef du gouvernement n'enchanta pas Pousil, convoqué à son bureau deux jours après l'investiture : Néhésy devenait le supérieur des forces de sécurité terrestres et navales. Du côté de la garde rapprochée de Hatchepsout, aucun espoir de relâchement.

Le Premier ministre ne s'encombra pas de formules de politesse.

— Sa Majesté tient sa promesse : les briquetiers seront augmentés dès la semaine prochaine. Quant à toi, puisque tu as bâti le palais dans le délai imposé, tu es chargé d'une mission. En tant que supérieur de la corporation, tu iras dans toutes les provinces et tu inspecteras les ateliers de fabrication de briques. Je veux connaître leur nombre exact, leur capacité de production et le degré de qualification des employés, avant d'ouvrir de nouveaux chantiers. Tu auras à ta disposition une équipe de scribes. Qu'ils me fassent parvenir un rapport à la suite de chaque inventaire provincial. Es-tu marié ?

— Célibataire.

— Tant mieux, tu es libre de tes mouvements. Ton salaire est doublé. À ton retour, un logement de fonction te sera attribué. Ne traîne pas en chemin et continue à te montrer efficace.

Appelé par un collaborateur, le Premier ministre quitta les lieux. Pousil n'avait même pas eu le temps de le remercier.

En buvant une bière à la taverne la plus proche, il prit conscience de sa chance. Lui, l'ouvrier, se transformait en une sorte de notable ! Une promotion inespérée, l'aisance matérielle, et la possibilité de recruter des partisans dans tout le pays. Hatchepsout ne se doutait pas qu'elle nourrissait le plus venimeux des serpents.

— 42 —

— La dame Byna vous convie ce soir à dîner, dit le messager à Pousil.

— Moi ? C'est sûrement une erreur !

— Vous êtes bien le chef de la corporation des briquetiers ?

— Oui, mais…

— Alors, ce soir au coucher du soleil.

Pourquoi une invitation de cette riche propriétaire terrienne ? Le lendemain, Pousil partirait vers le nord avec son équipe de scribes, sur un bateau rapide. À la suite de tant d'événements inattendus, il avait besoin de se détendre. Gros mangeur, il apprécierait sûrement les plats qui lui seraient servis. Ensuite, il se rendrait dans une maison de bière des faubourgs et s'offrirait une prostituée syrienne qu'il traiterait comme un objet.

Vêtu de sa plus belle tunique, qui datait un peu, il se présenta à l'heure prévue à la porte du domaine de Byna, entouré d'un mur. Le gardien prévint l'intendant, qui le conduisit au jardin.

Sous un auvent, la belle brune, plantureuse à souhait, était allongée sur une chaise longue et contemplait un bassin couvert de lotus. Sa robe vaporeuse ne dissimulait qu'imparfaitement ses charmes. Une bouffée de désir envahit le visiteur, qui ne parvint pas à détourner le regard.

— Voici donc le briquetier dont on vante les mérites. Approche-toi.

Pousil obéit. De la brune émanait un flot de parfum tellement entêtant qu'il faillit vaciller.

— Tu as l'air fort, si fort… J'ai appris que tu n'étais pas marié.

Fasciné par l'opulente poitrine qui était presque à portée de main, Pousil ne put articuler un mot.

— J'aime les hommes forts, confessa-t-elle. Sers-nous du vin.

Sur une table basse, une jarre et deux coupes. Privé de raisonnement, le Libanais s'exécuta. Difficile de se contrôler et de ne pas se jeter sur cette aguicheuse. Il fut néanmoins contraint de venir près d'elle pour lui offrir sa coupe.

Elle l'observa avec avidité, tout en buvant une gorgée.

— Tu me plais, murmura-t-elle. Et moi, comment me trouves-tu ?

Une nouvelle flambée de désir fit tressaillir le briquetier, qui lâcha sa coupe.

— Plus de gêne, dit-elle en ôtant prestement sa robe. Maintenant, que penses-tu de moi ?

Cette fois, Pousil ne résista pas à ses pulsions. Il se précipita sur la brune et la traita avec brutalité en marmonnant des obscénités.

Exactement ce que Byna espérait.

★

Épuisé par son insatiable maîtresse, Pousil dévora plats de viande, de poisson et de légumes, abondamment arrosés d'un vin capiteux.

Byna mangeait du bout des doigts, à la fois parce qu'elle ne voulait pas grossir et surtout parce qu'elle se sentait profondément troublée. Jamais elle n'avait eu de meilleur amant. Une véritable bête en rut, dont l'ardeur était source de plaisirs inédits.

Contrairement à l'ordinaire, ce taureau ne serait pas une aventure éphémère. Une condition cependant : tout savoir de lui.

— Le Premier ministre t'a reçu, paraît-il.

— Vrai.

— T'a-t-il félicité pour avoir construit si vite le palais de la reine ?

— Pas seulement ! Je pars demain pour remplir une mission officielle : contrôler la fabrication de briques dans le pays entier. Et c'est bien payé !

Pousil cessa de dévorer.

— N'as-tu pas dit « la reine » ? Elle est le pharaon, à présent.

— Hélas ! Je ne réussis pas à l'admettre.

— Détesterais-tu Hatchepsout ?

— Je ne suis pas la seule. Moins longtemps son pseudo-règne durera, mieux cela vaudra.

— Ce sont des confidences dangereuses. Suppose que je les transmette au commandant Néhésy, le chef de la sécurité ?

Byna caressa le ventre de son amant.

— Oserais-tu me faire tant de mal ?

La chance continuait à servir Pousil. Byna n'était-elle pas l'alliée décisive qui lui manquait ? En mettant à nu son âme et son corps, elle rendait son rêve réalisable.

— Je partage ton aversion à l'égard de cette maudite Hatchepsout. Et je suis prêt à tout entreprendre pour qu'elle disparaisse.

La brune s'écarta.

— As-tu conscience de la gravité de tes propos ?

— Comme toi des tiens.

Les deux amants s'étreignirent à nouveau. Leur audace réveilla leur désir. Ponctuée par des cris, une intense bataille s'acheva dans un calme relatif.

— Un seul dieu nous aidera à terrasser Hatchepsout, estima Pousil : Seth, le maître de l'orage.

— Le dieu des envahisseurs hyksôs…

— Mes ancêtres.

Byna ne cacha pas son étonnement.

— De cruels occupants que les pharaons ont chassés !

— Pour aboutir à un régime sclérosé que nous souhaitons détruire, toi et moi. Les Hyksôs n'étaient pas si détestables. Ils faisaient régner l'ordre et auraient dû créer un grand pays, si une révolte stupide ne les avait pas freinés en plein essor.

De sa voix suave, Pousil développa des arguments qui séduisirent sa maîtresse. D'une part, toute initiative visant à renverser Hatchepsout méritait attention ; d'autre part, prendre la tête d'un parti d'opposition ouvrait le chemin vers le pouvoir. Thoutmosis ne serait qu'un obstacle dérisoire. Byna pharaon, son amant Premier ministre, une Égypte en coupe réglée, une armée puissante, la foudre de Seth frappant les contestataires… Une ivresse qui attirait la belle brune.

— J'ai vu de près Hatchepsout, révéla le Libanais. Elle sera un adversaire redoutable. Surtout, ne la mésestimons pas. Nous ne l'abattrons qu'en frappant d'un coup sûr. Préparer cette victoire exige du temps et de la prudence.

Alanguie, Byna leva les yeux au ciel.

— C'est étrange... Jamais je n'aurais cru qu'une vieille légende aurait peut-être tant d'importance.

— De quoi parles-tu ?

— Je possède une palmeraie, dans le Delta, à proximité d'un site abandonné, Avaris, la capitale des Hyksôs, presque entièrement détruite. Les gens du coin pensent qu'un trésor y est caché, et qu'il contient la lance de Seth. Aucune arme ne saurait la surpasser.

— Mon voyage me mènera jusque-là. Si cette lance existe, je la trouverai.

— 43 —

— Resserre, conseilla le Vieux à Hatchepsout en lui servant un déjeuner frugal, filets de perche sur un lit de poireau et salade composée, accompagnés d'un rouge léger trois fois bon.

— Que veux-tu dire ?

— Trop de ministres, de sous-ministres, de petits chefs inutiles et de paresseux qui prospèrent dans les bureaux : voilà ce qu'il te faut éviter. Choisis un petit nombre de responsables dévoués, compétents et travailleurs. Seul un gouvernement resserré se montre efficace. La pire erreur serait de vouloir chatouiller les courtisans dans le sens du poil.

La souveraine se régalait.

— Un avis précieux, commenta-t-elle. Pour commencer, je te nomme intendant de la Maison du roi. Tu t'occuperas du nouveau palais et tu nommeras un délégué qui, sous tes ordres, veillera sur la Maison de la reine. Je tiens beaucoup à la formation de nos élites féminines.

« C'est quand même pas croyable, pensa le Vieux. J'essaye d'aider, et ça me retombe toujours sur le dos ! »

Le sourire désarmant de sa protégée atténua sa rogne. Il la passerait sur les membres du personnel qui avaient tendance à prolonger leur sieste.

★

Hatchepsout assista au début de la leçon de Sénenmout. Il apprenait à la petite Néferourê l'art de tracer les hiéroglyphes les plus simples et lui expliquait pourquoi ils avaient été choisis par les grands voyants des premiers âges.

Ainsi, la ligne brisée, qui symbolisait à la fois l'énergie animant l'univers, le magnétisme guérisseur et l'eau indispensable à la vie. Attentive et passionnée, la fillette progressait vite. La nourrice n'était jamais loin. Par bonheur, elle s'entendait bien avec le précepteur.

— Nous allons au jardin, annonça-t-elle. Il faut que cette petite joue. Elle est tellement douée pour les études qu'elle en oublierait de s'amuser.

— J'irai l'embrasser après mon entrevue avec le Premier ministre.

— Il a l'air honnête, jugea Touéris. Pourvu qu'il ne se prenne pas la tête ! En tout cas, vous ne devriez vous entourer que d'un petit nombre de vrais travailleurs et non d'une bande de cloportes qui passeront leur temps à vanter vos mérites et à se vautrer dans leur paresse.

★

Si quelqu'un ne faisait pas assaut d'amabilités, c'était Hapouséneb. Face au pharaon, il ne se répandait pas en discours creux et allait directement à l'essentiel, tant il y avait de sujets à aborder.

— Deux points délicats, déclara-t-il, et des décisions urgentes à prendre. D'abord, notre système d'irrigation. Dans plusieurs provinces, l'entretien laisse à désirer. Certains responsables ont fourni des indications fausses ou incomplètes. Des maires en prennent également à leur aise. Si nous n'intervenons pas rapidement, nous courons à la catastrophe. À cause des lourdeurs administratives et de la paperasserie, il me paraît malheureusement impossible de rétablir la situation avant la prochaine crue. Si elle est trop basse, nous manquerons d'eau.

— N'as-tu pas le devoir de faire appliquer la loi de Maât ?

— Certes, Majesté, mais...

— Oublie les méandres de l'administration, et traite directement cette affaire comme un déni de justice et une atteinte à la sécurité de l'État. Les peines encourues inciteront les fautifs à réparer leurs erreurs aussi vite que possible. Et s'il y a des traînards, sanctionne-les.

« Ceux qui croyaient à la mollesse d'une femme incapable d'être pharaon devraient réviser leur opinion », songea le Premier ministre, ravi de cette solution.

— Le second point ?

Hapouséneb parut embarrassé.

— Je suis assailli de demandes de courtisans qui souhaitent entrer au gouvernement, même avec un poste plus ou moins fictif, et surtout un titre ronflant. Je sais qu'il conviendrait de ménager les différentes factions, cependant...

— Cependant ?

— Cette méthode ne me convient pas. Je n'éprouve aucun goût pour ces magouilles et je préfère vous présenter ma démission plutôt que de m'y adonner.

— Que proposes-tu d'autre ?

— Un gouvernement resserré. Et je serai tout à fait franc, au risque de vous heurter. Bien qu'il soit un râleur impénitent, le Vieux est le plus qualifié pour gérer les Maisons du roi et de la reine. Votre ami Sénenmout assurera la prospérité de Karnak et des autres temples. Avec Néhésy, aucune inquiétude du côté de l'armée et de la police. Pour ma part, outre la justice et la supervision de l'administration, j'attacherai une importance particulière au secteur agricole. Il ne manque qu'un ministre de l'Économie.

— À qui songes-tu ?

— Au scribe Thouty. Je crains qu'il ne vous séduise pas.

— Présente-le-moi.

★

Thouty n'avait rien de séduisant. Originaire de la cité sacrée de Thot[1], orfèvre de formation, il ne payait pas de mine. Rabougri, le cheveu rare, le nez pointu, le menton rentré, il avait un don unanimement reconnu : la comptabilité. Homme de chiffres, il vérifiait tout. Ne supportant pas la moindre erreur, il licenciait les coupables, sans admettre excuses ni justifications. Trésorier du domaine de Karnak, il avait formé une équipe de scribes presque aussi impitoyables que lui.

Quand le Premier ministre le présenta à Hatchepsout, Thouty faillit perdre toute contenance. Sortant d'un monde clos qu'il maîtrisait, il n'imaginait pas que la souveraine fût si impressionnante.

1. Khéménou (Hermopolis).

— Nous songeons à te confier le ministère de l'Économie, indiqua-t-elle. Te sens-tu capable de supporter cette charge ?

— Non, Majesté.

— Pourquoi ?

— Parce que trop de notables et de gens ordinaires vivent au-dessus de leurs moyens. Ils empruntent et s'endettent. La dette est un poison mortel, pour un pays comme pour un individu. Au moindre vent mauvais, le désastre. Un bon ministre de l'Économie ne devrait avoir qu'une ligne de conduite : faire… des économies ! Son obsession : les jours difficiles qui, inévitablement, surviennent. Alors, il faut aider la population à survivre. Dans le bonheur, personne ne se souvient. Dans le malheur, tout le monde se souvient. Si, dans le bonheur, on se souvenait, on aurait de quoi lutter contre le malheur.

— Désobéirais-tu à Pharaon ?

Thouty pâlit.

— Comment commettre un crime pareil ?

— Je te nomme ministre de l'Économie.

— 44 —

L'angoisse majeure : la puissance de la crue. Trop haute, dévastatrice. Trop basse, risque de famine. Sous l'autorité du Premier ministre, chefs de province et maires, redoutant une lourde condamnation, avaient fait curer les canaux, réparer les digues et améliorer le système d'irrigation. Mais ils n'avaient aucune responsabilité quant à la hauteur de l'eau. En revanche, elle revenait aux pharaons, et particulièrement à Hatchepsout qui exerçait le pouvoir réel, alors que le jeune Thoutmosis passait ses journées dans la bibliothèque de la Maison de Vie de Karnak.

La souveraine avait perdu le sommeil. En cas de désastre, les réserves de céréales suffiraient-elles à nourrir la population ? Disposerait-on de suffisamment d'eau potable ? Des villages seraient-ils submergés ? Déplorerait-on des victimes ?

À raison, les malheurs lui seraient imputés, puisqu'elle était responsable devant les dieux et les humains. Les réformes entamées ne résisteraient pas à un cataclysme.

*

— Les nouvelles en provenance d'Éléphantine ne sont pas bonnes, annonça le conseiller Lénap à Isis. D'après les experts, la crue sera d'une rare violence. Après avoir dévasté la région de la première cataracte, elle s'attaquera à Thèbes. La capitale sera gravement touchée. Une preuve évidente de l'incapacité de Hatchepsout à régner. Tirons-en les conséquences.

— Sois précis.

— Nul ne gouverne longtemps sans être aimé. À la suite de la catastrophe, Hatchepsout sera détestée et devra renoncer au trône. L'heure de votre fils arrive.

— C'est trop tôt, beaucoup trop tôt ! Et il n'en a pas la moindre envie.

— C'est lui, le roi. Rassurez-vous, je l'aiderai.

★

La nuit était tombée. Formé de milliers d'étoiles, le corps de la déesse-ciel se déployait. Hatchepsout l'observait en compagnie de Sénenmout, un papyrus à la main.

— Le message des astres est-il défavorable ? demanda-t-elle, inquiète.

— De sérieuses difficultés nous attendent mais, d'après le texte que je viens de consulter, la prochaine lunaison les aplanira. Si la crue parvenait à Thèbes à cette date, elle ne serait pas désastreuse, comme le prévoient les spécialistes. Ralentir le flux… c'est malheureusement impossible !

— Peut-être pas.

La souveraine se rendit chez le Premier ministre, qui étudiait des dossiers à la lueur des lampes, et lui exposa le problème.

— Nous agirons de deux manières, annonça-t-elle. Moi, je ferai à partir de demain des offrandes quotidiennes à Hâpy, le dynamisme de la crue, afin de calmer ses ardeurs. Des ritualistes lui liront les hymnes que j'ai entendus du vivant de mon père, et qui ont déjà évité des catastrophes. Toi, tu ordonneras de creuser immédiatement de petits canaux de dérivation entre Éléphantine et Thèbes. L'eau s'y écoulera, la hauteur du flot diminuera.

— Je crains que ce ne soit insuffisant. Néanmoins, j'organise sur-le-champ les travaux. Tous les ouvriers disponibles y participeront.

*

Une chaleur accablante, des sols desséchés, une lassitude générale. Un vin blanc tonique permettait au Vieux d'assumer ses tâches, avec une certaine patience, due aux circonstances. Végétation, animaux et humains attendaient la crue, l'eau nourricière et salvatrice. Mais cette année, ils en avaient peur. Les observateurs du Sud la prédisaient beaucoup trop haute, donc destructrice. Des temples et des agglomérations seraient inondés, des villages anéantis, les terres arables bouleversées.

Vent du Nord se reposait à l'abri d'un auvent. Son troupeau d'ânes était en congé.

— On est mal, estima le Vieux. La population ne pardonnera pas à Hatchepsout son incapacité à s'attirer les faveurs de Hâpy, ce jeune bondissant qui ferait mieux de se calmer ! J'ai toujours affirmé que l'excès d'eau était dangereux. On devra quitter le palais et se réfugier dans le désert.

L'oreille gauche se dressa.

— Comment, non ? Tu te crois plus fort que les spécialistes ? Tu n'imagines pas la force du courant. Ni toi ni moi ne nageons comme les poissons ! Bon, je prépare le déménagement.

*

Depuis deux jours, l'eau du Nil, rougie par le limon provenant du Grand Sud, n'était plus potable. Le fleuve ressemblait à un torrent en furie et gonflait d'une manière effrayante.

D'une utilité restreinte, les canaux de dérivation, creusés à la hâte, avaient cependant évité des dégâts plus importants. Selon les calculs, Thèbes subirait le pire choc. Karnak n'en sortirait pas indemne.

Une calamité imputable à la femme-Pharaon. Sous les deux premiers Thoutmosis, son père et son mari, rien de tel ne s'était produit. Dans quelques heures, son règne serait terminé. Elle se retirerait et abandonnerait à un enfant et à son entourage l'intégralité du pouvoir.

— Nous sommes prêts à partir, annonça le Vieux. Au moins, qu'il n'y ait pas de victimes.

— Si le niveau ne monte plus, déclara Sénenmout, nous serons sauvés par la lunaison.

— On n'a plus le temps de discuter. Trop de risques.

Les ânes étaient chargés du strict nécessaire, pour un exil momentané de la cour. Bientôt, Thèbes serait déserte.

— On y va, ordonna le Vieux à Vent du Nord.

De nouveau, l'oreille gauche, bien droite.

— Ce n'est vraiment pas le moment de faire la tête ! Cette balade ne m'amuse pas plus que toi, mais on n'a pas le choix.

Une clameur l'alerta. Un mot revenait dans les exclamations : « la crue ! ». L'eau avait déjà recouvert les quais et s'attaquait aux entrepôts.

C'est alors que le pharaon Hatchepsout sortit du palais, coiffé de la double couronne, et, à la surprise générale, se dirigea vers le fleuve.

« Ne fais pas ça, petite, Hâpy est trop puissant », marmonna le Vieux.

Aucun dignitaire n'accompagna la souveraine. Elle s'immobilisa à la lisière du flot qui se répandait à vive allure. Bientôt, il recouvrit ses pieds. Si elle ne reculait pas, l'imprudente périrait noyée.

— Amon, mon époux bien-aimé, ne m'abandonne pas ! Je t'ai juré fidélité et je respecterai mon serment. Toi qui es le maître du vent, sauve l'Égypte du péril qui la menace. Que ton souffle préserve la vie.

L'eau monta jusqu'aux genoux de Hatchepsout, et la violence du courant ne tarderait pas à l'emporter. Alerté par le Vieux, Sénenmout s'élançait pour la secourir lorsqu'une bourrasque le déséquilibra.

En quelques instants, une tempête venant du nord se leva, au point de courber les arbres. Bloqué dans sa progression, le flot se figea et, sous les yeux ébahis de ceux qui réussissaient à tenir debout, cessa de monter.

Amon avait exaucé la prière du pharaon. Lui, le roi des dieux, favorisait son épouse en domptant les ardeurs du génie du Nil.

— Un miracle, cria un docker, Hatchepsout a fait un miracle !

— 45 —

« Notre roi, Hatchepsout, est une digue de pierre. Elle a maîtrisé la crue, recueilli l'eau et assuré la prospérité des Deux Terres » : les mots prononcés par Sénenmout couraient sur toutes les lèvres, de l'extrême sud à l'extrême nord du pays, et nul ne doutait plus des capacités de la jeune femme à régner.

Chargée d'un limon qui fertiliserait les sols, cette crue se révélait excellente. Les bassins de retenue seraient pleins, l'irrigation améliorée. Grâce aux larmes d'Isis, qui avait provoqué le retour du flot salvateur, le pays renaissait comme Osiris.

Les fêtes du Nouvel An furent particulièrement animées. De la musique partout, des chants joyeux, des danses, des banquets en plein air, des jarres de bière et de vin offertes par la Couronne, et des menus marqués du sceau de l'abondance.

Une période abominable pour le commandant Néhésy qui, tant bien que mal, tentait d'assurer un semblant de sécurité, en privilégiant celle de la souveraine que les dignitaires couvraient de louanges.

Le Vieux tapa sur l'épaule du colosse.

— Te bile pas, tout ira bien.
— Pas si sûr !
— J'en suis certain.
— Ben voyons ! Et à cause de quoi ?
— De Vent du Nord.
— Ton âne ? Tu te moques de moi !
— Pas du tout. Cette bête ne se trompe jamais. C'est énervant, je te l'accorde, mais tu peux dormir tranquille.

Abandonnant un Néhésy interloqué, le Vieux descendit dans sa cave.

*

Pousil se félicitait du succès de son voyage. Tout en découvrant le pays, il se forgeait une bonne réputation auprès des briquetiers en se présentant comme l'habile négociateur qui avait fait plier le pouvoir et obtenu une hausse générale des salaires. Il sondait aussi les cœurs et, dès que possible, répandait son venin contre la femme-Pharaon. Suave et enjôleur, il réussissait à endoctriner des chefs d'atelier qui, le jour venu, lui seraient favorables.

Une mauvaise nouvelle tempéra son optimisme. Hatchepsout venait d'accomplir un miracle en domptant une crue redoutable. Aussi, à Memphis, le Libanais fut-il obligé de participer aux festivités du Nouvel An et d'afficher une mine réjouie. Au passage, il croisa quelques compatriotes et des étrangers qui regrettaient la trop grande indépendance des femmes en Égypte, couronnée et renforcée par l'avènement d'une souveraine. À la faveur de l'ivresse, les langues se déliaient, et Pousil conquit ainsi de nouvelles amitiés.

Son équipe de scribes envoyait des rapports réguliers au Premier ministre, insistant sur les points faibles de certaines provinces et la nécessité de former au mieux les apprentis. La matière première, le limon, ne manquait pas, mais encore fallait-il savoir l'utiliser pour façonner des briques résistant à l'usure du temps.

Les festivités terminées, le bateau de Pousil commença à parcourir le Delta, l'Égypte du Nord si différente de celle du Sud. Ici, ni falaises ni déserts, mais une végétation abondante, de nombreux champs et une multitude de lacs et de canaux. Dans chaque bourgade d'une certaine taille, on fabriquait des briques, et l'inventaire serait long à établir. Plus qu'en Haute-Égypte, des travailleurs étrangers, plutôt satisfaits de leurs conditions d'emploi. Pousil remarqua les mécontents, et les manipula avec dextérité.

Des avancées, certes, mais le véritable but de ce périple inespéré était tout autre : accéder à Avaris, la capitale des Hyksôs, et s'emparer de la lance de Seth, le dieu qui leur avait donné la victoire. Mais les confidences de la dame Byna ne relataient-elles pas qu'une légende infondée ?

Un canal desservait autrefois la grande cité des envahisseurs. À son approche, le capitaine du bateau ne cacha pas sa contrariété.

— C'est un lieu maudit. Rebroussons chemin.

— D'après la liste que m'a fournie l'administration, il y aurait un petit atelier de briquetier dans les parages.

— Oublions-le.

— Nous devons être exhaustifs et remplir ainsi la mission que nous a confiée le Premier ministre.

— Un lieu maudit, c'est un lieu maudit.

— Si cet endroit vous terrorise, restez à bord, mais débarquez-moi. Au moins un scribe m'accompagnera.

Tel ne fut pas le cas. Se rangeant à l'avis du capitaine, les fonctionnaires ne voulurent pas courir de risques.

Une couardise qui arrangeait Pousil.

— 46 —

— Voici le décompte précis des impôts, dit Thouty, le ministre de l'Économie, à Hatchepsout et au Premier ministre. Il m'a fallu plusieurs recoupements pour obtenir des chiffres concernant les rentrées de céréales, de métaux, de têtes de bétail, de volailles, d'onguents, de fruits et légumes, de miel, de rouleaux de papyrus, de tissus, de peaux de bêtes, de jarres de vin, de bière, d'huile et de lait, d'armes, de meubles et de produits divers. Dans tous ces secteurs, les collecteurs de taxes manquent de rigueur. Si l'État veut survivre, il devra sévir. Continuer ainsi nous conduit à la ruine.

Adepte de la rigueur, Hapouséneb devait cependant modérer celle de son ministre.

— Ne prélevons-nous pas trop de biens ?

— Il faut prévoir le pire et avoir la certitude qu'en cas de crise Pharaon nourrira la population et lui garantira un minimum de confort. Actuellement, à cause de notre laxisme, ce serait impossible.

— Que proposes-tu ?

— Identifier les responsables, du chef de province au petit comptable de mairie. S'il y a détournement de biens publics, mise en accusation et jugement que j'espère sévère. En cas de négligence, amende et avertissement. Pas de seconde chance. Il suffit de me donner les moyens de procéder à des vérifications approfondies.

— À savoir ?

— Une équipe de scribes intègres qui ne se soucieront pas des menaces proférées par les notables.

— Mets-toi au travail, décréta Hatchepsout, et fais-le savoir. Quantité de belles âmes voleront à ton aide. Tu as mon appui inconditionnel.

Le Premier ministre ressentit une joie profonde. En fort peu d'années, corrompus, avides et menteurs pouvaient ruiner un pays, si riche fût-il. En tenant fermement les rênes, Hatchepsout se montrait digne de son père.

★

Domaine réservé de la Grande Épouse royale, la diplomatie demeurait celui du pharaon Hatchepsout. Selon les rapports transmis par le commandant Néhésy, la Nubie était revenue au calme, et les forteresses assuraient la sécurité.

Au-delà du Delta, en revanche, la tension restait permanente, quoique atténuée par l'intervention du père de Hatchepsout, qui avait prouvé aux éventuels fauteurs de troubles que l'armée égyptienne, formée de professionnels, n'hésiterait pas à se déployer. Hatchepsout maintiendrait les effectifs et procurerait aux soldats une existence enviable. La force de dissuasion de l'Égypte serait même augmentée.

Autre élément notable : le réseau d'espions, fort efficace, qui signalerait la moindre convulsion. Sa défaillance avait facilité la déferlante des Hyksôs, un cauchemar pas si lointain.

Aucun rapport alarmant. Disposant d'une autonomie relative, les protectorats de Syro-Palestine se satisfaisaient des relations commerciales avec l'Égypte et n'avaient pas, pour le moment, envie de déclencher un conflit. Quant aux puissances asiatiques, elles avaient tant de problèmes internes à régler qu'elles en oubliaient la riche Égypte. Une période de paix que Hatchepsout devait à la fermeté de son père, l'exemple à suivre.

La dernière missive reçue intriguait la souveraine. Elle émanait du royaume de Crète qui souhaitait offrir des tributs à l'Égypte, de manière à sceller une alliance durable.

Sincérité ou duplicité ? Les Crétois avaient formé le principal contingent des Hyksôs. Redoutables guerriers, dotés d'un armement supérieur à celui des Égyptiens, ils s'étaient aisément imposés. Le palais de leur capitale, Avaris, était décoré de peintures évoquant les paysages et les traditions de leur île, comme le saut au-dessus des cornes du taureau fonçant vers l'audacieux qui le défiait.

À la libération, quelques Crétois mariés à des Égyptiennes s'étaient implantés dans le Delta.

Impossible de repousser cette initiative diplomatique, sous peine de vexer la Crète et de s'en faire un ennemi, peut-être capable de fédérer d'autres contrées afin d'envisager une nouvelle invasion.

L'ambassadeur de la grande île ne viendrait pas seul et, dans sa suite, figureraient peut-être des délégués animés de mauvaises intentions, qui comptaient sur la naïveté d'une jeune souveraine.

Voilà longtemps que Hatchepsout avait appris de son père que l'amitié entre les peuples se limitait à leurs intérêts respectifs. Soit la Crète recherchait la protection de l'Égypte, soit elle désirait profiter de la situation en éliminant la souveraine. Incapable de gouverner en raison de son jeune âge, Thoutmosis serait une proie facile pour une horde d'envahisseurs.

— 47 —

L'endroit était grandiose, désert et inquiétant. Pas de village à proximité, mais une petite palmeraie où se nichaient une maison pauvrette et un atelier de briquetier. Non loin, l'éminence sur laquelle se dégradaient, jour après jour, les vestiges de la citadelle des Hyksôs, cœur de leur capitale.

Quelque chose siffla à l'oreille de Pousil. Il se retourna et aperçut un gamin, armé d'une fronde, qui disparut dans la palmeraie.

Les poings serrés, le Libanais courut vers son repaire. Sortant de la masure, un grand gaillard maigrichon apostropha l'intrus.

— Qui es-tu ?

— Le patron de la corporation des briquetiers.

— Ah… Et tu veux quoi ?

— T'annoncer une augmentation et inspecter ton atelier.

À l'évidence, le bonhomme n'appartenait pas à l'élite de la profession.

— Tu blagues ?

— Les consignes émanent du Premier ministre. C'est ton gosse qui a tenté de me blesser ?

— Il apprend à manier la fronde. C'est utile pour tuer les oiseaux. Le gibier, je m'en occupe avec mon arc. On n'a pas l'habitude d'avoir des visites.

— À quoi tes briques sont-elles destinées ?

— L'armée m'a ordonné de dresser une enceinte autour des ruines. Personne n'a le droit d'y aller. Personne n'en a envie, d'ailleurs. Moi, j'obéis. Et si j'ai un meilleur salaire, tant mieux. Tout le coin appartient à une riche femme d'affaires de Thèbes, qui m'oblige à entretenir la palmeraie et ne me laisse qu'une petite partie de la récolte de dattes.

— Tu as une femme ?

— Elle travaille au champ, pas loin d'ici.

— Montre-moi ta production.

De la brique grossière, manquant de résistance.

— Je vais jeter un œil à ta muraille, décida Pousil.

— Elle est à peine commencée. Ne t'aventure pas trop loin. Ces ruines sont remplies d'âmes errantes, celles des démons hyksôs. Des curieux ont été massacrés.

En marchant vers la citadelle qui avait incarné le triomphe de ses ancêtres, le Libanais ne songeait qu'à retrouver la lance de Seth.

La médiocre enceinte ne s'étendait que sur une portion limitée des vestiges. Les Égyptiens avaient rasé l'édifice. Ne subsistaient que des blocs épars, des pans de mur, des gravats. Le vent soufflait, des nuages noirs cachaient le soleil. Çà et là, des trous profonds. L'un d'eux intrigua Pousil. Menait-il à une tombe ? Y descendre ne présentait guère de difficultés. Au fond, une corde et des morceaux d'amphores. Un boyau conduisait à une sorte de cave entièrement vide.

En remontant à la surface, Pousil pensa à explorer l'ensemble du site ; mais il eut une bien meilleure idée, qui lui ferait gagner du temps.

★

Le briquetier allumait son four, quand un violent choc dans le dos le projeta à terre. Le projectile n'était autre que son gamin, pieds et poings liés !

En se retournant, il vit le patron de sa corporation, qui le visait avec une fronde.

— J'ai corrigé ton sale gosse et j'ai confisqué son arme. Un silex pointu en plein front, c'est souvent mortel.

Le briquetier tenta de se traîner, mais se heurta vite à la paroi du four.

— Qu'est-ce que tu me veux ?

— La corde avec laquelle j'ai ligoté ton morveux, elle ne te rappelle rien ?

— Non, rien...

— Je l'ai ramassée au fond d'un puits. Tu te souviens, maintenant ?

— Non, non !

— Tu as parcouru la citadelle, sans crainte d'être dérangé, et tu as déniché un trésor.

— Non !

— Où l'as-tu dissimulé ?

— Tu te trompes !

— Si tu parles, je te laisse la vie. Si tu te tais, je vous tue, toi et ton avorton, et je fais brûler les cadavres dans ton four. Ensuite, je fouillerai partout.

Terrorisé, le briquetier comprit que l'homme aux épais sourcils et aux pouces carrés ne plaisantait pas.

— Dans la cave, il n'y avait que des débris d'amphores. Pas de trésor.

— La vérité, exigea Pousil en s'approchant pour être certain de ne pas rater sa cible.

— Juste quelques objets sans valeur !

— Où sont-ils ?

— Dans une cache, à l'extrémité de la palmeraie.

— Debout, et guide-moi. Si tu tentes de t'enfuir, la pointe du silex te percera les reins, et tu souffriras atrocement avant de mourir.

Brisé, le briquetier se montra d'une docilité exemplaire. Il écarta des branches de palmier séchées, disposées au-dessus d'une cavité.

— Vide-la, ordonna Pousil.

Il s'agissait bien d'un petit trésor qui avait appartenu aux Hyksôs : des vases crétois, des coupes en argent, de la vaisselle précieuse.

— Tu es riche, mon gaillard !

— Faut encore écouler tout ça sans être repéré... Pas si simple !

— Tu as tout sorti ?

Le briquetier préféra ne pas mentir.

— Il reste une arme. Je ne veux plus y toucher. Elle m'a brûlé la main, j'ai encore des cicatrices.

— Surtout, ne bouge pas.

Sans perdre de vue le voleur, Pousil, du coin de l'œil, repéra un poignard au fond de la fosse. Le Libanais hésita, puis s'en empara vivement.

Aucune sensation de douleur.

Une lame de bronze, qui étincela au soleil. Sur le manche figurait l'animal du dieu Seth, au museau pointu et aux longues oreilles. Pas la lance du maître de la foudre, mais un emblème qui réjouit Pousil au plus haut point. Un signe venu du fond des âges pour lui prédire sa victoire.

— Négocie bien ton butin, recommanda-t-il au briquetier. Oublie-moi, je t'oublie.

— 48 —

Quadragénaire aux cheveux bouclés, soignés chaque jour par son coiffeur personnel, l'ambassadeur de Crète remplissait la plus délicate mission de sa brillante carrière, d'autant plus qu'il était en total désaccord avec son roi. Mais un diplomate ne discutait pas les ordres, surtout s'il désirait profiter d'une vieillesse tranquille.

Se prosterner aux pieds d'un pharaon, pis encore d'une femme, lui rongeait l'estomac. La Crète n'avait nullement besoin d'offrir un monceau de tributs afin de solliciter une alliance avec l'Égypte. Cette soumission serait inutile, puisque celle-ci continuerait à se méfier de la grande île qui, à l'époque des Hyksôs, avait participé à l'invasion. Argument du roi : si lui n'avait aucune parole, Pharaon, en revanche, respectait la sienne. En promettant à la Crète de la secourir si elle était attaquée, il la protégeait d'un éventuel prédateur.

Stratégie illusoire aux yeux de l'ambassadeur. Elle servait de rideau de fumée à une opération très délicate, qui n'avait rien de diplomatique. À bord du navire crétois, un soldat d'élite chargé d'assassiner Hatchepsout. Une véritable folie. Loin au-delà des frontières de l'Égypte avait retenti l'écho des miracles accomplis par l'Épouse d'Amon. Ne jouissait-elle pas d'une protection divine ? Au moins, l'ambassadeur avait obtenu satisfaction sur un point : le tueur n'appartenait pas à sa suite, mais figurait parmi les marins. Si l'affaire tournait mal, il affirmerait tout ignorer de la tentative d'attentat et proclamerait l'innocence absolue de son pays.

★

Sous bonne escorte, le bateau crétois avait quitté la mer pour emprunter l'une des branches du Nil, traverser le Delta et faire une escale à Memphis, avant de repartir pour Thèbes.

Un accueil des plus aimables, des sourires, des victuailles à profusion. L'art de vivre à l'égyptienne enchanta l'équipage, y compris un blondinet d'une vingtaine d'années, mêlé aux rameurs. Archer d'élite, redoutable à l'épée, il avait acquis la confiance de son souverain en éliminant discrètement des contestataires qui auraient pu devenir dangereux.

Cette fois, sa mission était autrement périlleuse. Tuer une femme l'amusait plutôt, mais la cheffe d'État bénéficiait forcément d'une protection rapprochée qui ne serait certainement pas facile à déjouer.

Repérer les lieux pendant les réceptions officielles, n'avoir aucun contact avec l'ambassadeur, découvrir la faille qui lui permettrait d'agir, laisser une trace prouvant qu'il s'agissait d'un complot intérieur et non d'une initiative crétoise… De quoi en décourager plus d'un. Mais le jeune homme n'avait pas de nerfs. En cas de succès, l'Égypte s'effondrerait, la Crète prendrait la tête d'une vague d'envahisseurs, et lui serait célébré comme un héros.

En attendant ces heures de gloire, il buvait et mangeait à satiété, et ramait au minimum, rendant grâce au vent du nord qui gonflait les voiles. Un capitaine égyptien était d'ailleurs monté à bord afin d'indiquer les bonnes manœuvres sur un fleuve aux caprices parfois redoutables, inconnu des Crétois.

*

Sur le chemin du retour, lors de l'escale à « Bon Voyage », le port de Memphis, Pousil fut étonné de l'animation encore plus intense qu'à l'ordinaire. Des bâtiments de la police fluviale encadraient un navire étranger de grande taille. Une noria de dockers lui livrait de la nourriture.

Obligé d'accoster à bonne distance, Pousil descendit en hâte la passerelle et se dirigea vers le quai que surveillaient des soldats.

Les badauds étaient tenus à l'écart. Ayant terminé son service, un docker, assis sur des cordages, mangeait une galette.

— Qu'est-ce qui se passe ? demanda Pousil.

— Un navire qui vient de Crète et se rend à Thèbes. À bord, l'ambassadeur, sa suite et des cadeaux pour Hatchepsout. Paraît que ces gens-là veulent la paix en se mettant sous la protection de l'Égypte. Moi, j'y crois pas.

— Pourquoi ?

— Parce que les Crétois, c'est des violents. Il y a longtemps, ils nous ont attaqués et rêvent de recommencer. Tout ça, c'est des simagrées pour qu'on baisse la garde. Sûrement un coup fourré sous les risettes. J'espère que notre souveraine ne se laissera pas attendrir. En attendant, on les nourrit bien ! D'ici à Thèbes, vu ce qu'on a chargé, les Crétois ne mourront ni de faim ni de soif.

Pensif, le Libanais s'éloigna. Des Crétois… N'avaient-ils pas dirigé l'armée hyksôs lors de la grande invasion ? Après la découverte du poignard de Seth, un nouveau signe favorable.

Et si le docker avait raison ? Si cette mission diplomatique cachait un projet visant à déstabiliser une Égypte fragilisée, avec ses deux pharaons, dont une femme, à sa tête, situation inconvenante pour des étrangers ?

Pousil craignait d'entretenir des illusions. Plus probablement, l'ambassadeur déposerait des tributs devant le trône de la souveraine et retournerait chez lui.

Néanmoins, le Libanais tenterait de contacter des membres de l'équipage. Si la chance continuait à le servir, peut-être obtiendrait-il leur confiance et quelques confidences dignes d'intérêt.

— 49 —

Accompagnée de Sénenmout, Hatchepsout contempla l'œuvre architecturale de son père à Karnak : une enceinte protégeant l'espace originel, un pylône, deux obélisques, un trésor contenant des objets rituels. Elle se souvint de son enseignement : « Le temple est la demeure où l'on fait croître la vie. »

— Voici un nouvel hommage à ton travail de précepteur, dit-elle à Sénenmout en s'arrêtant devant une deuxième statue-cube, le représentant avec Néferourê.

Ému, il n'osa pas prononcer les paroles qui auraient trahi ses sentiments, et la souveraine lui en sut gré. Être souvent à ses côtés, bénéficier de sa confiance, élever sa fille : Sénenmout ne vivait-il pas un bonheur intense et privilégié, bien qu'incomplet ?

— J'ai une surprise pour vous, Majesté.

Intriguée, Hatchepsout suivit son confident qui contourna plusieurs édifices pour aboutir à une partie encore vierge du domaine sacré d'Amon.

Posés sur des tréteaux en bois, des blocs de quartzite rouge étaient ornés d'admirables sculptures, d'une rare finesse, qui représentaient le pharaon en train d'accomplir des actes rituels : la montée vers le temple, le couronnement, la prestation de serment, la communion avec les divinités, la présentation des offrandes, l'anéantissement des forces maléfiques brûlées dans des chaudrons, la célébration des fêtes. Hatchepsout était dépeinte, à l'image de ses prédécesseurs, comme un taureau céleste aux cornes pointues, un faucon planant au-dessus des contrées et un chacal au pas si rapide qu'il accomplissait le tour de la terre en un instant[1].

La souveraine examina chacune de ces scènes qui incarnaient l'essentiel de sa fonction et de sa vie. Devant ses yeux, l'au-delà d'elle-même.

— Voici la place du cœur d'Amon, déclara-t-elle. Cette chapelle servira de reposoir pour sa barque, lors des grandes processions.

★

Habitué aux constructions monumentales, l'ambassadeur de Crète fut cependant impressionné par la splendeur de Thèbes. La « cité du sceptre-Puissance » méritait son nom. C'était ici qu'était né le mouvement de libération destiné à chasser les Hyksôs du Delta, et les pharaons remerciaient Amon, dieu des victoires, en embellissant sans cesse son temple.

À Memphis, le diplomate avait observé une importante présence militaire et policière. Des hommes jeunes et bien équipés.

Sur le quai de Thèbes, même constat. Composée de professionnels qu'encadraient des officiers expéri-

1. Visible à Karnak, ce chef-d'œuvre est connu sous le nom de « chapelle rouge ».

mentés, l'armée égyptienne était une réelle force de dissuasion.

Entouré d'hommes en armes, le dignitaire qui accueillit l'ambassadeur au pied de la passerelle avait un visage franchement rébarbatif.

— Je suis le Premier ministre Hapouséneb. Ravi de vous accueillir.

« À voir la dureté de ses traits, pensa le Crétois, on ne s'en douterait pas ! »

— L'intendant de la Maison du roi vous conduira jusqu'à votre résidence où vous pourrez vous reposer jusqu'à la réception officielle prévue dans quelques jours. Les dockers déchargeront les tributs et les déposeront dans un entrepôt étroitement surveillé. Je vous souhaite un agréable séjour. Veuillez m'excuser, de nombreuses tâches m'attendent.

Le discours que l'ambassadeur avait préparé resta coincé dans sa gorge. Cet Égyptien-là n'était pas un adepte de la courtoisie. Inutile d'exiger une entrevue avec son homologue, puisque Hatchepsout remplissait elle-même le rôle de ministre des Affaires étrangères.

Fatigué par le long voyage, le Crétois espérait qu'il serait correctement logé.

— Où est-il, cet intendant ?

— Ici.

Le diplomate toisa un vieux bonhomme à la tunique ordinaire, à côté d'un âne colossal au regard inquisiteur.

— Amène-moi cet intendant.

— C'est moi.

— Toi… tu t'occupes de la Maison du roi ?

— Et de celle de la reine.

« Personnel pitoyable, s'inquiéta intérieurement l'ambassadeur. Dans quel taudis va-t-on me confiner ? »

— La chaise à porteurs de Votre Excellence est avancée, dit le Vieux. Des policiers encadreront votre suite, et des ânes porteront vos bagages.

Entre les deux hommes, l'antipathie fut immédiate et profonde. Irrité, l'ambassadeur trouva néanmoins le siège confortable, mais nota, une fois de plus, la rigueur du dispositif de sécurité.

Le projet d'attentat était une pure folie. À aucun moment il n'entrerait en contact avec le tueur, qui aurait tout intérêt à renoncer.

— 50 —

Du parapet dominant le quai qui avait accueilli le navire crétois, Néhésy assista, de loin, au déchargement des tributs. La Crète n'avait pas lésiné sur la quantité. Ce qui intéressait le géant, au flair de chien de chasse, c'était l'équipage. Il voyait mal l'ambassadeur ou un membre de sa suite tenter quoi que ce soit contre Hatchepsout, avec une infime chance de réussir, et sous peine de déclencher un conflit. Par mesure de précaution, on garderait néanmoins, en permanence, un œil sur eux.

Si un mauvais coup se préparait, il serait l'œuvre d'un des marins. Et l'ambassadeur déclinerait toute responsabilité, sans hésiter à évoquer un complot intérieur auquel son pays était totalement étranger.

Néhésy avait proposé une solution simple : emprisonner l'équipage, et le libérer le jour du départ du navire. Refus de Hapouséneb. Cette violation de la justice entraînerait de vigoureuses protestations de l'ambassadeur, son retour immédiat en Crète et une tension dangereuse avec l'Égypte.

Au géant d'éviter le pire. Surmontant sa déception, il guetta un à un les matelots lorsqu'ils descendirent de la passerelle pour rejoindre les logements qui leur avaient été attribués, à proximité du port. Une période de détente en perspective.

Pas de marin chétif. Tous avaient des muscles de costauds habitués à ramer et à manier des cordages. Des gaillards en parfaite santé. Des rieurs, des sombres, un blondinet, un grassouillet, plusieurs barbus, un chauve. Néhésy mémorisa les visages et les allures.

Bien entendu, cuisiniers, serveurs et hommes de ménage au service des Crétois seraient des policiers chargés de lui signaler le moindre comportement suspect.

★

Personne ne lisait aussi vite que Hapouséneb un rapport administratif. Dès l'adolescence, il s'était exercé à séparer l'essentiel du secondaire. Quand Pousil fut autorisé à pénétrer dans son bureau, il refermait le dossier « briquetiers », à présent bien étayé.

— Deux ateliers inefficaces seront fermés. Dix autres doivent être plus ou moins améliorés. Je veux des résultats rapides. Le reste fonctionne à peu près correctement. Voici une liste de bâtiments à construire.

En recevant le document, le Libanais s'inclina.

— Il manque un rapport, reprit le Premier ministre, celui concernant l'atelier proche d'Avaris, la citadelle rasée des Hyksôs. D'après les scribes, tu es le seul à l'avoir vu.

— À dire vrai, il n'y avait rien à voir. Une masure abandonnée dans une palmeraie et plus aucune activité.

Un début de muret a été dressé autour des ruines. Je n'ai rencontré personne.

— Au travail, Pousil.

*

L'ambassadeur se détendit. Nulle demeure crétoise n'avait le confort de cette villa si spacieuse qu'elle abriterait l'ensemble de sa suite. De l'espace, de la verdure, un mobilier raffiné, d'agréables parfums flottant dans des pièces d'une absolue propreté. L'appartement du diplomate était si luxueux qu'il en resta ébahi.

— Satisfait, Excellence ? demanda le Vieux.

— C'est... c'est magnifique ! À qui appartient cette demeure ?

— À la dame Byna, une propriétaire terrienne, heureuse de vous accueillir pendant votre séjour à Thèbes. D'ailleurs, la voici.

Séducteur impénitent, privé de femmes pendant le long voyage, l'ambassadeur fut ébloui. La brune pulpeuse était plus aguichante que jamais. Robe courte d'un rouge vif, maquillage parfait, sourire enjôleur. Sa poitrine en grande partie dénudée déclencha la convoitise du Crétois.

— Je vous laisse, décida le Vieux, que le diplomate ignora.

Figé, les yeux rivés sur cette superbe créature, il tenta de se comporter comme un homme de qualité.

— Dame Byna, votre hospitalité me touche profondément. Cette propriété est un enchantement. L'accueil des autorités fut un peu rugueux, je vous l'avoue, et je craignais des jours difficiles. Maintenant, dans ce paradis...

Une œillade ravageuse augmenta son trouble. Cette sorcière l'envoûtait.

— Pardonnez-moi, s'exclama-t-il, je suis décoiffé, et mes vêtements de voyage sont froissés.

— Vous n'en êtes pas moins charmant, susurra-t-elle d'une voix si suave qu'elle lui donna des frissons. J'ai entendu parler de la beauté de votre grande île et j'étais curieuse de rencontrer un haut dignitaire crétois. Je ne suis pas déçue. Vous avez tellement de prestance...

— Comment... comment vous remercier ?

Elle semblait s'interroger.

— En m'invitant à dîner. Je donnerai des ordres à mon personnel pour qu'il prépare des repas dignes de vous. J'espère que notre gastronomie sera à votre goût. Demain soir vous convient-il ?

L'ambassadeur prononça un « oui, oui » à peine audible.

— 51 —

— Le bellâtre crétois est installé, apprit le Vieux à Hatchepsout, au sortir de son entretien avec le Premier ministre, au cours duquel il avait décrit un ambitieux programme de construction et de rénovation de bâtiments officiels que mènerait à bien le patron de la corporation des briquetiers.

— La villa de la dame Byna lui plaît-elle ?

— Ça en a l'air. Mais il n'y a pas que la villa. La propriétaire est promptement apparue et lui a fait sortir les yeux de la tête. Tu connais sa réputation...

— Que penses-tu de ce Crétois ?

— Mou et futile en apparence, dur et rusé à l'intérieur. Son roi ne t'a pas envoyé un incapable. À mon avis, il prépare un mauvais coup. Ou, du moins, il sert de paravent et ne se mouillera pas le petit orteil.

— Néhésy m'a détaillé son dispositif de sécurité. Il me semble excellent.

— Méfie-toi quand même. Ces Crétois sont des tordus.

*

Avec sa brutalité coutumière, Pousil s'était jeté sur la dame Byna, aussi déchaînée que lui. L'absence de son meilleur amant l'avait éprouvée, et ce n'étaient pas deux ou trois freluquets de passage qui avaient pu la combler. Le briquetier, lui, assouvissait tous ses fantasmes.

Enfin repus, ils burent un grand cru provenant du Delta. Le Libanais relata son périple, annonça qu'il repartait bientôt afin d'exécuter les ordres du Premier ministre et, soudain, fixa sa maîtresse avec un regard d'une froideur qui l'effraya presque.

— Je n'ai pas trouvé la lance de Seth à Avaris, mais une arme non moins extraordinaire : un poignard à son effigie. Un fabuleux héritage des Hyksôs. Moi, elle ne m'a pas brûlé les mains. Imagines-tu la puissance dont je dispose ?

Sans douter de la détermination de son amant, Byna craignait qu'il ne se surestimât, d'autant plus qu'elle avait une stratégie à lui proposer.

— Je ne crois pas à la bienveillance des Crétois, révéla-t-elle. C'est pourquoi j'ai accueilli l'ambassadeur. Je veux connaître ses projets réels.

— Comment t'y prendras-tu ?

— En couchant avec lui, demain soir. Mes appas ne suffiront probablement pas à lui arracher ses secrets. C'est pourquoi j'utiliserai une méthode plus radicale.

— Tu ne comptes quand même pas le torturer ?

Elle éclata de rire.

— Rassure-toi, il ressortira indemne de mon interrogatoire !

— Qu'espères-tu en tirer ?

— Suppose qu'il soit venu ici avec de mauvaises intentions à l'égard de Hatchepsout. Les connaître nous offrirait un avantage à utiliser au mieux.

Cette perspective raviva les pulsions de Pousil, qui agrippa les poignets de sa maîtresse et s'étendit sur elle.

*

Un sac de pierres semi-précieuses. Une petite fortune que le pharmacien apprécia à son juste prix.

— Qu'exigez-vous en échange, dame Byna ?

— Une potion qui égare l'esprit tout en rendant bavard.

— C'est délicat.

— Disposes-tu d'un tel produit ?

— Oui, mais il est difficile à manier.

— Si tu me le procures, tu auras un second sac de même contenu que celui-ci, à condition que j'obtienne le résultat escompté.

À partir d'une certaine somme, la morale professionnelle s'estompait.

— Entendu, dame Byna. La fiole que je vais vous donner ne contiendra que dix gouttes de produit. Une de plus, et le cœur cesserait de battre. Versez le contenu dans de l'alcool, faites-le boire, et posez vos questions calmement quand la personne interrogée commencera à délirer. Vous aurez une dizaine de minutes devant vous. Ensuite, elle dormira au moins vingt-quatre heures.

*

Néhésy n'avait pas mis un policier derrière chaque Crétois, mais deux. Ne sortant pas de la somptueuse villa où ils étaient logés, profitant des jardins, du plan d'eau et des services d'une escouade de domestiques, l'ambassadeur et sa suite étaient faciles à surveiller.

Il n'en allait pas de même pour l'équipage. Les marins se répandaient dans les tavernes et les maisons de bière, peuplées de prostituées syriennes très accessibles. Chacun des matelots était pisté en permanence. Aucun incident notable. Les Crétois jouissaient de leur relâche à Thèbes.

Bien qu'il n'entrevît pas de faille dans son dispositif, Néhésy restait aux aguets. Son flair lui affirmait que cette fausse tranquillité dissimulait un projet meurtrier.

— 52 —

— Dame Byna, constata l'ambassadeur, subjugué, comme vous êtes en beauté !

La brune se comporta en fillette rougissante.

— Vous exagérez, vous…

— Vous êtes la fleur la plus ravissante de ce pays.

Le haut de la robe de lin laissait deviner des seins admirables.

— Vous exagérez vraiment.

— Pas du tout ! Acceptez-vous de me confier votre main ?

Une hésitation de bon aloi, un regard ingénu, et Byna consentit.

Grâce à l'art de son coiffeur, le diplomate se félicitait de sa chevelure bouclée et parfumée. Après s'être livré à un masseur, à un manucure et à un pédicure, il avait recouvré élégance et dynamisme. Sa tunique crétoise bariolée était du dernier chic.

— Êtes-vous marié ? interrogea Byna.

— Dans mon métier, impossible. Trop de voyages. Et vous-même ?

— Veuve. Depuis quelques mois, je vis seule.

— Quelle tristesse pour une si jolie femme !

— J'aimais tendrement mon mari, et je lui reste fidèle.

— Votre grandeur d'âme m'émeut, mais il faudra bien que la vie reprenne son cours.

— Je n'ose y penser !

— Cette délicatesse vous honore.

— Une angoisse m'obsède : auriez-vous à vous plaindre de mes serviteurs ?

— Au contraire ! Ils sont aux petits soins pour moi et ma suite ! Et quels délicieux repas… Notre dîner ne fera pas exception à la règle.

Décorées de bleuets, les deux tables basses de la salle à manger permettraient aux convives de dîner face à face. À peine s'asseyaient-ils qu'on leur servit un hors-d'œuvre, une terrine de poisson nappée d'une sauce aux fines herbes. Un échanson emplit deux coupes d'un vin blanc fruité.

L'ambassadeur leva la sienne.

— À notre rencontre !

Byna l'imita.

*

— Quelle douce soirée, murmura le diplomate qui avait trop bu et trop mangé, mais gardait un semblant de lucidité en se promenant dans le jardin, au bras de son hôtesse.

— Une surprise, annonça-t-elle, en se dirigeant vers un kiosque.

Sur un guéridon, des gâteaux au miel et deux coupes.

— De l'alcool de datte, expliqua la brune. Une merveille.

Ils absorbèrent le nectar. L'ambassadeur n'eut pas de réaction immédiate. Aussi Byna jugea-t-elle nécessaire de capter son attention.

— Si nous savourions ensemble cette pâtisserie ?

Elle porta le gâteau à ses lèvres et s'approcha de celles du Crétois qui croqua la friandise.

Le premier baiser enflamma le diplomate, dont les mains tremblantes caressèrent les épaules de Byna.

— Vous me troublez, confessa-t-elle, mais je ne sais pas si…

— La tendresse vous guérira de vos souffrances.

— Croyez-vous ?

— J'en suis certain.

À travers le tissu transparent, il osa toucher les seins, provoquant un cri étouffé de la belle brune.

— Non, gémit-elle, nous ne devrions pas !

— L'amour n'est-il pas plus fort que tout ?

Quand il fit glisser le haut de sa robe jusqu'à sa taille, elle n'opposa qu'une faible résistance.

Soudain, un éblouissement. L'ambassadeur vacilla et s'écarta.

— Pardonnez-moi, un malaise.

Ses genoux fléchirent, il tint son buste droit quelques instants, puis s'effondra sur le dos, la bouche ouverte, les yeux dans le vague.

Sans se rajuster, la brune s'assit à côté de lui. Le Crétois commença à délirer. D'abord, des noms : ceux de son roi, de subordonnés, de maîtresses ; puis des bribes de phrases concernant sa carrière, des missions réussies, des voyages. Les minutes s'écoulaient vite, la voix devenait pâteuse.

— Qu'es-tu venu faire en Égypte ? questionna doucement Byna.

— Né… gocier… paix… ca… deaux…

— Le véritable but du voyage ?
— Fo... lie...
— Quelle folie ?
— Tuer... la... femme...
— C'est toi, le tueur ?
L'ambassadeur eut un haut-le-cœur.
— Ma... rin... blon... dinet... fo... lie...
Il s'évanouit.

— 53 —

Quand il se réveilla, vingt-quatre heures plus tard, l'ambassadeur souffrait d'une atroce migraine. À peine ouvrait-il les yeux que Byna posa sur son front un linge frais et parfumé.

— Que m'est-il arrivé ? Je ne me souviens de rien !

— Un petit malaise, dû à quelques excès. Un médecin vous a examiné. Aucune maladie grave. Vous aviez simplement besoin d'une cure de sommeil. Je suis passée plusieurs fois vous voir, et je suis heureuse d'avoir assisté à votre réveil.

Le Crétois se redressa.

— J'ai faim et soif. Si... si nous dînions ensemble ?

— Ce ne serait pas raisonnable. Vous vous contenterez d'un bouillon de légumes et d'une bière légère. Sans que vous vous en rendiez compte, le long voyage depuis la Crète vous a épuisé. Dans deux jours sera célébrée la cérémonie des tributs, en présence de notre souveraine. Vous en serez le héros. Reposez-vous, afin de vous montrer brillant.

« Quelle femme délicieuse », pensa l'ambassadeur, qui l'aurait volontiers emmenée en Crète.

★

Néhésy aurait dû être rassuré. Calme plat du côté de l'ambassadeur, qui se remettait d'un léger malaise provoqué par un abus d'alcool. Le diplomate et sa suite flemmardaient dans la villa de Byna. Du côté des matelots, occupations habituelles, et contacts modérés avec la population. Les barbiers ambulants étaient leurs principaux interlocuteurs. L'équipage passait le plus clair de son temps dans les tavernes du port.

Donc, aucune raison de s'inquiéter. Mais son fichu instinct le persuadait du contraire. Dans les ténèbres, un démon se préparait à agir.

★

Blondinet broyait du noir. Tout à l'enthousiasme de sa mission, il n'avait pas prévu de telles difficultés. L'Égypte passait pour un pays ouvert, où même les femmes circulaient à leur aise. Les Crétois, eux, ne bénéficiaient que d'une liberté surveillée.

Tenanciers, prostituées et barbiers ne lui avaient fourni que des indications sommaires sur sa cible, Hatchepsout. Une souveraine populaire, qui se conformait à la règle de Maât : faire revivre la lumière créatrice lors du rituel du matin, gouverner avec l'aide d'un Premier ministre à l'intégrité reconnue, embellir le temple d'Amon. Pas de détails sur la vie privée de cette femme devenue Pharaon, ni de faille à exploiter.

Elle semblait hors d'atteinte. Mais Blondinet était prêt à sacrifier son existence pour obéir aux ordres.

Seule solution : se vêtir à l'égyptienne, se teindre les cheveux, et lors de la remise des tributs, se précipiter sur Hatchepsout et la poignarder. Vitesse et surprise seraient ses atouts. Peut-être la garde rapprochée l'intercepterait-elle avant qu'il ne portât le coup fatal. Cependant, il n'entrevoyait pas d'autre manière d'agir. Même en cas de succès, il serait abattu. Néanmoins, sa mission serait remplie.

Dans la taverne, on babillait et l'on buvait des litres de bière. Un trapu aux sourcils épais s'approcha de Blondinet.

— Faut que je remonte des jarres de la cave. Tu voudrais pas m'aider ?

Le matelot se raidit.

— Je ne travaille pas ici, je...

— Pour la Crète. Dépêchons-nous.

Piège ou occasion inespérée ? Blondinet se leva et suivit le trapu.

Ils descendirent les marches et aboutirent à une cave où étaient entreposées des jarres de bière.

— Je sais que tu veux assassiner Hatchepsout, dit Pousil, informé par Byna. Moi seul peux t'aider.

— Qui es-tu ?

— Un ennemi de cette femme. Sans moi, tu échoueras. Inutile de songer à la cérémonie officielle. Elle sera tellement protégée qu'aucun agresseur ne parviendra à l'approcher.

— M'aider... de quelle manière ?

— D'abord, en te procurant une arme.

Pousil donna au Crétois un court poignard à double lame qu'il examina avant de l'enfouir dans une poche de sa tunique.

— Très efficace, jugea-t-il. Ensuite ?

— Un seul point faible dans le dispositif de sécurité. Je le connais.

— Lequel ?

— Un accès au palais qui ne sera pas surveillé pendant la relève de la garde, au milieu de la nuit.

— Comment le sais-tu ?

— Parce que ce palais, c'est moi qui l'ai construit ! Tu forceras un volet et tu t'y introduiras. Je vais t'indiquer le chemin qui mène à la chambre de la souveraine.

— Personne en faction devant sa porte ?

— Si, mais toi, tu y accéderas par la salle d'eau. Deux dalles à ôter. Écoute-moi bien et grave le parcours dans ta mémoire.

Jamais Blondinet n'avait été si attentif.

— Impossible.

— Pourquoi ? s'étonna Pousil.

— Tu oublies un détail : mon logement est surveillé par la police.

— Rassure-toi, je m'en souviens. Au sortir de cette auberge, tu prendras la fuite à toutes jambes. Condition impérative : semer tes poursuivants en profitant de l'effet de surprise. À l'extrémité septentrionale du quai, un bateau rapide t'attendra.

— Je me désignerai moi-même comme coupable !

— Exact, mais un coupable qui a renoncé à sa folie et préféré disparaître.

— Autrement dit, Hatchepsout n'aura plus rien à craindre.

— 54 —

Accroupis, la tête sur leurs pieds, les deux policiers se demandaient si la colère de Néhésy finirait par s'apaiser. Au pire, plusieurs mois de prison. Au mieux, une mutation comme gardes-chiourme dans le bagne des oasis.

— Comment avez-vous pu laisser s'échapper ce blondinet ?

Le plus âgé des deux fautifs osa s'exprimer.

— Il a jailli plus rapidement qu'une flèche tirée par un archer d'élite ! Quand on a compris que le Crétois s'enfuyait, on avait pas mal de retard. Et ce gaillard courait à une vitesse folle ! On l'a perdu. D'autres n'auraient pas fait mieux, chef.

— Disparaissez !

Furibond, Néhésy avait recueilli des témoignages. Le blondinet avait sauté à bord d'un bateau rapide, qui s'était élancé vers le nord. Malgré l'ordre d'interception, le colosse ne se faisait aucune illusion : le fugitif ne s'aventurerait pas trop loin sur le fleuve et s'évanouirait dans le désert.

★

— C'est du bon, commenta le Vieux, et tu as du coffre, mais arrête-toi là.

— Une dernière coupe, exigea Néhésy.

Le Vieux lui versa une coupe de rouge.

— Tu devrais te détendre, puisque ce blondinet a quitté le territoire. S'il préparait un mauvais coup, c'est raté.

— Raté... je n'en suis pas si sûr.

— Qu'est-ce qui te tracasse ?

— Mon flair.

— Et qu'est-ce qu'il te raconte ?

— Qu'on veut m'endormir.

— Tu ne soupçonnes quand même pas l'ambassadeur ?

— Je ne sais pas... Je ne sais plus.

Le géant faisait peine à voir.

— Ça m'ennuie de te demander ça, le Vieux : si on interrogeait ton âne ?

— Pourquoi pas ? Mais adresse-toi à lui poliment. Il est assez susceptible.

Fallait-il que Néhésy soit en pleine mélasse pour consulter cette bête ! Triant ses pensées, il prépara une question claire.

Sortant de sa sieste, Vent du Nord observa le chef des forces de sécurité et ne manifesta aucun signe d'hostilité.

Le colosse se racla la gorge.

— Hatchepsout est-elle en danger ?

L'oreille droite se dressa aussitôt. Un « oui » franc et massif.

★

Néhésy vérifia et revérifia les mesures de sécurité, sans discerner de faille. Pourtant, à en croire son instinct et l'opinion de Vent du Nord, une menace pesait sur Hatchepsout. Souci majeur : un attentat pouvait-il réussir ? A priori, non. Et pourtant, l'incertitude demeurait. Le lendemain aurait lieu la remise des tributs. Policiers et soldats seraient aussi nombreux que les dignitaires. Quant au principal suspect, le blondinet, il s'était enfui.

Néhésy tenta de se glisser dans la tête de l'assassin. D'abord, rassurer les forces de l'ordre en simulant une disparition. S'il était revenu à Thèbes, il disposait d'un complice. Vu la surveillance redoublée exercée sur les marins crétois, sûrement pas l'un d'eux.

En ce cas, le suspect aurait forcément changé d'allure et ne serait plus repérable. S'il se comportait ainsi, c'est qu'il avait la certitude d'atteindre la souveraine en exploitant un point faible qu'il avait repéré.

Un point faible que Néhésy ne discernait pas. Être contraint de rester les bras croisés le mettait en rage. Il se calma et reprit le cours de ses réflexions. Où et à quel moment Hatchepsout serait-elle vulnérable ?

La réponse s'imposa. Mais, même si c'était la bonne, impossible de prévoir la manière d'agir du tueur. Il fallait donc envisager une solution radicale, en obtenant l'assentiment de la souveraine.

La connaissant, ce ne serait pas facile. À Néhésy de se montrer persuasif. Il y allait de la survie de l'Égypte et de cette femme qu'il admirait. D'un pas martial, il se dirigea vers le palais pour solliciter une entrevue urgente.

— 55 —

La nuit était fraîche. Lors de la relève de la garde autour du palais, où dormait Hatchepsout, les partants, pas mécontents de rentrer à la caserne, échangèrent quelques banalités avec les arrivants, en poste jusqu'à l'aube.

Comme à l'ordinaire, un moment de flottement.

Celui qu'exploita Blondinet pour jaillir des ténèbres, courir jusqu'à la façade arrière, forcer sans bruit un volet et s'introduire dans la lingerie.

La partie la plus risquée de l'opération n'avait duré qu'une minute. Maintenant, le Crétois était dans la place, hors de portée des cerbères.

Il reprit son souffle et se remémora le parcours jusqu'à la chambre de la souveraine, sans craindre de rencontrer quiconque.

Tuer lui avait toujours procuré du plaisir. Cette fois, ce serait l'extase ! Égorger un pharaon, qui plus est une femme dotée du pouvoir suprême, quel exploit ! En Égypte, en Crète et ailleurs, on en parlerait pendant des siècles. Il imagina la tête de ce froussard d'ambassadeur quand on lui apprendrait la mort de Hatchepsout.

Comédien expérimenté, il se répandrait en lamentations et présenterait ses sincères condoléances au roi.

Les renseignements fournis par Pousil étant d'une remarquable précision, Blondinet atteignit sans encombre la salle de bains de Sa Majesté. Avec ses carreaux de faïence, une petite merveille. Il ne remit pas en place les deux dalles qu'il avait ôtées, car il repartirait en empruntant le même itinéraire.

Un silence rassurant. Le palais dormait.

Sur le seuil de la chambre, il s'immobilisa. Elle était si vaste que l'assassin s'octroya quelques instants pour repérer, à la lueur de la pleine lune, l'emplacement de divers meubles, dont le lit de la souveraine.

Une hésitation : la tuer brutalement, sans qu'elle comprenne ce qui lui arrivait, ou la réveiller, la regarder, lui révéler qui il était et pourquoi il lui tranchait la gorge ? Blondinet choisit la seconde solution, nettement plus attrayante.

Une dizaine de pas. Un corps de femme couché sur le côté, sous une couverture. De longs cheveux parfumés.

Et s'il osait... Non, ce serait imprudent. Sa mission, seulement sa mission.

Il arracha la couverture et agrippa les cheveux pour obliger la dormeuse à tourner son visage vers lui.

La perruque lui resta entre les mains, et il n'eut face à lui qu'un mannequin de paille.

— Surpris, Blondinet ? interrogea Néhésy. Je ne me suis pas trompé : ta pseudo-fuite n'était qu'une ruse destinée à m'engourdir. Ta teinture est réussie. Un vrai noiraud.

Poignard en main, le Crétois recula.

— Le seul moment où notre pharaon était en grand danger : son sommeil. Ici, dans sa chambre. Non sans peine, je l'ai convaincue de se réfugier dans la Maison de la reine, sous bonne garde. J'ai dû la persuader qu'il ne s'agissait pas de lâcheté, mais d'une précaution élémentaire. Tu as échoué, mon garçon. Maintenant, causons. Qui t'a ordonné de commettre ce meurtre ?

Blondinet analysa la situation. Aucune possibilité de s'échapper. Il lui fallait affronter ce colosse, armé d'une épée courte. Un duel inégal, mais pas perdu d'avance.

— Jette ton poignard et parle, ordonna Néhésy. C'est ta seule chance de t'en sortir vivant.

La tête basse, le Crétois parut soumis. D'un bond, brandissant son arme, il se rua sur le géant qui fut plus rapide que son agresseur et lui planta son épée dans le ventre.

Les yeux fixes, la bouche ouverte, Blondinet afficha une totale stupéfaction. Embroché, il porta les mains à la lame qui lui déchirait les entrailles. Des bulles de sang éclaboussèrent ses lèvres.

— Qui t'a confié cette mission ? insista Néhésy.

Même s'il avait accepté d'avouer, le Crétois en eût été incapable. Sa tête s'inclina sur sa poitrine.

⋆

Du jaune, du rouge, du bleu, de l'orange : la robe de l'ambassadeur de Crète était un hymne aux couleurs. Cheveux ondulés, bracelets d'argent, sandales de luxe lui conféraient une belle allure.

Altier, il traversa la cour des fêtes du temple de Karnak pour se présenter devant l'estrade où Hatchepsout, assise sur son trône, les pieds reposant sur la figure d'ennemis vaincus et ligotés, incarnait la puissance de l'État pharaonique. À sa droite, le jeune Thoutmosis.

— Vos Majestés, me voici ô combien heureux de sceller une alliance entre nos deux pays. Veuillez accepter ces tributs de ma grande île, qui se réjouit d'une paix durable.

Les membres de la suite diplomatique apportèrent meubles, coffrets à bijoux, fioles de parfums et d'onguents, jarres de vin et d'huile, tissus et armes. Un hommage d'une belle ampleur qui enrichirait le trésor de Karnak.

— Remercie ton roi, déclara Hatchepsout. Qu'il sache que la paix est, pour Pharaon, une valeur essentielle.

*

Le Vieux s'était décarcassé. Un banquet comme celui-là, l'ambassadeur s'en souviendrait. Épanoui, ce dernier mangeait et buvait comme quatre, gratifiant Hatchepsout de regards respectueux, mais énamourés. La beauté de la reine, il est vrai, éclipsait celle des autres femmes.

Vaguement détendu, Néhésy n'avait cependant pas lésiné sur la sécurité. Plusieurs serveurs étaient des policiers qui n'hésiteraient pas à immobiliser le premier Crétois au comportement suspect.

Néhésy, lui, ne quittait pas des yeux l'ambassadeur, si proche de la souveraine. Il avait relaté à Hatchepsout le drame de la nuit, déplorant de n'avoir obtenu aucune confidence du blondinet. Les remerciements appuyés de Hatchepsout, vantant sa perspicacité, lui avaient fait chaud au cœur.

— Quelle magnifique journée, constata le diplomate. Nos deux peuples marcheront désormais main dans la main.

— Un beau succès à votre actif.

— Oh, Majesté, c'est trop dire !

— Votre expérience n'a-t-elle pas été déterminante ? Ah, j'oubliais... Un triste incident à vous signaler.

Le diplomate se contracta.

— Me concerne-t-il ?

— Indirectement. Cette nuit, l'un de vos matelots, un blondin, a été victime d'un accident mortel. D'après le rapport de police, il était ivre, et sa chute dans le Nil a été fatale. Une regrettable noyade.

— Un comportement irresponsable, semble-t-il.

— J'espère que vous n'en tiendrez pas rigueur à l'Égypte.

— Certainement pas, Majesté !

— 56 —

Feignant la satisfaction, la dame Byna, au premier rang des dignitaires, avait assisté, avec amertume, au triomphe de Hatchepsout. Même relative, la soumission de la Crète aurait des échos dans de nombreux pays. L'ambassadeur, qui n'avait pas les yeux dans les poches de sa tunique bariolée, rédigerait un rapport détaillé mentionnant l'autorité de la souveraine et la qualité de son armée. Conclusion évidente : mieux valait s'entendre avec l'Égypte plutôt que l'attaquer.

Le diplomate fit des adieux touchants à la belle brune, qui lui promit de réfléchir à son invitation à le rejoindre en Crète.

Une heure après son départ, elle se jeta dans les bras d'un Pousil hargneux et déçu.

— Imbécile de Crétois, grogna-t-il. Quel incapable ! Je lui avais donné tous les moyens de réussir, il les a gâchés !

— La garde rapprochée de Hatchepsout l'a peut-être surpris.

— Sur le parcours que je lui avais tracé, impossible ! Le pharaon est vivant, le blondinet a disparu. Il a eu peur et s'est enfui. Bonne leçon. Il ne faudra plus confier une tâche majeure à des nullités.

— Calme-toi, mon taureau ! Cet échec ne doit pas nous décourager.

— Tu as raison. Renforçons notre réseau. Toi, conquiers la confiance d'Isis et de son conseiller. Thoutmosis les suivra. Moi, je repars afin d'exécuter les ordres du Premier ministre. Au passage, je multiplierai les contacts utiles.

— Seras-tu longtemps absent ? s'inquiéta Byna en enlaçant son amant.

— Profitons de l'instant, préconisa-t-il en la déshabillant.

*

— Bien joué, dit le Vieux à Néhésy en lui offrant un solide rouge deux fois bon. Un vaniteux aurait proclamé son exploit et montré le cadavre du Crétois comme preuve de sa vaillance. Toi, tu as imposé le silence. Les ennemis de Hatchepsout sont désemparés et ne savent pas pourquoi l'assassin a échoué. Sans doute le taxeront-ils de lâcheté et croiront-ils qu'il s'est enfui.

Le géant hocha la tête.

— C'est notre souveraine qui m'a dicté cette conduite.

— En plus, tu es honnête !

— J'en ai peur... Moi, j'aurais volontiers étripé cette fripouille en place publique, mais le pharaon a pris la bonne décision. Amon l'a bien choisi. J'étais tellement crevé que j'ai dormi quinze heures de suite. Heureusement, à mon réveil, pas de catastrophe. Les Crétois partis, je respire mieux.

— Ne roupille pas trop, recommanda le Vieux. Je me demande si ces étrangers ont agi de leur propre initiative ou s'ils disposaient de complices à Thèbes.

— Tu as la question qui tue !

— Tu n'as sûrement pas oublié de te la poser.

— J'aurais aimé me réveiller moins brutalement. Dis donc... Si tu m'accordais une faveur ?

Le Vieux devint méfiant.

— Cause, on verra.

— J'aimerais engager ton âne comme auxiliaire de police.

— Aucune chance, mon gars. Cette bête est trop indépendante. Elle et moi, on se supporte. Mais elle n'obéira à personne d'autre. Parfois, Vent du Nord refuse de discuter et de répondre. Le manier plus ou moins, c'est tout un art.

— Tant pis. En cas d'urgence, on pourra quand même l'interroger ?

— On essayera.

*

Le Premier ministre et Sénenmout apprirent à quel péril Hatchepsout venait d'échapper. Selon les instructions de la souveraine, cet attentat raté ne devait pas être ébruité. Seule comptait l'allégeance de la Crète, qui s'engageait à verser, chaque année, des tributs à l'Égypte en sollicitant sa protection.

L'astronome comprit à quel point celle qu'il aimait était devenue une femme d'État, accordant plus d'importance à sa fonction qu'à sa propre personne. Pourtant, lors de chacune de leurs rencontres privées, elle témoignait d'une douceur et d'un charme qui ravivaient ses sentiments et le rendaient jaloux du dieu Amon. Une déviance méprisable qu'il se reprochait et refrénait.

— Tes recherches ont-elles avancé ? lui demanda-t-elle.

— Transformer l'orge en or relève d'une science qui s'appelle l'alchimie et a été enseignée pendant l'âge d'or des pyramides.

— Une science perdue ?

— En grande partie.

— As-tu consulté les archives de la Maison de Vie ?

— J'ai commencé, Majesté. Ce sont des textes particulièrement difficiles à interpréter, et je ne suis pas sûr qu'ils soient complets. Première certitude : le rôle majeur d'Anubis, le guide des âmes à tête de chacal.

— Anubis… C'est étrange. Il m'est apparu en rêve. Après avoir évité la mort, je dois aller vers lui.

— 57 —

Hapouséneb, Sénenmout, Néhésy, le Vieux : tous étaient consternés par la décision de Hatchepsout. Chacun à sa manière, ils avaient vraiment tenté de la dissuader.

Le chef des services de sécurité estima de son devoir de s'opposer à sa souveraine, au risque d'être révoqué.

— Majesté, permettez-moi au moins de vous accompagner. Si un danger se présentait, j'interviendrais.

— Je dois être seule.

— Pardonnez-moi, mais c'est insensé ! Le désert est peuplé de créatures monstrueuses. Personne ne s'y aventure en pleine nuit.

— Anubis m'appelle, je dois lui répondre.

— Majesté...

— Je te dégage de toute responsabilité.

Alors que la souveraine sortait du palais, le Vieux lui tendit un châle.

— Si ton errance dure, tu grelotteras. Mets ça sur tes épaules. Je t'ai bichonnée pendant ton enfance. Maintenant, tu règnes. Ce n'est pas une raison pour faire n'importe quoi.

— La mort m'a frôlée. Afin de la contenir, je dois créer ma demeure d'éternité. Qu'y a-t-il de plus raisonnable ?

— Tu en as déjà une !

— C'était celle de la reine ! En tant que Pharaon, il m'en faut une autre, correspondant à la fonction.

Le Vieux approuva.

— Qui me révélera le juste emplacement, sinon Anubis, le maître des chemins de l'au-delà, comme ce fut le cas pour mes prédécesseurs ?

Argument irréfutable.

— Je dois aller à sa rencontre, et seule. Sinon, il n'apparaîtra pas.

Vaincu, le Vieux obtint un minimum de précautions : traversée du fleuve en compagnie de Néhésy et d'une escouade, puis bref déplacement en char vers la zone désertique où résidait le chacal d'Anubis.

Juste avant le départ, Sénenmout embrassa les mains de la souveraine.

*

— Prenez ce bâton fourchu, Majesté, recommanda Néhésy, et frappez le sol à intervalles réguliers pour éloigner les serpents. Si vous êtes agressée, criez. Je me porterai à votre secours.

— Ma seule crainte, c'est l'absence d'Anubis. S'il refuse de me guider, mieux vaudrait que je disparaisse.

Au grand soulagement du géant, Hatchepsout accepta de manier le bâton.

La gorge nouée, il la regarda franchir la frontière qui séparait les cultures du monde des morts.

★

Baignée de la clarté argentée de la lune, symbole visible des mutations d'Osiris qui mourait et ressuscitait, Hatchepsout se sentit attirée vers la montagne d'Occident. Légers et rapides, ses pas la portaient plus qu'elle ne les contrôlait.

Plusieurs peurs l'assaillaient : celles de la solitude, du désert, de la montagne, des démons de la nuit, de l'inconnu... Aucune, cependant, ne l'empêchait d'avancer. Comme tout pharaon, elle devait vivre la mort de son vivant, appartenir en même temps à l'au-delà et à l'ici-bas. Sinon, son règne ne serait qu'un vague pouvoir terrestre, indigne de l'institution façonnée par ses ancêtres, les grands voyants.

Si le *ka* royal, la puissance créatrice, était réellement passé de son père à son mari, puis à elle-même, qu'avait-elle à craindre de l'invisible d'où il était issu ? Sans cette force-là, un chef d'État se réduisait à un despote plus ou moins bienveillant.

Hatchepsout emprunta un sentier qui sinuait entre des falaises et eut l'impression de glisser sur un fleuve de sable, au courant impérieux. Un silence minéral. Dans l'obscurité, cependant, quantité de prédateurs étaient en chasse. Mais aucun ne se manifesta.

À l'entrée d'un cirque rocheux, point d'aboutissement du parcours, elle le vit.

Un chacal couché sur le sol, les pattes avant allongées, le buste droit, les oreilles dressées. De ses yeux émanait une lumière dorée.

La souveraine s'agenouilla et fit un geste de vénération. C'était donc ici, sur ce site inviolé, qu'elle reposerait à jamais.

Anubis se releva et la fixa. Ses paroles se gravèrent dans le cœur de la souveraine : « Imagine que tu es à la fois partout, sur la terre, dans la mer, au ciel, que tu n'es pas encore née, que tu es dans le ventre maternel, que tu es adolescente, vieille femme, que tu es morte et au-delà de la mort. Si tu embrasses par la pensée toutes choses à la fois, temps, lieux, substances, qualités, quantités, tu peux comprendre Dieu. »

— 58 —

Alors que l'aube se levait, Sénenmout, incapable de dormir, et figé au débarcadère de Karnak, vit approcher le bateau de Néhésy. D'abord, il n'aperçut que le géant à la proue et se sentit au bord du malaise. Celui-ci revenait-il sans Hatchepsout, désespérant de la retrouver ? En ce cas, Sénenmout réclamerait une fouille complète de la rive d'Occident !

Colère et angoisse se dissipèrent quand il la distingua, au centre de l'embarcation. Hatchepsout contemplait les premiers rayons du soleil qui caressaient le temple d'Amon, où elle allait célébrer le rituel indispensable à la diffusion de la vie.

Son visage exprimait une gravité nouvelle, traduisant l'étape qu'elle venait de franchir. Un léger sourire acheva de rassurer Sénenmout.

★

— C'est ici, indiqua la souveraine au Premier ministre, impressionné par le caractère aride d'une large et profonde cuvette minérale bordée de hautes falaises.

L'au-delà présent sur terre, avec une rare puissance.

— Tu creuseras ma demeure d'éternité dans cette vallée qui sera désormais celle des rois. Elle sera la première.

— Une vallée…

— Ne discernes-tu pas les champs verdoyants des paradis célestes ? Anubis a choisi cet endroit pour nous transmettre les secrets de la pierre. Que les artisans de la Place de Vérité se mettent immédiatement au travail.

— Avez-vous conçu un plan précis, Majesté ?

Le papyrus que déroula Hatchepsout sur un bloc de calcaire laissa pantois le Premier ministre.

Une profondeur d'environ cent mètres, un parcours semi-circulaire de cent vingt-cinq, l'amorce d'une spirale symbolisant la vie, qui aboutissait à la chambre de résurrection[1].

Hapouséneb ne cacha pas son scepticisme.

— Sauf votre respect, ce plan me paraît difficile à concrétiser.

— Ce n'est pas ce que je désire entendre.

— Les meilleurs artisans s'y efforceront, mais…

— Ils réussiront. J'en suis d'autant plus certaine que c'est toi qui superviseras les travaux.

— Cette tâche n'incombe-t-elle pas au maître d'œuvre Sénenmout ?

— J'ai un autre projet à lui confier. Et ce dernier exigera encore davantage d'efforts.

*

1. KV 20. La tombe de Hatchepsout est la plus longue de la Vallée des Rois, site qu'elle inaugura.

Il n'était pas rare que les Thébaines se réunissent chez l'une ou chez l'autre pour dîner entre femmes, plaisanter à propos des mâles, échanger des potins plus ou moins vérifiables et se communiquer des informations concernant la cour, les affaires et les aléas du quotidien.

Les réceptions organisées par la dame Byna étaient particulièrement prisées, en raison de la qualité de son cuisinier et de celle de sa cave. Certaines élégantes buvaient parfois un peu trop, et leurs confidences auraient fait rougir un honnête homme.

À force d'insister, Byna était parvenue à extirper Isis de son palais et se réjouissait de s'entretenir discrètement avec elle en profitant de la quiétude de son jardin, au terme d'un repas exquis.

— Savez-vous comment on surnomme Hatchepsout, dame Isis ? « Horus qui donne la vie » !

— N'est-ce pas son rôle de Pharaon ?

— Le véritable pharaon, c'est votre fils, le troisième de la lignée des Thoutmosis.

— Jusqu'à présent, Hatchepsout le traite avec le respect dû à son rang et l'associe aux décisions majeures. Je n'ai rien à lui reprocher.

— Ne soyez pas aveugle ! Cette attitude, caractéristique d'une femme ivre de pouvoir, ne vise qu'à endormir votre méfiance. Tout en flattant Thoutmosis, elle accroît son emprise sur l'État, avec une idée précise : éliminer ce jeune rival. Quand elle portera le coup fatal, vous regretterez votre naïveté, mais il sera trop tard.

La prédiction de Byna troubla Isis.

— Vous partagez la conviction du conseiller Lénap. Les turpitudes de la cour me sont tellement étrangères...

— Peu importe la cour. Hatchepsout s'est entourée d'un clan de fidèles qui exécutent ses volontés. Quand elle leur ordonnera de se débarrasser de Thoutmosis, ils n'hésiteront pas un instant.

Isis ne dissimula pas ses craintes. Oui, son fils était en danger.

— Avec l'appui du conseiller Lénap, préconisa Byna, établissons un cordon de protection autour du roi. Nous engagerons des vétérans, après nous être assurés de leur loyauté.

— Ce serait rassurant, en effet.

— Nous ne devons pas en rester là, car trop de passivité nous conduirait à notre perte. Notre seule chance consiste à briser Hatchepsout avant qu'elle ne nous brise. Si Lénap et moi unissons nos forces, notre clan ne sera pas inférieur à celui de l'adversaire.

Contrariée, Isis se mordilla les lèvres.

— Je ne désire pas participer à un complot, je...

— Il ne s'agit pas de comploter, mais de sauver l'Égypte et de remettre le pouvoir à son légitime détenteur, votre fils. Je ne sollicite aucune intervention directe de votre part, seulement un appui moral, si important pour mes partisans.

— J'y réfléchirai.

— 59 —

Le deuxième voyage de Pousil s'était déroulé dans une atmosphère plus tendue que le premier. Cette fois, il n'annonçait pas une augmentation, mais des sanctions qui frapperaient les briquetiers dont le travail serait jugé insuffisant. Un scribe notait tout et rédigerait un rapport pour le Premier ministre. Quelques policiers l'accompagnaient.

La réaction de certains des ouvriers ne déplut pas au Libanais. Ils se plaignirent de la dureté du pharaon, et Pousil les laissa s'épancher. Aux protestataires les plus excités, il avoua, à demi-mot, qu'il les approuvait, était malheureusement contraint d'obéir aux ordres, mais que la situation évoluerait. En semant l'animosité à l'encontre de Hatchepsout, il préparait le futur recrutement de rebelles.

Profitant de deux jours de congé avant de reprendre le chemin de Thèbes, Pousil se rendit de nouveau à Avaris, la capitale détruite des Hyksôs. Les ruines de la citadelle le fascinaient. Elles accentuèrent sa haine, indispensable pour mener à bien une reconquête.

Dès qu'il aborda le site, il sentit bouillonner en lui l'âme de ses ancêtres. Il les vit terrasser les Égyptiens, décapiter les nobles, violer leurs femmes. Son exaltation fut telle qu'il en oublia l'écoulement des heures. Alors que le soir tombait, il aperçut une silhouette, à bonne distance.

Armé du poignard de Seth, il fit quelques pas, très lentement, et en silence.

Quelqu'un fouillait les gravats. Petite taille, tunique marron rapiécée, capuchon sur la tête.

Franchissant avec hargne l'espace qui les séparait, Pousil enserra le cou de l'adversaire de son bras gauche et lui piqua les côtes de la pointe de son poignard.

Le manque de résistance le surprit. Arrachant le capuchon, il découvrit le visage ridé d'une vieille femme aux cheveux blancs.

— Tue-moi si ça t'amuse, grinça-t-elle.

Pousil la relâcha. La sorcière s'assit sur son derrière et dévisagea son agresseur d'un œil moqueur.

— Tu es un rude guerrier, mon brave. Quelle belle victoire !

— Que fais-tu ici ?

— Maintenant que ce voleur de briquetier a quitté les lieux, j'explore les décombres et je cherche quelque chose à vendre. Je ne mange pas tous les jours.

— Tu n'as plus de famille ?

— J'en avais une, riche et puissante, il y a longtemps, si longtemps…

— Que veux-tu dire ?

— Toi, un Égyptien, tu ne pourrais pas comprendre !

— Mes ancêtres ne l'étaient pas.

L'œil de la vieille brilla.

— Où es-tu né ?

— Au Liban.

— Et toi, qu'est-ce que tu fais ici ?

— Je suis venu m'imprégner de la grandeur des héros qui ont triomphé.

— Des héros… Sais-tu à qui appartient cette citadelle ?

— Aux Hyksôs.

— Toi, tu oses les admirer ! Si quelqu'un t'entendait…

— Tu m'as entendu.

— Après cette confidence imprudente, tu m'égorgeras pour éviter que je bavarde. Et tu aurais bien tort !

— Pourquoi donc ?

— Parce que la famille que j'évoquais, c'était celle des Hyksôs. Dans mon village, j'ai vanté l'époque où ils régnaient. On m'a chassée. Depuis, je survis comme je peux, grâce à un espoir : transmettre mon secret à un guerrier qui reprendra le combat.

— Un secret caché dans ces ruines ?

— Non.

— Eh bien, parle !

L'œil de la vieille devint féroce.

— Pourquoi te ferais-je confiance ?

— Ne t'ai-je pas révélé mon propre secret ?

— Et si tu mentais ?

Pousil s'énerva.

— Sois tu parles, et je te laisse la vie sauve ; sois tu te tais, et je t'égorge.

— La vie… Il m'en reste si peu !

Elle le fixa.

— Es-tu prêt à massacrer des milliers d'Égyptiens et à reconstruire cette citadelle ?

Le Libanais exhiba son poignard.

— Regarde cette arme, marquée de l'empreinte de Seth. Je la brandirai, à la tête de la nouvelle armée hyksôs qui, cette fois, ne se contentera pas du Delta, mais envahira le pays entier.

La sorcière sembla émerveillée.

— Des flots de sang, nos oppresseurs éventrés, leurs temples saccagés...

Pousil partagea ces rêves.

— Puisque tu es l'envoyé, celui que j'attendais, je peux te révéler mon secret. Suis-moi.

D'une démarche hésitante, elle gagna le sommet des vestiges, d'où l'on contemplait l'une des branches du Nil.

— Quand l'armée égyptienne, sous l'impulsion d'une femme, s'est attaquée à notre forteresse, nous avons eu tort de croire que nous serions capables de la repousser.

Pousil eut l'impression que la vieille avait vécu ces moments-là.

— Lorsque nos chefs ont compris que la guerre était perdue, deux factions se sont affrontées. La majoritaire a prôné une fuite vers le nord, la minoritaire vers le sud, souhaitant se réfugier en Nubie. L'une et l'autre ont échoué. Mais quelques Hyksôs ont survécu, et leurs descendants continuent à se cacher, attendant celui qui leur redonnera le goût de la victoire.

— Où se trouvent-ils ?

— À proximité de la grotte de la lionne, qui les protège.

— Précise-moi l'endroit !

Plus un mot ne sortit des lèvres de la sorcière. Elle venait de mourir de haine.

— 60 —

Recueillie, Hatchepsout admira une nouvelle fois les monuments érigés à Karnak en l'honneur du dieu Amon. Elle, son épouse, devait poursuivre cette œuvre et, comme tout pharaon, construire des résidences terrestres pour les divinités, afin qu'elles rayonnent.

Près d'elle, Sénenmout faisait grise mine.

— Pourquoi es-tu contrarié ?

— Fatigue passagère, Majesté.

— Ne mens pas ! Tu n'es pas doué pour cet exercice-là. Je t'ai déçu, n'est-ce pas ?

— Déçu, non...

— Blessé ?

— De vous, j'accepte tout.

— J'ai confié la création de ma demeure d'éternité à Hapouséneb, qui supervisera le travail des artisans de la Place de Vérité, et pas à toi. Voilà la cause de ta tristesse.

Sénenmout hocha la tête.

— Crois-tu que je t'aie ôté ma confiance ?

— C'est ma plus grande crainte !

— Dissipe-la, mon ami ! J'ai une mission beaucoup plus lourde pour mon maître d'œuvre. Je ne règne pas seulement sur Thèbes, mais sur l'Égypte entière. D'abord, tu élargiras la voie des processions entre Karnak et le nouveau temple d'Amon, Louxor, où des fêtes célébreront le mariage entre le dieu caché et Mout, la maîtresse du Feu. Tu feras ériger des chapelles qui serviront de reposoirs aux barques divines. Ensuite, tu ouvriras des chantiers dans plusieurs cités, depuis Éléphantine jusqu'à Memphis. Et je n'oublie pas mon temple des millions d'années, sur la rive d'Occident.

— Justement, Majesté…

Le ton intrigua la souveraine.

— Mes recherches ont progressé et j'aimerais vous montrer un endroit particulier.

— En rapport avec l'alchimie ?

— Probablement.

★

Un site grandiose, largement ouvert, dominé par une falaise presque écrasante qu'illuminait le soleil de midi. Il n'empêcha pas Hatchepsout de distinguer une butte plantée d'acacias.

— Les lieux sont désertés depuis longtemps, commenta Sénenmout. Un vieux ritualiste m'en a parlé, et j'ai retrouvé une trace dans les archives de la Maison de Vie. Il s'agit d'un sanctuaire d'Osiris, dû au pharaon Montou-Hotep. Montou, le dieu-faucon de la guerre, Hotep, la paix. Il a vaincu les forces des ténèbres et réunifié les Deux Terres. Selon les textes, ce reliquaire fonctionne de lui-même et ne tolère aucune présence humaine.

— En ce cas, pourquoi m'amener ici ?

— Selon les alchimistes, Osiris est « l'accomplissement parfait de l'or ». Votre prédécesseur a voulu l'incarner. Vos yeux verront peut-être ce que les autres ne voient pas.

Fascinée, Hatchepsout se dirigea vers cet étrange tertre enfoui sous la végétation, un jardin de l'au-delà qui avait traversé les siècles.

— Puis-je vous accompagner ? demanda Sénenmout.

— Non, attends-moi.

Au sommet du plus haut des acacias, une hirondelle. L'un des oiseaux dans lesquels s'incorporait l'âme d'un pharaon pour rejoindre les étoiles.

Pas un souffle de vent, un silence à nul autre pareil. La souveraine fit le tour de la butte et, à l'issue de ce périple, elle le vit : le chacal d'Anubis, trônant sur une chapelle en pierre qui dominait une porte ornée de deux yeux. « Ma prochaine étape », murmura-t-elle.

Maîtrisant ses émotions, elle s'immobilisa sur le seuil. En elle, une voix résonna : « Si tu ne me dis pas mon nom, tu ne passeras pas par moi. » Hatchepsout se souvint de l'un des enseignements de son père concernant la fonction pharaonique et prononça la formule rituelle à haute voix :

— Ton nom est Rectitude. Puisque je le connais, laisse-moi passer.

Les battants de la porte s'écartèrent, livrant accès à un étroit couloir. Il s'enfonçait dans les profondeurs de la roche, d'où émanait une clarté qui lui permit de progresser en s'appuyant sur les parois.

La descente parut interminable, mais à aucun moment la jeune femme ne songea à renoncer. Enfin, un palier et un caveau que baignait une lumière dorée.

Hatchepsout ne contint pas une exclamation, mélange de stupeur, de crainte et d'admiration.

Au fond d'une niche, la statue de Montou-Hotep assis sur son trône, les bras croisés sur la poitrine, tenant les deux sceptres osiriens. Coiffé de la couronne rouge, vêtu de la tunique blanche de la fête de régénération, il avait la peau noire.

La lumière provenait de ses yeux grands ouverts, son regard portait au-delà de ce refuge.

Hatchepsout en fut certaine : ce monarque avait accompli le Grand Œuvre, la transformation de l'orge en or. Il lui transmettait un message pour y parvenir à son tour. La couronne rouge, celle du feu créateur, elle la portait elle aussi, à présent. Le blanc de la vie régénérée, elle le vivait chaque matin, lorsqu'elle revêtait la robe de lin royal, après les rites de purification. Le noir était celui de la terre fertile, nourrie par la crue qui, chaque année depuis le début de son règne, avait répondu favorablement à l'appel de la maîtresse du double pays.

Manquait l'or.

Et les deux sceptres ? Celui qui ressemblait à une crosse de berger exigeait de Pharaon la capacité de rassembler son peuple grâce à la règle de Maât. L'autre, formé de trois lanières, évoquait la triple naissance. Hatchepsout en avait déjà connu deux : sa venue au monde et son couronnement, mort à son individualité. Avant qu'elle ne franchisse la frontière de l'au-delà, y en aurait-il une troisième, liée à l'or alchimique ?

Quand Hatchepsout ressortit du caveau, la nuit était tombée. Ni le chacal d'Anubis ni Sénenmout n'avaient bougé. La souveraine salua le dieu et rejoignit son confident.

— À côté de la butte d'Osiris, lui annonça-t-elle, tu bâtiras mon temple des millions d'années. Il comportera trois terrasses qui monteront vers la falaise où sera creusé l'ultime sanctuaire.

— 61 —

Pousil saisit le prétexte d'améliorer le rendement de la plus grande briqueterie de Memphis pour prolonger son séjour dans la capitale économique du pays, avec une seule idée en tête : trouver quelqu'un qui lui indiquerait l'emplacement de la grotte de la lionne. À l'évidence, il s'agissait d'un lieu-dit, peut-être d'un village. Comme il était lié aux Hyksôs, le Libanais devait se montrer prudent. L'administration égyptienne l'avait sans doute effacé des tablettes et suspecterait quiconque s'intéresserait à un endroit considéré comme maléfique.

Aussi Pousil n'interrogea-t-il que des ouvriers plus ou moins hostiles au règne de Hatchepsout, des râleurs qu'il enrôlerait dans son armée, tous originaires de Syrie et de Palestine.

Aucun n'avait entendu parler de la grotte de la lionne.

Seul, le Libanais ne réussirait pas à obtenir ce renseignement capital. Après avoir rempli ses obligations, ce que ne manquerait pas de signaler le scribe dans son rapport au Premier ministre, il était impatient de regagner Thèbes.

*

Malgré l'attirance irrésistible qu'elle éprouvait pour un amant dont la vigueur la comblait, la dame Byna n'était pas aveugle. Pousil avait deux visages. Le premier, celui d'un homme sympathique, aimable, ouvert, au contact facile, enjôleur, attentif à autrui. Le second, celui d'un être pervers, violent, haineux, capable du pire. Cette dualité, si troublante, l'excitait.

Dès son retour, le Libanais s'était précipité chez sa maîtresse, qu'il avait traitée avec fureur, sans prononcer un mot.

Constatant qu'il avait les nerfs à vif, Byna le laissa se défouler avant de lui offrir de la bière forte.

— J'ai obtenu une information essentielle, avoua-t-il, allongé auprès du corps nu de sa maîtresse. Tous les Hyksôs n'ont pas quitté l'Égypte. Un clan se cache dans un coin perdu. Il pourrait former l'élite de la reconquête. Et me voici cloué au sol !

— Pour quelle raison ?

— Ce coin perdu s'appelle la grotte de la lionne. À Memphis, aucun briquetier ne sait où elle se trouve.

— Un nom plutôt inquiétant... N'évoque-t-il pas le désert ?

— Je compte sur toi pour la localiser, ma douce.

C'était plus un ordre qu'une supplique.

— Le conseiller Lénap nous aidera. Je vois régulièrement la dame Isis, nous bavardons, et je la fais glisser lentement mais sûrement de notre côté. Même si elle ne joue pas un rôle actif lorsque nous renverserons le trône de Hatchepsout, sa caution morale ne sera pas négligeable.

— Et Thoutmosis ?

— Il est sous notre contrôle. Le petit roi ne songe qu'à lire les textes anciens et à étudier la botanique. Il ne nous posera aucun problème.

*

Lénap était de mauvaise humeur. Il sortait de la salle d'audience du Premier ministre où, en compagnie d'autres dignitaires de haut rang, il avait écouté le bilan dressé par Hapouséneb.

Le règne de Hatchepsout se présentait comme un franc succès. La paix, des frontières sûres, aucune tentative d'invasion en préparation d'après les services d'espionnage, des crues favorables, des greniers remplis, une prospérité économique digne des plus grands pharaons, une population satisfaite d'une souveraine qu'elle aimait, une justice qui fonctionnait et ne favorisait pas les Grands, une sécurité intérieure assurée qui permettait à une femme seule de se promener sur n'importe quel chemin sans la moindre crainte. Et un programme de constructions impressionnant : création de la demeure d'éternité de Hatchepsout dans un site à la beauté sauvage où seraient désormais inhumés les rois ; édification d'un temple des millions d'années extraordinaire sur la rive d'Occident, sous la gouverne du maître d'œuvre Sénenmout, qui avait ouvert plusieurs chantiers à travers le pays, sans négliger l'entretien permanent des canaux et des digues.

« Un tableau idyllique et malheureusement exact », pensa Lénap, obligé de féliciter le Premier ministre pour son excellente gestion, unanimement reconnue.

— Le succès ne dure pas toujours, susurra la dame Byna, qui avait assisté à la démonstration de Hapouséneb.

— Je n'entrevois pas d'orage à l'horizon, déplora le conseiller.

— Moi, si.

— Éloignons-nous de ce palais.

Le couple se mêla aux promeneurs.

— Le patron des briquetiers croit savoir qu'il subsiste un clan hyksôs en Égypte, révéla-t-elle.

— Invraisemblable !

— Et si l'information était sérieuse ?

— Une fable sans valeur.

— Tel n'est pas mon sentiment. Au moins, vérifions. Les Hyksôs ont été chassés par une reine, ils nous serviront à en abattre une autre.

— À condition qu'ils existent !

— Leur descendant, Pousil, en est persuadé.

— Mince argument. Où se dissimuleraient ces barbares ?

— Dans la grotte de la lionne.

Le conseiller haussa les épaules.

— Une fable, une simple fable !

— Ne sois pas si sceptique. Pousil s'y rendra et prendra la tête d'une faction qui ne s'embarrassera pas de bons sentiments.

— Ne places-tu pas trop d'espoirs en ce briquetier ?

— Confort et richesses nous ont anesthésiés. Lui, non. C'est un fauve dont la violence nous est indispensable.

Lénap se gratta le menton.

— Entendu, j'entame une recherche.

La meilleure piste : le cadastre. À supposer que cette grotte de la lionne existât, elle était forcément répertoriée dans les sites dangereux. La démarche de Lénap paraîtrait donc suspecte et serait signalée au Premier ministre.

Le conseiller ne bougerait pas et affirmerait à la dame Byna que ses démarches n'avaient pas abouti.

— 62 —

— Soyez fière de votre fille ! recommanda la nourrice Touéris à Hatchepsout. Obéissante, studieuse et aussi belle que vous ! Les garçons ne tarderont pas à lui courir après, mais je veillerai. Son précepteur, Sénenmout, est un bon éducateur. Grâce à lui, elle sait déjà lire et écrire. Et pas le moindre caprice !

Comment être une mère attentive lorsqu'on avait à gouverner les Deux Terres ? Hatchepsout remerciait les dieux de lui avoir accordé l'aide de Touéris et de Sénenmout, qui se comportait en véritable père, malgré les charges qui pesaient sur lui. Magie indispensable : chaque année, une statue-cube le représentant avec Néferourê était déposée dans le temple de Karnak. Ainsi Amon dispensait-il ses bienfaits à ses protégés.

Hatchepsout serra tendrement sa fille dans ses bras. Être une femme comme les autres, avoir un mari, se soucier de sa famille, mener une existence ordinaire... Ces joies-là lui étaient refusées.

— Je dois m'absenter pendant un mois, confia-t-elle à Néferourê. Ne sois pas inquiète. Sénenmout et Touéris veilleront sur toi.

★

D'un point de vue stratégique, le Premier ministre ne désapprouvait pas la décision du pharaon. Aller à Memphis rendrait Hatchepsout encore plus populaire et conforterait son trône. Restait à assurer sa sécurité : de quoi inciter le commandant Néhésy à s'arracher les cheveux et plonger Sénenmout dans le désarroi.

— Ce voyage est-il vraiment nécessaire ? demanda-t-il à la souveraine alors qu'ils assistaient à l'arrivée des artisans sur le site où serait édifié le temple des millions d'années.

— La dynastie de Thèbes n'aurait pas existé sans l'inspiration procurée par nos ancêtres de l'âge d'or des pyramides. Ce sont eux qui me révéleront le nom de mon sanctuaire.

★

Byna, une maîtresse insatiable et dévouée ; le conseiller Lénap, un tordu. Pousil avait besoin d'eux, mais s'en méfiait. À l'abri dans leur cocon de riches, ils se servaient de lui pour assouvir leur ambition : détrôner Hatchepsout et prendre le pouvoir en manipulant le petit Thoutmosis.

Ces séditieux ne croyaient pas au retour des Hyksôs. Ils n'envisageaient qu'un coup d'État, pas un changement de régime. À leurs yeux, le Libanais n'était qu'une brute dont ils se débarrasseraient, au terme d'une révolte sanglante.

Ses complices, ô combien utiles, l'avaient mal jugé. Eux aussi, lors de son triomphe, seraient égorgés puisqu'ils n'auraient plus aucune utilité. Les Hyksôs n'avaient pas massacré suffisamment d'Égyptiens. Pousil ne reproduirait pas cette erreur.

Un impératif : localiser la grotte de la lionne. Byna s'y efforcerait, mais réussirait-elle ? Le Libanais misait sur un autre allié : Furet.

★

À bord du bateau royal, quarante rameurs de l'armée et vingt policiers sous les ordres de Néhésy, qui avait choisi la crème de la crème pour garantir la sécurité de la souveraine, dont il assurerait la protection rapprochée tout au long de son séjour à Memphis – un véritable cauchemar. Trois navires militaires d'escorte empêcheraient un éventuel agresseur d'approcher.

Heureuse concession de la souveraine : pas d'escale entre Thèbes et Memphis, le voyage devait être le plus rapide possible. Aussi Néhésy passa-t-il quelques nuits tranquilles.

★

L'accueil des autorités de Memphis, son maire en tête, fut des plus chaleureux. La population acclama le pharaon, et l'on chanta sa beauté. Hatchepsout se soumit à toutes ses obligations, depuis des entretiens privés avec chaque grand dignitaire jusqu'à un banquet d'État que n'aurait pas désavoué le Vieux.

Enfin survint le moment qu'elle espérait : pénétrer dans le temple du *ka* créé par le pharaon Djéser pour régénérer la puissance royale. Sa porte en pierre était éternellement ouverte, mais ne laissait passer que les qualités de l'âme.

En dépit de ses protestations angoissées, Néhésy ne fut pas autorisé à accompagner la souveraine, qui s'engagea, seule, dans une allée bordée de colonnes. Elle aboutissait à une grande cour, symbolisant l'Égypte, à l'image du ciel. Au fond, la pyramide à degrés, escalier menant au cosmos.

Héritière de cet ancêtre qui avait édifié le premier monument gigantesque en pierre de taille, Hatchepsout mit ses pas dans les siens et arpenta le vaste espace dont elle était à présent dépositaire. Une tâche à la fois écrasante et exaltante.

Dans la face orientale de la pyramide, une petite chapelle. À l'intérieur, une statue de Djéser en majesté, sévère, le regard perçant dirigé vers les étoiles.

Il avait régné, elle régnait. Il avait bâti, elle bâtissait. Il déterrait le secret des millions d'années, elle le mettrait en œuvre. Djéser venait de lui donner le nom de son propre temple.

— 63 —

Les équipes dirigées d'une main ferme par Sénenmout, qui suivait à la lettre le plan de Hatchepsout, travaillaient vite et bien. Bien sûr, il y avait quelques traîne-sandales, des grognons, de faux arrêts maladie, des erreurs à rectifier sans délai, des petits chefs odieux à sermonner. L'ordinaire d'un chantier qui ne déstabilisait pas l'astronome, au contraire : lui qui ne s'imaginait pas en meneur d'hommes accomplissait sa tâche avec un enthousiasme grandissant. Et les premiers résultats étaient réjouissants. À l'abri d'un acacia récemment planté et arrosé chaque soir, Sénenmout sentait la fatigue s'envoler en admirant l'écrin de verdure qui, ornant l'esplanade, précédait les trois terrasses. Un jardin aux mille fleurs, des plans d'eau sur lesquels vogueraient les barques divines lors des rituels, des arbres, des parfums flottant dans l'air du soir. Une allée de sphinx menait à ce paradis terrestre, offrande à un temple en construction, dont la rampe était gardée par deux lions perpétuellement éveillés.

— Magnifique, commenta une voix dont l'intonation ravit le maître d'œuvre.

— Majesté ! Vous voici de retour…

— Le créateur de la pyramide à degrés m'a offert le nom de mon sanctuaire des millions d'années. En hommage à sa grandeur et à son génie, il s'appellera *djéser djésérou*, « Sacré des sacrés ».

★

— Désolé, Majesté, Thoutmosis ne peut répondre à votre invitation, déplora le conseiller Lénap.

— Que lui arrive-t-il ? s'étonna Hatchepsout.

— Il est souffrant et, selon le médecin du palais, ne doit pas quitter sa chambre.

— Souhaite-lui un prompt rétablissement de ma part.

— Je n'y manquerai pas.

En matière de mensonges, Lénap était un virtuose. Aussi la souveraine, dubitative, convoqua-t-elle le commandant Néhésy.

— Que sais-tu de l'état de santé de Thoutmosis ?

— D'après l'un de mes informateurs, il se porte à merveille. En revanche, il est de plus en plus isolé, ce qui ne lui déplaît pas, car il passe sa journée à la bibliothèque. Sa mère, sur le conseil de Lénap, a engagé des vétérans qui l'entourent en permanence. Si vous désirez voir Thoutmosis, je devrai intervenir de manière brutale.

— Contente-toi de m'informer.

Ainsi, Isis et son clan souhaitaient empêcher tout contact entre les deux pharaons et provoquer une épreuve de force qui, tout en tournant à l'avantage apparent de la souveraine, lui attirerait de sévères critiques.

Un piège habile.

Hatchepsout et Thoutmosis ne se croiseraient brièvement qu'à l'occasion de cérémonies officielles. Elle n'aurait pas le loisir de s'entretenir seule à seul avec lui et de l'influencer, à moins de briser le cordon de protection disposé autour de lui.

Surtout, ne pas réagir de façon violente.

★

— Des résultats ? s'enquit Byna.

— Aucun, répondit Lénap de sa petite voix acide. Pourtant, j'ai contacté plusieurs responsables du cadastre. La grotte de la lionne n'existe pas. Ton briquetier ne t'a raconté qu'une légende. Oublie-la.

La belle brune fut contrariée.

— Pousil sera très déçu.

— Derrière son bon visage, c'est un exalté. Abandonne-le à ses rêves.

— Nous avons besoin de lui !

— Pas forcément.

Byna toisa son interlocuteur.

— Qu'est-ce que ça signifie ?

— Hatchepsout se croit parfaitement protégée.

— Se tromperait-elle ?

— Oui et non. Non, parce que Néhésy est un professionnel de haut vol. Oui, car une faille se présente. À nous de l'exploiter.

— Une faille...

Byna eut un œil gourmand. Veule et serpentin, le conseiller avait conçu un stratagème à son image, que Néhésy ne saurait pas déjouer.

— La fête des moissons approche, rappela-t-il. Cette année, la souveraine rendra hommage à Sénenmout qui, outre son activité de maître d'œuvre, gère au mieux les champs appartenant au temple de Karnak.

— Certes, mais...

— Qui assure la fertilité du sol et l'épanouissement du blé, sinon la déesse Rénénoutet, le cobra femelle ?

— 64 —

— Avez-vous réfléchi, Isis ? demanda Byna.

— Je ne sais pas.

— Nous sommes prêts à agir.

— Nous...

— Notre seul but, c'est de redonner à votre fils le pouvoir qui lui revient de droit. Jamais Hatchepsout n'acceptera de s'incliner et de le lui remettre. Aussi devons-nous l'éliminer, et vous en êtes consciente.

— Non, je refuse ! Thoutmosis a été reconnu pharaon et...

— Un roi qui ne règne pas, un tyran féminin qui lui coupe les ailes : comment supportez-vous cette injustice ?

— Laissons les dieux décider. Si nous intervenons, nous ne causerons que du malheur.

— Nous avons la capacité de modifier le destin. Pourquoi ne pas l'utiliser ?

— Je ne veux rien savoir, décida Isis.

— Au moins, garderez-vous le silence ?

— Je déteste les délateurs.

Byna se fit très douce.

— Demain, j'espère vous annoncer une merveilleuse nouvelle.

*

Les épis d'or étincelaient sous le soleil. Ils récompensaient le rude travail des paysans, pour qui la coupe de la première gerbe par le pharaon était le plus beau moment de l'année.

Triple-Menton aurait dû être le premier à s'en féliciter. Organisateur de la fête qui suivrait l'apparition royale, il était aussi le propriétaire du champ choisi par Sénenmout pour la cérémonie. Triple-Menton possédait un autre talent : fils d'un charmeur de serpents, il était, malgré sa corpulence, habile à les capturer et les vendait à un pharmacien du temple de Karnak, qui utilisait leur venin, indispensable à la fabrication de remèdes particulièrement actifs.

La veille, ce n'était pas le pharmacien qui l'avait reçu, mais un homme aux yeux minuscules et à la parole voilée.

Il avait formulé des exigences terrifiantes. Ou Triple-Menton obéissait, ou sa femme et ses enfants, qui venaient d'être enlevés et placés sous bonne garde, seraient exécutés. Sanction immédiate s'il avertissait la police. En revanche, s'il remplissait correctement sa mission, il retrouverait les siens, toucherait une belle prime et obtiendrait un poste important.

Triple-Menton avait passé une nuit blanche. Le maître-chanteur ne lui laissait pas le choix. En s'inclinant, il s'était senti mal. Maintenant, trop tard pour reculer.

★

— La voilà, la voilà ! s'exclamèrent les paysans, qui se pressèrent à l'extrémité du champ où était érigée une petite chapelle contenant l'effigie de Rénénoutet, la bienveillante déesse-cobra des moissons.

En lui rendant hommage et en lui présentant des offrandes, la souveraine garantirait la fertilité des terres d'où jaillissaient les épis, expression d'Osiris ressuscité, « l'accomplissement parfait de l'or ». La nature détenait le secret de l'œuvre alchimique que la souveraine découvrait pas à pas.

Bandeau de tête floral, robe vert clair à bretelles, collier de turquoises, fins bracelets aux poignets, sandales blanches : la beauté et l'élégance de la souveraine séduisirent l'assistance.

Bien entendu, tous avaient été fouillés par les policiers de Néhésy, qui se tenait derrière Hatchepsout, à côté de Triple-Menton, en sueur. La chaleur était encore supportable, mais le propriétaire du champ souffrait d'un visible excès de poids.

Les paysans avaient les yeux rivés sur Hatchepsout. Voir un pharaon de si près, par surcroît une femme au charme inégalable, était un privilège dont les bénéficiaires parleraient pendant des années.

Elle ouvrirait les portes du reposoir, en sortirait la statuette de Rénénoutet qu'elle ornerait d'un collier de coquelicots avant de la vêtir d'une étoffe blanche et de couvrir son front d'un onguent parfumé.

En nage, Triple-Menton souffrait de vertiges. Sa raison le fuyait. Non, il n'avait pas le droit de laisser faire cela...

Encore un pas, et la souveraine tirerait le verrou, comparé au doigt de Seth.

Et ce serait le dernier acte de son règne.

Tout se bouscula dans la tête de Triple-Menton, incapable de trier ses pensées. L'une d'elles s'imposa comme une évidence et lui dicta sa conduite.

— Non, Majesté, non !

La tragédie ne dura qu'un instant. Alors que Hatchepsout écartait les portes, Triple-Menton, avec une vivacité stupéfiante, la bouscula et s'interposa entre elle et la chapelle.

Jaillissant de la prison où il l'avait lui-même enfermé, le cobra lança une attaque foudroyante et mordit le malheureux au cou. La victime tomba en arrière, les crochets profondément implantés dans sa chair.

Après un moment de sidération, Néhésy fut le premier à réagir. De son épée, il trancha la tête du reptile, dont la queue continua de remuer.

Les yeux vitreux, le souffle à peine perceptible, les membres paralysés, Triple-Menton fut incapable de prononcer un mot. Sous le coup de l'émotion et à cause de la rapide diffusion du venin, son cœur cessa de battre.

— 65 —

Le conseiller Lénap était encore plus chafouin et rabougri que d'ordinaire.

— Cet imbécile de Triple-Menton a ruiné un plan parfait, dit-il à la dame Byna qui contemplait son jardin d'un œil éteint.

— Pas si parfait que cela, constata-t-elle.

— Au dernier moment, ses nerfs ont lâché. À quelques secondes près, Hatchepsout était morte !

— Mais elle est bien vivante ! Et j'ai appris qu'elle avait fait preuve d'un incroyable sang-froid en sortant la statuette de la déesse-cobra de son reliquaire et en accomplissant le rituel en toute quiétude. Les paysans l'ont acclamée, persuadés que rien ne peut l'atteindre. Triple-Menton sera vite oublié, la magicienne se voit adulée.

Lénap ne protesta pas.

— As-tu libéré la famille de cette larve ? questionna Byna.

— C'était la meilleure solution, après ce fiasco.

— Aucune possibilité de remonter jusqu'à nous ?

— Aucune.

— Tu t'es trompé, Lénap. Nous ne parviendrons pas seuls à nous débarrasser de Hatchepsout. Il nous faut l'aide de Pousil.

★

— Avant de vous détailler les résultats de mon enquête, déclara Néhésy, je vous présente ma démission. Majesté, à ma grande honte, j'ai été incapable de vous protéger. Si Triple-Menton ne s'était pas sacrifié, vous seriez morte. Je ne me le pardonne pas.

— La décision ne t'appartient pas, trancha Hatchepsout. Tu n'as pas commis de faute, et je te confirme à ton poste, avec la certitude que tu redoubleras de vigilance.

Tant de confiance bouleversa le géant. S'il fallait offrir sa vie pour sauver celle de sa souveraine, il n'hésiterait pas un instant.

— Qu'as-tu découvert ?

— La famille de Triple-Menton a été enlevée et séquestrée. On l'a sûrement fait chanter, en l'obligeant à introduire un cobra dans la chapelle, sous peine de supprimer les siens. Ce brave homme n'a pas supporté l'idée de devenir un assassin par procuration. Il vous respectait trop, Majesté.

— Qu'est devenue cette famille ?

— Elle a été libérée.

— Nous prendrons en charge les funérailles et nous garantirons le bien-être de ces malheureux. Leur témoignage ?

— Sa femme et leurs deux enfants travaillaient au champ, quand deux hommes, costauds, les cheveux gris, le visage masqué comme pour se protéger d'un vent de sable, les ont menacés d'un poignard. Ils les ont enfermés dans une cabane en leur ordonnant de se tenir tranquilles jusqu'à nouvel ordre. Les ravisseurs se sont assis devant la porte. L'épouse de Triple-Menton a entendu leurs propos. Ils évoquaient leur carrière militaire. Soudain, ils ont disparu. Les otages ont attendu longtemps avant de sortir de la cabane. Il n'a pas été facile de leur apprendre ce qui s'était passé.

— Cheveux gris, carrière militaire, reprit la souveraine. Des vétérans. La garde rapprochée de Thoutmosis.

★

— Hatchepsout désire vous voir, dit le conseiller Lénap à Isis.

— Puis-je refuser ?

— Ce serait une erreur. Vous ne risquez rien, puisque vous ne savez rien.

Il n'y avait pas eu de « merveilleuse nouvelle », et Lénap s'était encore rabougri.

★

Sous la colonnade d'accès, en dépit de son rang, Hatchepsout ne manifestait pas d'impatience. Les gardes, eux, redoutaient la colère de la souveraine et demeuraient rigoureusement immobiles.

Isis apparut.

— Pourquoi cette visite ? demanda-t-elle, agressive.

— Baissez le ton, je vous prie.

— Vous...

— On a tenté de m'assassiner. Personne ne vous a informée ?

— Non, certes non ! Comment est-ce possible ? Un assassinat... Vous exagérez ! La personne de Pharaon est sacrée.

— Celle de Thoutmosis, sans nul doute. La mienne, peut-être moins.

Isis ne se sentait pas de taille à affronter le regard de Hatchepsout.

— Un serment engage pour l'éternité, dame Isis. Jurez-vous que vous n'êtes pas l'organisatrice de l'attentat ?

— Je... je le jure !

— Je suis donc obligée de vous croire. Et moi, je vous jure que je n'attenterai jamais à la vie du jeune Thoutmosis. C'est lui, et nul autre, qui me succédera. À présent, nous voici liées par la parole donnée.

Isis était à la fois effrayée et rassurée.

— Des indices m'incitent à supposer que des vétérans ne seraient pas étrangers à la tentative de meurtre, reprit Hatchepsout. Soit j'ordonne à Néhésy d'approfondir son enquête, soit vous licenciez la garde rapprochée qui m'empêche de m'entretenir avec Thoutmosis, si nécessaire. Que décidez-vous ?

— Je... je réfléchirai.

— Votre décision. Maintenant.

— Ce palais est aussi le vôtre, Majesté, dit Isis en s'inclinant.

— 66 —

Rien n'excitait plus Furet qu'une recherche difficile. Et celle-là surpassait les précédentes ! Impossible de dénombrer les gens de tout bord qu'il avait interrogés, au détour d'une conversation anodine. Nul n'avait entendu parler de la grotte de la lionne.

L'une de ses maîtresses, plutôt délurée et récemment mariée, travaillait au cadastre, une administration rigoureuse. Il s'y rendit et demanda à la voir.

— Tiens, Furet ! Qu'est-ce que tu deviens ?

— Oh, je bricole à droite et à gauche.

Elle avait un petit nez pointu et des yeux pétillants.

— Fais quand même attention.

— Rien d'illégal, rassure-toi. Accepterais-tu de me rendre un service ?

— Ça dépend.

— Un marchand m'a demandé de le rejoindre à la grotte de la lionne pour évaluer son stock. Sur le moment, je n'ai pas réagi. À présent, me voilà bien embêté ! Au port, personne ne sait où ça se trouve. Pourrais-tu me renseigner ?

La mignonne ne jugea pas cette démarche outrancière.
— Je vais consulter nos archives. Reviens demain.

★

Hatchepsout et Hapouséneb parcoururent lentement et en silence le long couloir qui menait à la chambre de résurrection de la première demeure d'éternité creusée dans la « grande prairie », appelée à devenir la Vallée des Rois.

La souveraine ne souhaitait aucun décor. La pureté de la roche lui suffirait. L'important, c'était ce long parcours au cœur de la roche, symbole d'une vie sinuant au cœur de l'immuable.

Accomplir sa mort de son vivant, la voir en face pour accroître la vie : comme ses prédécesseurs, Hatchepsout affrontait cette épreuve.

Hapouséneb la laissa pénétrer seule dans l'ultime salle où reposerait sa momie, son corps de lumière transformé en Osiris.

Un bonheur intense envahit la souveraine. Son Premier ministre et les artisans de la Place de Vérité avaient exaucé ses souhaits en installant deux « pourvoyeurs de vie », celui de son père et le sien. Ainsi seraient-ils réunis à jamais.

En grès rouge, la barque de pierre de Hatchepsout, qui acheminerait son âme vers les étoiles, avait un couvercle de forme ovale qui contenait son nom. À l'intérieur, Nout, la déesse-ciel, qui s'unirait à elle et l'accueillerait en son sein. Chaque côté de cette cuve de résurrection était parfaitement lisse, égal et parallèle au côté opposé, au millimètre près. Un texte affirmait que le visage de Pharaon avait reçu la lumière et que ses yeux demeureraient éternellement ouverts.

— Guide-moi, mon père, implora-t-elle.

Et l'esprit du premier des Thoutmosis lui parla.

★

La mutine au nez pointu semblait désespérée.

— J'aurais tellement aimé t'aider, Furet !

— Tu n'as rien trouvé ?

— Cette grotte de la lionne n'existe pas, du moins dans la province de Thèbes et ses voisines. J'ai également consulté la liste des villages et des bourgades des Deux Terres que mon chef conserve dans son bureau. J'aurais dû obtenir son autorisation...

Furet l'embrassa sur la joue.

— Tu es gentille, très gentille.

— Pas de grotte de la lionne, déplora-t-elle. À croire qu'elle n'existe pas.

— Merci quand même.

Furet avait une furieuse envie de résoudre cette énigme. Il s'agissait soit d'une appellation légendaire, issue d'un conte, soit d'un lieu particulièrement bien caché, voire interdit. Son flair l'incitait à privilégier la seconde hypothèse. En ce cas, quelqu'un savait. Mais qui ?

★

Bien que Hatchepsout eût à convoquer Sénenmout pour lui attribuer une nouvelle tâche dictée par l'esprit de son père, elle consentit à recevoir le Premier ministre, lui-même pressé par l'orfèvre Thouty, ministre de l'Économie, les bras chargés de papyrus.

— Majesté, c'est très important, déclara ce dernier. J'apporte les preuves de ce que je vais avancer. J'ai passé tous les secteurs d'activité au crible, et je suis certain de mon diagnostic.

Depuis sa prise de fonctions, Thouty, méticuleux et travailleur, était redouté de l'ensemble des fonctionnaires, depuis le petit scribe des champs jusqu'à celui de la haute administration. Ne se contentant pas d'analyser et de critiquer, le technicien réformait, avec l'accord du Premier ministre.

Hatchepsout s'attendait à de mauvaises nouvelles.

— Majesté, mon verdict est formel : il faut faire des économies.

— L'État serait-il en difficulté ?

— Pas du tout, au contraire ! Les impôts ne sont jamais aussi bien rentrés, et ma brigade de contrôleurs traque les fraudeurs.

— Mais alors...

— Alors, c'est quand tout va bien qu'il faut préparer le pire. Évitons toute dépense inutile, supprimons certains avantages, engageons un minimum de fonctionnaires et empêchons toute hausse des prix. Plus le Trésor sera rempli, moins le pays redoutera les mauvais jours.

La souveraine consulta du regard Hapouséneb, lequel approuva d'un clignement d'œil.

— Applique ces dispositions, ordonna-t-elle à Thouty.

— Comptez sur moi, Majesté, promit-il en s'éclipsant avec sa pile de dossiers.

— 67 —

Hatchepsout accompagna Sénenmout jusqu'à l'embarcadère de Karnak où l'attendait un bateau à destination d'Éléphantine.

— Le chef des tailleurs de pierre m'a enfin envoyé le message que j'espérais, lui révéla-t-elle. Les deux obélisques qui seront érigés à Karnak sont achevés. Ceux-là mêmes que mon père m'a montrés pendant que je méditais dans la demeure d'éternité où nous reposerons côte à côte. J'ai vu deux rayons de lumière qui perçaient les ténèbres. Ils me seront indispensables pour transformer l'orge en or. Tu es mon maître d'œuvre, et je ne fais confiance qu'à toi pour veiller sur la sécurité du transport.

— Que redoutez-vous ?

— Une malveillance. Si les obélisques n'arrivaient pas à Thèbes intacts, ce serait une catastrophe. Tu seras assisté par une escouade d'hommes sûrs que choisira Néhésy. Sois vigilant.

*

Crispé, le conseiller Lénap, sur l'insistance de la dame Byna, avait accepté de s'entretenir avec Pousil, en grand secret. Le patron des briquetiers n'était entré dans la villa qu'une bonne heure après le dignitaire et avait emprunté un chemin différent pour rejoindre le bureau d'un des gestionnaires du domaine, parti inspecter une ferme.

— Si nous voulons renverser Hatchepsout, affirma Byna, nous devons nous accorder. Cette reine bénéficie de protections fort efficaces, dont celle de son père défunt. Et même la déesse-cobra l'a épargnée. Ne croyons surtout pas qu'il sera facile de l'abattre.

— Le dieu Seth me donne la force de vaincre, estima Pousil. La priorité, c'est de trouver l'emplacement de la grotte de la lionne. Là, les derniers Hyksôs formeront mon corps d'élite, et leur désir de vengeance sera une arme fatale.

— De mon côté, j'ai échoué, regretta Lénap ; je continue à chercher, mais discrètement. Si cet endroit existe, il est certainement considéré comme maudit.

— Maudit par les Égyptiens, refuge pour nos alliés ! Je trouverai cette grotte.

— Une occasion de nuire à Hatchepsout se présente, révéla Lénap. Dans une semaine, son maître d'œuvre Sénenmout reviendra des carrières de granit d'Éléphantine, à la tête de deux énormes barges qui supporteront le poids de deux obélisques. Surveillance maximale, bien entendu, et rien à tenter pendant le voyage. À l'arrivée, en revanche…

— À quoi songes-tu ? questionna Byna, intriguée.

— Hatchepsout n'aura qu'une hâte : dresser les obélisques à Karnak, démontrer ainsi la puissance que lui a conférée Amon. Le processus de l'érection sera délicat. Si l'une des aiguilles de pierre basculait, imaginez le désastre ! Il y aurait des morts, et la réputation de la souveraine serait souillée à jamais. Privée des faveurs du dieu, responsable d'un échec si grave, elle serait contrainte de remettre le pouvoir total à Thoutmosis. À toi de jouer un rôle décisif, Pousil.

Le Libanais parut perplexe.

— Pour préparer la manœuvre finale, il faudra un lit de briques. Mal calculé, il provoquera un accident. À supposer qu'il y ait une enquête, dégage-toi de toute responsabilité en confiant la pose à un adjoint.

Pousil ne détestait pas le projet. Ce ne serait, certes, qu'une étape avant la reconquête, mais voir s'écrouler un obélisque le réjouissait.

*

Sénenmout était épuisé. Malgré la compétence des tailleurs de pierre et la rigueur du service de sécurité, il avait sans cesse redouté un incident. Extraction des obélisques de la carrière, transport jusqu'aux barges, voyage sur le Nil… Pas d'anicroche. Mais le maître d'œuvre demeurait en éveil. L'inquiétude de Hatchepsout ne pouvait être infondée.

Tout au long du transport, la population s'était massée sur les rives, saluant les marins et les gigantesques aiguilles de pierre.

Sur le quai de Karnak, une foule d'une densité exceptionnelle. On brandissait des branches de palmier, on chantait, on acclamait le pharaon qui accordait un jour de congé pour fêter ce nouvel apport au temple d'Amon.

Cette liesse ne détendit pas Sénenmout, car restait l'épisode le plus dangereux : la mise en place des obélisques. L'opération exigeait des calculs impeccables. Aussi le maître d'œuvre, ignorant une joie qu'il jugeait prématurée, fendit-il les rangs des fêtards pour se rendre au plus vite à l'emplacement prévu pour les obélisques.

Plusieurs contrôles le rassurèrent. Au pied de la fosse rectangulaire, le Premier ministre.

— Rien à signaler, Sénenmout ?

— Rien.

— Sa Majesté associera Thoutmosis à la cérémonie d'érection des obélisques. Un moment fort du règne. Je t'engage à tout vérifier.

Sénenmout en avait l'intention. Dresser des monolithes de vingt-neuf mètres ne serait pas une mince affaire.

Taille de la cavité qui les accueillerait, qualité des cordages, quantité de sable pour les faire glisser, maquette de brique déterminant l'angle de pente.

Géomètre de l'espace, l'astronome sourcilla. Vu sa lassitude, il se trompait peut-être. Après un bref répit, il reprit son inspection.

L'angle préconisé n'était-il pas trop aigu ?

— 68 —

« Cette petite a un sacré caractère, pensa le Vieux en inspectant la salle de banquet, mais elle est vraiment épatante ! Des pharaons comme ça, on n'en trouve pas tous les jours ! »

Ceux qui avaient assisté à l'érection des deux obélisques de Hatchepsout, plus hauts et plus lourds que ceux de son père, n'oublieraient jamais ce moment.

Grâce à l'intervention de Sénenmout, la manœuvre s'était parfaitement déroulée, même si le maître d'œuvre avait peiné à respirer jusqu'à la mise en place des monolithes. Un seul dignitaire était légèrement contrarié, le ministre de l'Économie, qui avait dû se plier à une exigence de la souveraine : recouvrir les pointes d'électrum, un mélange d'or et d'argent. Une grosse dépense, indispensable pour rappeler qu'un obélisque était un rayon de lumière pétrifié qui dissipait les ondes négatives et protégeait le temple.

Alors que Hatchepsout s'approchait pour consacrer ces monuments, le soleil brilla comme jamais. L'œil du maître de l'univers s'ouvrant, proclamant Karnak « tertre de l'origine et ciel sur la terre ».

Chacun, dont le petit Thoutmosis présent à côté de Hatchepsout, se souviendrait des paroles qu'elle avait prononcées : « J'ai accompli cette œuvre avec un cœur aimant pour Amon. Initiée à son secret dès l'origine, instruite grâce à sa puissance bénéfique, je n'ai pas négligé ce qu'il avait ordonné. C'est lui qui m'a guidée, je n'ai pas façonné le plan d'œuvre hors de son action, c'est lui qui m'a orientée. J'ai tourné mon visage vers lui. »

« Sacrée petite », murmura le Vieux en débouchant l'une des jarres de rouge huit fois bon que Vent du Nord avait transportées avec une infinie délicatesse.

★

Furet espérait détenir une piste sérieuse. Après avoir beaucoup réfléchi, il concentrait ses recherches sur des professionnels qui connaissaient les lieux dangereux et maudits : les policiers du désert. Des hommes rugueux, difficiles à aborder. Disposant d'un sérieux crédit, il parvenait à engager la conversation en leur offrant leur gourmandise préférée, la bière dont ils rêvaient lorsqu'ils traquaient les nomades pillards.

Plusieurs contacts avaient été infructueux, mais le dernier, la veille au soir dans une taverne, serait peut-être décisif. Un policier couvert de cicatrices lui avait donné l'adresse d'un collègue retraité, à la mémoire intacte, qui avait parcouru les régions à haut risque. Si lui ne connaissait pas cette grotte, c'est qu'elle n'existait pas.

★

Le bonhomme habitait une coquette maison blanche à un étage, précédée d'un potager. Du coin de l'œil, il vit arriver Furet et continua à ôter les mauvaises herbes.

— Pourrais-je te parler ?

— Qui es-tu ?

— Je m'appelle Furet et j'aurais besoin d'un renseignement.

— Je suis à la retraite.

— Justement, je désire faire appel à tes souvenirs.

Le vétéran tourna la tête vers l'intrus.

— Ça coûte cher, les souvenirs.

— Que désires-tu ?

— De la bière forte, et de la bonne. Dix jarres.

— Dix jarres !

— Si tu ne payes pas, je perds la mémoire.

— D'accord, d'accord... Si tu me fournis le renseignement.

— Allons nous asseoir, gamin. Avec l'âge, je commence à souffrir des genoux.

Le policier avait installé un banc de pierre à l'abri d'un auvent.

— On se contentera d'une bière légère pour nourrissons. La prochaine que je boirai, c'est toi qui me l'apporteras. Elle me rappellera ma jeunesse et mes randonnées dans le désert à la poursuite des coureurs des sables. Ces assassins et ces voleurs, j'en ai trucidé un bon paquet ! Moi et mes gars, on s'est démenés.

Furet craignit que le vétéran ne se lance dans l'interminable récit de ses exploits. Mais après s'être désaltéré, il alla droit au but.

— Alors, gamin, qu'est-ce que tu veux savoir ?

— L'emplacement de la grotte de la lionne.

Le regard du policier se durcit.

— Oublie ça, mon gars. Moi, j'ai oublié. Et personne ne s'en souvient.

— Même pour dix jarres de bière forte de première qualité ?

— T'as envie de vivre ? Alors, ne va pas là-bas. Même mon escouade ne s'en approchait pas. Des pillards s'y étaient réfugiés, certains de nous échapper. On a retrouvé des monceaux de cadavres. Pas beau à voir.

Furet maîtrisa son émotion.

— Où est-ce ?

— T'as vraiment envie de mourir !

— C'est mon affaire.

— À ta guise… C'est un endroit maudit. On y aurait aperçu des descendants des Hyksôs. En tout cas, une lionne y règne et massacre quiconque pénètre sur son territoire. Puisqu'elle détient une force aussi puissante que celle de Seth, même les chasseurs les plus courageux n'osent pas l'attaquer.

Le vétéran donna à Furet les précisions nécessaires pour atteindre la grotte de la lionne.

*

Byna offrant une réception en l'honneur de Hatchepsout et de l'érection des obélisques, Pousil dînait seul.

Un bruit suspect.

S'emparant du poignard de Seth, il se leva promptement et se dissimula dans un angle de sa salle à manger.

— Vous êtes là ? demanda Furet.

Le Libanais se montra.

— C'est dangereux de se glisser ainsi chez les gens. J'aurais pu t'égorger.

— Formidable nouvelle ! Je sais où se situe la grotte de la lionne.

— Beau travail, mon garçon. Raconte.

Sans trahir son informateur, qu'il réutiliserait peut-être un jour prochain, Furet fournit à Pousil les indications tant espérées.

— Nous partons, décida le Libanais.

— Nous...

— L'heure est venue de ranimer le clan hyksôs.

— Sûrement ! Moi, je serai plus efficace ici.

— Ne m'accompagnes-tu pas, Furet ?

— Je ne suis pas un guerrier. Je t'informerai de tout ce qui se passe à Thèbes.

Pousil passa l'index sur ses sourcils broussailleux.

— Au fond, tu as raison.

Le jeune homme se détendit.

— Tu me déçois, Furet. Je ne pensais pas que tu me lâcherais en cours de route.

— Vous vous trompez ! Je continuerai à vous aider, à ma manière.

— Cette manière ne me convient pas. Un problème grave se pose : tu en sais trop, beaucoup trop. Ce problème, je dois le résoudre.

Tétanisé, Furet n'eut pas le temps de réagir. La lame du poignard de Seth s'enfonça dans son ventre.

— 69 —

L'incident que Sénenmout avait signalé à Néhésy, et qui aurait pu provoquer une terrifiante catastrophe sans la vigilance du maître d'œuvre, raviva des suspicions enfouies dans un coin de sa mémoire. Voilà longtemps qu'une idée lui trottait dans la tête, une hypothèse qu'il avait l'occasion de vérifier.

Aussi convoqua-t-il au poste de police l'artisan responsable du lit de briques utilisé lors de l'érection des obélisques.

La trentaine, un visage carré, l'œil terne, tout en muscles, marié, deux enfants. Amené sans ménagement par deux policiers équipés de gourdins, il n'avait émis que de faibles protestations. Se retrouver face au géant ne le rassura pas.

— Tu as commis une grave erreur, mon bonhomme. Elle pourrait te conduire au bagne.

Les jambes du briquetier flageolèrent.

— Au bagne ? Mais… mais…

— C'est là-bas qu'on envoie les criminels.

— Criminels… Je n'ai tué personne !

— Non, mais tu as essayé.

— Je vous jure que non !

— Le lit de briques pour les obélisques, c'est bien toi qui l'as disposé ?

— Oui, avec des collègues !

— Tu avais donc choisi l'angle de pente.

— Ah non ! J'ai suivi les instructions de mon supérieur.

— À savoir ?

— Pousil, le patron de ma corporation. Vu l'importance de l'événement, c'est lui qui supervisait tout.

★

Le Premier ministre étudiait les dernières propositions d'économies de Thouty, certaines trop drastiques, lorsqu'on l'avertit de la demande d'audience urgente de Néhésy. Le chef des forces de sécurité ne le dérangeant certainement pas pour rien, Hapouséneb lui ouvrit sa porte.

— J'ai peut-être une piste sérieuse, déclara le géant, mais j'ai besoin de votre avis.

— Je t'écoute.

— Quand vous avez nommé Pousil à la tête de la corporation des briquetiers, vous n'aviez forcément que de bons échos le concernant.

— Exact. Son travail donnait toute satisfaction. C'est pourquoi je lui ai confié une mission : inspecter toutes les briqueteries du pays, afin que je dispose d'un état des lieux en vue des chantiers futurs.

— Pousil a donc parcouru les Deux Terres… Rien d'anormal pendant ce voyage ?

— Je ne crois pas, mais ta question me trouble. Un vague souvenir.

Le Premier ministre envoya son secrétaire chercher les rapports de l'équipe de scribes soigneusement rangés.

Avec sa placidité habituelle, il les consulta attentivement.

— Ah, voilà... Juste une bizarrerie. Pousil s'est rendu seul sur un site proche de la forteresse rasée des Hyksôs et a constaté qu'il n'y avait plus de briqueterie à proximité. Pas de témoin pour corroborer ses dires.

— Il est d'origine libanaise, rappela Néhésy, et ses ancêtres ont participé à la coalition des Hyksôs. Il voulait revoir leur capitale et s'imprégner de leur force. Je suis certain, à présent, qu'il dirige une faction décidée à supprimer Hatchepsout et à prendre le pouvoir.

— Ne vas-tu pas trop loin ?

— Non, et pour deux raisons. La première, c'est lui qui a ordonné la construction du lit de briques, préconisant un angle de pente qui aurait faussé la manœuvre et provoqué l'écroulement du monolithe.

— Une accusation d'une extrême gravité.

— Et j'en ai une seconde car, maintenant, tout est clair. Comment le blondinet a-t-il réussi à s'introduire dans le palais pour y assassiner notre souveraine, en déjouant mon système de sécurité ? Simplement parce qu'il connaissait les lieux, grâce à un informateur. Et quel meilleur informateur que l'artisan qui avait édifié les murs de briques et n'ignorait rien du dispositif intérieur ? Le blondinet est entré par la salle d'eau et a suivi un parcours qui menait à la chambre de Hatchepsout, sans risquer de rencontrer un garde.

— Pousil, l'informateur et l'assassin par délégation... Arrête-le et interroge-le.

★

Conscient qu'il se heurtait à un tordu particulièrement redoutable, le géant emmena avec lui une escouade de policiers expérimentés, armés d'épées courtes.

En silence, ils contraignirent les voisins de Pousil à s'enfermer chez eux, puis encerclèrent la maison du suspect. Volets et porte clos. Deux policiers grimpèrent le long des murs, atteignirent la terrasse et ouvrirent une trappe. Un escalier conduisait à l'intérieur, plongé dans l'obscurité.

Épée au poing, attentifs au moindre signe de danger, ils descendirent lentement, marche après marche. Pas un bruit. Le briquetier s'était-il envolé ou se dissimulait-il pour mieux frapper ?

En entrant dans la pièce principale, le pied du premier policier heurta une masse étendue sur le sol.

Ses yeux s'habituant à la pénombre, il distingua un corps.

— Ouvre les volets et la porte, demanda-t-il à son collègue.

L'escouade envahit la demeure et, sans précipitation, l'explora jusqu'à la cave.

Personne d'autre que le cadavre, baignant dans son sang, le ventre ouvert.

— On a tué notre bonhomme, conclut le chef de l'escouade.

— Ce n'est pas lui, rectifia Néhésy. Ce gamin s'appelle Furet. Il fouinait partout dans le palais et rendait mille et un services aux dignitaires.

— S'il était complice du briquetier, pourquoi l'a-t-il supprimé ?

— Parce qu'il ne lui était plus utile. Ce crime est très inquiétant. Pousil a coupé tous les liens qui le rattachaient à l'Égypte.

— Sûrement une fuite à l'étranger !

— Je ne partage pas ton optimisme. Il s'est réfugié dans un antre où il se sent hors d'atteinte et prépare une action d'envergure.

— On a de quoi la contrer !

— Tu n'imagines pas à quel point le Mal sait se montrer inventif. Fouille à fond et rédige un rapport. Je vais faire le mien au Premier ministre.

— 70 —

Dans le laboratoire du temple de Karnak, vide de ses pharmaciens et de ses chercheurs, Hatchepsout déposa sur une table de pierre neuf grains d'orge destinés à la célébration des mystères d'Osiris.

Seule, la souveraine les contempla longuement. Elle, qui avait écouté les enseignements de son père et venait de faire recouvrir d'électrum les pointes des obélisques, saurait-elle transformer l'orge en or ?

Elle implora Amon et récita les formules qui évoquaient la création du monde, à partir de l'Un qui devenait multiple, tout en restant Un.

Les grains commencèrent à briller, mais l'éclat s'estompa brusquement. Manquaient encore un ou plusieurs éléments pour que s'accomplisse, sous ses yeux, la transmutation.

Si les divinités lui en laissaient le temps, Hatchepsout se montrerait patiente. Soudain, elle songea à l'une d'elles qu'il fallait honorer d'une façon spécifique, fût-ce au prix de quelques risques.

*

Un instant, Néhésy se demanda s'il ne devrait pas changer de métier. Aucune trace de Pousil, aucun indice recueilli à son domicile. Pourvu qu'il se calfeutre au Liban et n'en ressorte plus ! Le cadavre de Furet avait été brûlé, le calme semblait revenu.

Et voilà que la souveraine se lançait dans une nouvelle aventure, qui exigeait des mesures de sécurité à l'efficacité malheureusement douteuse ! Après avoir médité sur le site où s'édifiait son temple des millions d'années et entendu la voix de la cime d'Occident, Hatchepsout avait décidé d'aller à la rencontre de la vache de la déesse Hathor, cachée au sein des marais et de la forêt de papyrus, bordant la rive du Nil, au sud de Thèbes. Hathor, dont le nom signifiait « temple de Horus », le faucon protecteur de la royauté.

Sans nier l'importance d'une telle rencontre, destinée à accroître la puissance de la souveraine tout en lui assurant la protection de la déesse qui nourrissait les étoiles de son lait, Néhésy s'arrachait quand même les cheveux une fois de plus.

L'endroit était résolument hostile à la présence humaine. Pourtant, chasseurs et cueilleurs de papyrus troublaient parfois ce monde fermé, mais avec d'infinies précautions. Et les accidents n'étaient pas rares. Crocodiles et serpents attaquaient sournoisement, sans oublier des carnassiers de tailles diverses et des moustiques agressifs.

— Qu'est-ce que tu veux, dit le Vieux à Néhésy, elle est comme ça depuis qu'elle est née. Plus têtue, impossible. Elle t'écoute, elle te sourit, tu crois l'avoir convaincue, et… patatras ! Elle suit son chemin, et toi, tu es derrière.

Aussi résigné que le Vieux, accompagné de Vent du Nord qui portait des jarres d'eau et des vêtements de rechange pour Hatchepsout, Néhésy avait mis sur pied un corps expéditionnaire composé d'archers et de spécialistes du bâton de jet.

La simplicité de la souveraine charma les paysans qui la regardèrent traverser leurs champs. Perruque courte et tunique beige clair, sandales ordinaires. Tout au long de son parcours, elle entendit le chant traditionnel : « Quelle belle journée ! Le vent souffle et nous rafraîchit. Le ciel œuvre pour nos cœurs ; ce que nous aimons, c'est notre travail. »

Ce que Hatchepsout aimait au-delà de sa propre existence, c'était son peuple. À travers elle et son règne, il célébrait Pharaon, immuable depuis la première dynastie. Ressentir sa joie de vivre et d'accomplir son labeur au service de la communauté lui enjoignait de le servir de toutes ses forces.

À la lisière des marais, le cortège s'immobilisa.

— Tu désires vraiment t'engager là-dedans ? s'inquiéta le Vieux.

— Hathor m'attend. Je ne dois pas la décevoir. Sans sa bienveillance, pas de bonheur possible.

Le Vieux n'insista pas et interpella son âne.

— Et toi, tu restes inerte ?

Ignorant cette ironie déplacée, Vent du Nord s'avança vers la première rangée de papyrus, hauts de six mètres, en piétina plusieurs et poussa une série de braiments à déchirer les oreilles de n'importe quel prédateur.

— Il m'indique le bon chemin, jugea la souveraine.

Archers et manieurs de bâton de jet l'encadrèrent.

— Laissez-moi seule.

Quand elle disparut dans le fouillis végétal, Néhésy sortit discrètement une gourde de la poche de sa tunique et but au goulot de l'alcool de datte.

★

Sans effort, Hatchepsout écarta les hautes tiges, guidée par une étrange lumière qui l'attirait de façon irrésistible. Peu importaient l'eau boueuse, les bruissements inquiétants, les crissements menaçants. Elle progressait vite, droit devant elle.

Soudain, elle la vit.

Debout au cœur d'un fourré, un soleil entre ses cornes, la vache de la déesse Hathor la contemplait de son œil d'une infinie tendresse.

— Maîtresse des étoiles et du bel Occident, sois ma protectrice. C'est toi qui seras présente dans l'ultime sanctuaire de mon temple des millions d'années. Ton oreille est celle de l'univers, ton œil engendre la vie, ta beauté inonde le ciel.

Tout près du museau de la vache, Hatchepsout s'agenouilla. Une longue langue lui lécha les doigts.

★

Sa gourde d'alcool de datte vide, Néhésy, relativement stable, regarda la souveraine sortir, indemne, de la forêt de roseaux. Pas la moindre égratignure. Juste des genoux boueux.

— Elle m'épate, elle m'épate, murmura-t-il.

— Et ce n'est pas fini, commenta le Vieux.

— 71 —

— Hathor m'a ordonné de célébrer la fondation de mon temple, où elle sera honorée en compagnie d'Amon, confia Hatchepsout à Sénenmout. Le moment est-il favorable ?

— Il l'est, Majesté. La planète qui révèle les secrets et illumine les Deux Terres[1] donne toute son ampleur à l'édifice ; et grâce au taureau du ciel[2], il durera des millions d'années. Grâce aux puissances du cosmos, ce sanctuaire produira de l'or.

★

Thoutmosis et Néferourê se trouvaient aux côtés de la souveraine quand, après avoir disposé des amulettes et des outils en miniature dans le dépôt de fondation qui serait recouvert de dalles, celle-ci ouvrit la bouche

1. Jupiter.
2. Saturne.

et les yeux du temple[1], proclamant officiellement sa naissance.

— J'ai construit un monument pour mon père Amon, maître du trône des Deux Terres, déclara-t-elle, j'ai érigé ce vaste temple des millions d'années, dont le nom est « Sacré des sacrés », en belle et parfaite pierre blanche de Toura, en ce lieu qui lui est consacré depuis l'origine.

Les deux adolescents n'échangèrent pas un mot. L'un et l'autre aimaient assister à des rituels et faisaient preuve de sérieux et de recueillement.

À l'issue de l'inauguration, Hatchepsout demeura seule avec son maître d'œuvre, les forces de sécurité se tenant à distance.

— Hathor m'a fait voir les scènes qui orneront les parois des portiques que tu dresseras de part et d'autre de la rampe montant jusqu'à la falaise. Sur la première terrasse, je serai le sphinx qui piétine les ennemis, je rendrai hommage aux ancêtres, et tu feras représenter le transport des obélisques. Sur la deuxième, Amon prendra l'apparence de mon père pour s'unir à ma mère, et me donner rituellement naissance en me transmettant le *ka* royal, la puissance créatrice qui anime l'institution pharaonique. C'est la confrérie des neuf divinités d'Héliopolis qui me l'attribuera, comme elle l'a fait depuis les origines. Sur la troisième et dernière terrasse, je serai figurée en Osiris, le soleil de la nuit, pour communier avec Râ, la lumière divine.

Pharaon et son maître d'œuvre montèrent jusqu'au saint des saints et pénétrèrent dans la grotte qui venait d'être creusée dans la roche.

— Là résidera une statue de Hathor, sous la forme d'une vache qui me nourrira du lait des étoiles. Ainsi

1. Deir el-Bahari.

Amon m'accueillera-t-il au cœur du mystère, tandis qu'Anubis guidera mes pas.

Animée d'un feu intérieur qui la distinguait du commun des mortels, la souveraine s'exprimait à la manière d'une grande voyante des temps anciens. Ce n'était pas son individualité mortelle qu'elle magnifiait à travers cet extraordinaire édifice, qui ne ressemblait à aucun autre, mais le parcours initiatique de l'âme royale, des ténèbres vers la lumière.

Bouleversé, Sénenmout se jura de concrétiser la vision de celle qu'il aimait. Cette passion muette le détournait de toutes les autres femmes.

Ensemble, comme pour reprendre leur souffle en imaginant le temple achevé, pourvu de sculptures, de peintures et de hiéroglyphes qui transmettraient son message, ils méditèrent longuement dans la grotte.

Puis Hatchepsout sembla sortir de la sphère divine d'où elle s'était exprimée et regarda Sénenmout de ses yeux d'or, avec une intensité qui le fit tressaillir.

— J'ai deux présents à t'offrir, dit-elle.

Elle l'entraîna jusqu'à la première porte posée, en bois de pin incrusté de bronze.

— Pousse-la et regarde ce que cache son battant.

Sénenmout fut ébahi. Une discrète figuration montrait un ritualiste en prière.

— Majesté, serait-ce...

— Oui, c'est toi. En tant que maître d'œuvre, tu seras à jamais présent dans ce sanctuaire[1].

— Majesté...

— Quand une femme devient Pharaon, elle n'a pas d'autre époux que le dieu qu'elle vénère, tu le sais, et toute infidélité serait une impardonnable trahison.

---

1. Il y figure plusieurs fois, caché par les battants de porte.

L'amour que nous n'avons pas pu vivre sur cette terre, nous le connaîtrons dans le secret de ce temple, qui subsistera pendant des millions d'années.

Comment l'architecte aurait-il retenu ses larmes ? Lui non plus ne se marierait jamais. Il ne souillerait pas cet amour inouï que lui accordaient les dieux.

— Je t'ai promis un second présent.

Sénenmout marchait comme un somnambule. Hatchepsout le conduisit jusqu'à la carrière proche de son temple.

— Ôte ces briques, ordonna-t-elle.

Il n'eut guère de peine à démonter un muret qui masquait l'accès à un domaine souterrain.

— Voici ta nouvelle demeure d'éternité. Viens.

Abasourdi, Sénenmout s'engagea, à la suite de la souveraine, dans un couloir long d'une soixantaine de mètres. Taillé dans l'argile, il aboutissait à une couche de calcaire où avait été aménagée une résidence de l'au-delà[1]. Sur l'un des plafonds, un dessinateur de la Place de Vérité avait esquissé les constellations et les décans.

— Ce sera ton sanctuaire d'astronome, annonça Hatchepsout. Tu y dévoileras toute ta science. Si les dieux m'en jugent digne, mon âme sera appelée à vivre parmi les étoiles. La tienne aussi. Ensemble, nous voyagerons dans les cieux.

---

1. Tombe thébaine n° 32, dans l'Assasif.

— 72 —

Pousil avait quitté Thèbes à bord d'un bateau de marchandises qui, d'ordinaire, ne prenait pas de passagers. Deux belles paires de sandales et une tunique neuve avaient convaincu le capitaine d'oublier le règlement.

Dès la première escale, située à deux journées de marche de son but, le Libanais avait profité de la nuit pour s'éclipser. Une gourde d'eau lui suffirait pour franchir la distance qui le séparait de la grotte de la lionne.

Précaution indispensable : passer par le désert de l'Ouest. Ainsi éviterait-il les villages et les curieux, qui ne manqueraient pas de signaler un étranger.

Pourvu que Furet ait obtenu le bon renseignement ! Sinon, Pousil en serait, dans un premier temps, quitte pour un pénible voyage, et une profonde déception. Ensuite, il lui faudrait échapper aux policiers de Néhésy, qui le rechercheraient dans toute l'Égypte. Même le Liban, protectorat en bons termes avec Hatchepsout, ne serait pas un abri sûr.

Pousil chassa les idées noires. La grotte de la lionne existait bel et bien, il connaissait son emplacement, et les derniers descendants des Hyksôs n'attendaient qu'un signe pour repartir au combat et remporter une victoire qui, cette fois, serait définitive.

Cette certitude effaça les difficultés de sa progression dans un sable tantôt dur, tantôt mou. Ici et là, des sillons laissés par les serpents. Soleil et chaleur le contraignaient à adopter une allure modérée. Pousil dérangea des vautours qui grignotaient un cadavre de gazelle. Il se rationna en ne buvant qu'une gorgée lorsque ses lèvres se desséchaient.

À la tombée de la nuit, il eut la chance de repérer un bosquet de tamaris. Après avoir vérifié qu'aucun reptile ne s'y dissimulait, il se coucha et s'endormit aussitôt.

*

Pousil s'approchait de la femme aux yeux d'or. Vénérant le dieu Amon, elle lui tournait le dos. Personne ne la protégeait. Silencieux, il goûtait chacun de ses pas. Hatchepsout ne soupçonnait pas que la mort la guettait. Le Libanais sortit son arme. La poignarder d'un coup violent dans les reins, ou l'égorger ? Alors qu'il réfléchissait, une voix rauque l'arracha à son rêve.

— Je vais inspecter ce bosquet, chef.

La police du désert ! Malgré sa hargne, Pousil ne ferait pas le poids. Soit la brigade le tuerait s'il résistait, soit elle le ramènerait à Thèbes.

Le Libanais n'eut qu'une poignée de secondes pour s'extirper de son abri et s'aplatir derrière un monticule.

Une alliée inattendue dissuada le policier d'explorer le bosquet et l'empêcha de repérer la trace d'un corps qui s'était allongé sur le sable. Dressée sur sa queue, une vipère à cornes défia l'intrus.

Le gros reptile était aussi vindicatif que dangereux. Brandissant son gourdin, le policier recula lentement, sans la quitter des yeux.

— Rien qu'une méchante bestiole, chef.

La patrouille s'éloigna.

*

La gourde était vide. Bientôt, la soif deviendrait une souffrance intolérable. Pourtant, Pousil ne désespérait pas, au contraire ! Au loin, au bord du Nil, des rochers qui abritaient probablement la grotte de la lionne.

Furet avait déniché la bonne indication. Dommage qu'il ait manqué de courage.

À droite, à gauche, derrière, devant, le sable jaillit, et des dizaines d'hommes apparurent, tous barbus, armés de massues et de couteaux.

Encerclé, Pousil dévisagea cette cohorte. Des figures d'une extrême rudesse.

Un rouquin d'une quarantaine d'années l'interpella.

— Qui es-tu ?

— Pousil.

— Un policier du désert !

— Non, j'étais patron de la corporation des briquetiers, et je suis venu vous rejoindre, vous, les descendants des Hyksôs !

La cohorte grommela.

— Comment sais-tu ça, si tu n'es pas un policier ?

— J'ai fait mes propres recherches. Mon seul but : renverser le trône du pharaon et reconquérir ce pays qui a eu tort de nous rejeter. Moi aussi, je suis un Hyksôs. Et si vous m'obéissez, je vous conduirai à la victoire.

Interloqués, tous se regardèrent. Le rouquin fut le premier à reprendre contenance.

— Tu crois que tu vas t'en tirer comme ça... Raté, mon bonhomme ! Cet endroit est maudit, aucun Égyptien n'ose s'y aventurer, à cause de la lionne. Elle nous protège. Toi, tu as été trop curieux. On te coupe en morceaux, et on la nourrit.

— Sans moi, la lutte sera vaine. Terrés ici, vous ne savez rien de la cour de Thèbes et de son tyran, Hatchepsout.

Pousil discerna dans les yeux du rouquin une féroce envie de l'étriper.

— Je suis votre dernière chance. À genoux.

— Quoi ?

— Obéissez, ou vous êtes perdus.

— Tu as perdu la tête !

— C'est toi qui perdras la tienne si tu me résistes.

L'aplomb de Pousil désorienta la cohorte.

— Ça suffit ! tonna le rouquin. On dépèce ce sale policier !

Le Libanais exhiba son poignard. En frappant l'effigie du dieu Seth, le soleil provoqua une flamme.

Subjugués, les Hyksôs s'agenouillèrent.

— J'ai recueilli cette arme à Avaris, la citadelle de nos pères ! Seth m'a conduit là-bas pour que je reprenne le combat. Il m'a permis de vous retrouver et de vous arracher de votre prison. Hyksôs, soyons fiers de nous. Voici le temps de la reconquête !

— 73 —

Un an s'était écoulé depuis la disparition de Pousil, et sa trace n'avait été signalée nulle part. Deux hypothèses : décès ou fuite à l'étranger.

Les chefs des forces de sécurité ne croyaient ni à l'une ni à l'autre. Pour Néhésy, jamais ce fanatique ne lâcherait prise. Aussi avait-il demandé à Sénenmout de consulter les archives et de lui relater les malheurs de l'époque hyksôs, persuadé que le Libanais s'inspirerait des exploits sanglants de ses maudits ancêtres.

À la lumière de ces informations, le géant fut persuadé que Pousil, dont la base secrète se trouvait probablement dans la grotte de la lionne, comptait reproduire la stratégie qui avait failli donner une victoire totale aux Hyksôs. Elle se résumait à une manœuvre en étau, destinée à écraser Thèbes : lancer une attaque des tribus nubiennes depuis le sud et une autre des Hyksôs depuis le nord. La capitale serait broyée quand les deux troupes se rejoindraient, avant de conquérir le reste du pays.

Sans une action vigoureuse de leur reine, les Thébains auraient été massacrés. Tirant la leçon du passé, le commandant prit trois précautions.

La première, renforcer son réseau de surveillance en Nubie. Les tribus semblaient calmes, mais Pousil ne réussirait-il pas à rassembler des revanchards qui détestaient l'Égypte ? Des rapports réguliers lui décrivaient la situation.

La deuxième, raser les ruines d'Avaris et de sa citadelle, et faire garder le site par l'armée, afin d'éviter qu'il ne devienne un lieu de pèlerinage pour les nostalgiques des Hyksôs, à la recherche de leur splendeur perdue.

La troisième, introduire un policier dans chaque briqueterie du pays, afin de repérer d'éventuels trublions. C'est là que Pousil recruterait une milice capable d'attaquer Thèbes. En apparence une folie, mais mieux valait étouffer le monstre dans l'œuf.

Pas encore de résultats probants, le flair de Néhésy lui prédisait pourtant une tempête prochaine.

Si, au moins, il avait localisé cette grotte de la lionne... Interrogés, les policiers du désert avaient déclaré n'en avoir jamais entendu parler.

Pourvu que le géant puisse intervenir à temps et briser les reins de l'adversaire avant qu'il ne soit trop tard.

*

La prospérité des Deux Terres était éclatante. En modérant les mesures d'économie que préconisait le ministre Thouty, Hapouséneb l'avait encore accrue. Certes, l'équipe restreinte nommée par Hatchepsout dormait peu, mais les résultats obtenus l'encourageaient à persévérer.

Grâce à ses talents de diplomate, la souveraine avait consolidé la paix avec les pays du Proche-Orient, et la plupart versaient des tributs à la puissante Égypte, dont l'armée remplissait pleinement son rôle dissuasif.

En dépit de ces temps heureux, de la popularité croissante du pharaon, de l'avancement remarquable des travaux sur le site de son temple des millions d'années et d'excellentes crues, un drame couvait au palais.

N'y tenant plus, la nourrice Touéris, qui continuait à veiller, avec Sénenmout, sur l'éducation de la jeune Néferourê, jugea indispensable de crever l'abcès.

★

Hatchepsout s'entretenait quotidiennement avec Sénenmout, soit au palais, soit sur l'une des terrasses du Sacré des sacrés, où peintres et sculpteurs rivalisaient de génie. La souveraine insistait sur la qualité du moindre détail, et l'architecte rectifiait aussitôt les erreurs, prenant toute la responsabilité sur ses épaules. Il continuait ses recherches sur la transmutation alchimique de l'orge en or, et disposait déjà d'un certain nombre d'ingrédients minéraux et végétaux entrant dans la composition d'une « pierre de fertilité », nécessaire au succès de l'opération.

C'était leur manière à eux de s'aimer, la seule que pouvait adopter le pharaon Hatchepsout. Quand elle éprouvait de la lassitude, elle implorait l'âme de son père. En lui interdisant d'être une femme comme les autres, Amon lui imposait une épreuve dont personne, sauf un autre pharaon, n'imaginait l'ampleur.

À la différence des humains auxquels elle devait procurer le bien-être, Hatchepsout n'était pas autorisée à se plaindre. Dévorée par une institution millénaire, elle était, en permanence, la servante de son peuple. Il ne fallait pas qu'il en fût autrement.

Mâchoires serrées et œil noir, la nourrice Touéris osa pénétrer dans le bureau où la souveraine lisait le dernier rapport rédigé par son Premier ministre sur le comportement, parfois critiquable, des chefs de province.

— Ça ne peut plus durer, estima la nourrice. La politique du silence, ce n'est pas la mienne !

Hatchepsout éprouvait une grande estime pour cette femme sincère et directe, qui n'avait pas la langue dans la poche de sa tunique. À un moment crucial, elle avait éclairé son chemin.

— Exprime tes griefs.

— Votre fille...

— Serait-elle souffrante ?

— D'une certaine façon ! Elle a peur de vous avouer ce qu'elle désire au plus profond d'elle-même. Elle s'est confiée à moi, et je refuse de me taire.

— Je t'écoute.

— Néferourê est effrayée par votre mode de vie. Elle redoute d'être associée, si peu que ce soit, au gouvernement. Ce qu'elle aime, ce sont les chants sacrés, les rituels, la sérénité du temple, là où elle voudrait passer son existence, loin de l'agitation du monde. Bien qu'elle ne soit encore qu'une jeune fille, sa vocation est affirmée. Elle craint de vous décevoir en vous ouvrant son cœur.

— Grâce à toi, voilà qui est fait.

— Et... vous êtes déçue ?

— Pas du tout, Touéris. À chacun son destin. Rassure ma fille : je ne m'opposerai pas à sa vocation.

La nourrice arbora un long sourire.

— Merci, Majesté !

Ainsi, Néferourê ne serait ni reine ni roi. Hatchepsout ne s'appuierait pas sur elle pour continuer sa tâche. Sa fille suivrait son propre chemin. Comment le lui reprocher ?

— 74 —

Les rêves de grandeur du conseiller Lénap s'étaient évanouis avec Pousil. La dame Byna avait raison : sans le briquetier, capable de tuer, impossible de renverser Hatchepsout. Il fallait donc se résigner au triomphe de cette femme, dont le règne égalait celui des grands pharaons.

Bienveillance des divinités, fêtes splendides, prospérité, paix, sécurité… Le peuple était comblé et vénérait sa souveraine. Quant au jeune Thoutmosis, il passait son temps dans les bibliothèques, et ne manifestait aucun goût pour le pouvoir.

Amer, Lénap était même obligé de ne pas abuser des privilèges de son rang et de ne plus détourner de produits de luxe, car le ministre de l'Économie et ses brigades veillaient, en accordant une attention particulière aux notables. Être contraint à une honnêteté relative, une humiliation supplémentaire.

Ne supportant plus l'atmosphère du palais où Isis vieillissait en silence, uniquement préoccupée du bien-être de son fils, Lénap avait choisi de passer quelques jours dans sa maison de campagne, au sud de Thèbes.

Il y boirait jusqu'à plus soif, en s'imaginant Premier ministre.

Alors qu'il pénétrait dans sa chambre, aux fenêtres donnant sur les champs, une voix impérieuse le figea sur place.

— Ferme la porte et tire le verrou.

— Toi…

— Vite, je suis pressé.

Le conseiller s'exécuta et se retourna.

— Pousil… tu es vivant !

— Pendant plus d'une année, j'ai préparé l'attaque décisive. Maintenant, je suis prêt. Une tribu de guerriers nubiens passera par le désert, contournera la forteresse d'Éléphantine et se ruera sur Thèbes, mal défendue. La surprise sera totale, d'autant plus que moi et ma cohorte de briquetiers surgirons par le nord et balaierons toute résistance. Troisième intervenant : toi.

— Moi ? Mais je ne suis pas soldat !

— Deviens-le. Rassemble les ennemis de Hatchepsout, élimine le Premier ministre et ses proches, provoque une émeute.

— C'est très risqué, je…

— Je compte sur toi. Sème la confusion jusqu'à ce que moi et mes alliés atteignions le palais royal. Convaincs le petit roi d'apparaître à tes côtés. Il légitimera ton action. Nous agirons dans un mois, à la pleine lune. Surtout, ne me déçois pas.

⋆

Le cœur au bord des lèvres, Lénap quitta en hâte sa villa et se rendit chez Byna, qui avait les traits tirés et s'en remettait à sa maquilleuse, après avoir subi pendant une nuit entière les assauts, parfois violents, de Pousil. Un amant vraiment inégalable, qui lui avait dévoilé un plan exaltant pour s'emparer du pouvoir.

De nouveau superbe, Byna rejoignit le conseiller dans une petite pièce où étaient conservés parfums et onguents. Le dignitaire aux yeux minuscules piaffait d'impatience.

— Vous, enfin !

— J'étais occupée.

— Si vous saviez ce qui arrive…

— Je sais : Pousil est de retour. Et nous allons enfin nous débarrasser de Hatchepsout.

— Il m'a révélé le détail de sa stratégie.

— À moi aussi.

Chacun relata sa version. L'une et l'autre concordaient.

— En nous faisant confiance, estima Byna, Pousil prouve qu'il est réellement prêt à agir. Montrons-nous à la hauteur de la situation.

— Il exige beaucoup !

— Pas tant que cela. J'engagerai quelques dockers étrangers. En échange d'une bonne prime, ils causeront du grabuge et occuperont les forces de l'ordre.

— Tuer le Premier ministre…

— Je m'en charge. Je lui demanderai audience, il ne se méfiera pas, et je le poignarderai. Un héraut proclamera sa mort, la confusion se répandra. Toi, annonce celle de Hatchepsout. Au palais, ce sera la débandade.

Lénap éprouva un certain réconfort. Grâce à la détermination de Byna, son rôle était minimisé. Il se sentait apte à le remplir.

— Première étape, indiqua la belle brune : s'assurer de la complicité, même passive, d'Isis. Qu'elle persuade son fils d'apparaître comme notre unique pharaon.

*

Isis aimait les fleurs et entretenait elle-même les parterres bordant le plan d'eau où s'épanouissaient des lotus. Se réjouissant des temps heureux que connaissait le pays grâce à Hatchepsout, elle finissait par admirer les qualités de cette femme qui, de plus, associait Thoutmosis aux cérémonies officielles et n'avait rien entrepris pour lui nuire.

— Pardonnez-moi de vous importuner, susurra Lénap. J'ai des informations capitales à vous transmettre. Ici, personne ne nous entendra.

— Qu'y a-t-il de si important ?

— Une mutation profonde est imminente. Bientôt, Thoutmosis récupérera enfin son trône.

Isis se releva.

— Qu'envisagez-vous ?

— Malheureusement, la violence, même restreinte, est parfois nécessaire. Nous n'avons pas d'autre moyen pour rétablir l'équité.

— Nous...

— Les partisans de votre fils frapperont rapidement des coups décisifs. Inutile de vous détailler leur plan. En revanche, je vous prie de convaincre le roi d'apparaître, en toute sécurité, dès que la victoire sera acquise. Les dignitaires et le peuple l'acclameront.

— Des morts, un coup d'État...

— Non, dame Isis : un retour à la normale.

— Combien de fois faudra-t-il le répéter ? Jamais je ne m'associerai à un complot ! J'ai déjà oublié vos ignobles propos et je me garderai de les rapporter à mon fils. Cessez de m'accabler avec vos folies et contentez-vous de gérer au mieux mon domaine.

Isis s'éloigna.

Dépité, Lénap n'avait plus qu'à mentir à Byna et à Pousil en affirmant que sa mission était accomplie. Au fond, rien de grave. Le moment venu, on extirperait Thoutmosis d'une bibliothèque sans demander l'avis de sa mère. La cour serait rassurée, on enfermerait l'adolescent avec ses chers papyrus, Byna prendrait les rênes et lui, Lénap, la conseillerait. Première directive : éliminer Pousil.

— 75 —

Les rapports de ses agents infiltrés s'accumulaient sur le bureau de Néhésy. Ici, deux briquetiers ; là, trois ; là-bas, quatre. Et toujours le même recruteur qui les incitait à se rassembler au nord de Thèbes, un homme trapu aux sourcils broussailleux, le patron de leur corporation qui se disait persécuté et voulait leur rendre leur dignité bafouée. Ses adeptes ne formeraient pas une armée, mais une cohorte composée de costauds animés par la haine, dont il ne fallait pas mésestimer la dangerosité.

Un adjoint avertit le commandant.

— Messager en provenance de Nubie.

— Qu'il entre.

Le grand Noir était en bons termes avec toutes les tribus, même les plus rétives à la présence égyptienne. Commerçant qui vendait leurs produits aux meilleurs prix, il avait l'oreille des chefs de clan. Ne croyant ni à l'autonomie dont certains rêvaient, ni à la capacité de subsister sans l'administration égyptienne qui nourrissait ses compatriotes, il collaborait avec elle. D'ordinaire jovial, il avait une mine inquiète.

— Ça va mal, commandant. Une tribu entière est sur le point de se révolter.

— Pour quelle raison ?

— Toujours la même utopie : libérer la Nubie. Pendant de longues semaines, un Égyptien a travaillé au corps le chef de la tribu. Il l'a persuadé que Thèbes était vulnérable si on l'attaquait en même temps par le nord et le sud.

— Ce manipulateur, tu l'as vu ?

— Un homme trapu, aux sourcils broussailleux et aux drôles de pouces carrés. Intervenez, et vite. Si cette tribu passe par le désert en évitant la forteresse d'Éléphantine, Thèbes sera en péril.

*

Hatchepsout écouta Néhésy.

— Tes précautions n'étaient pas superflues, commandant. Dans ce jeu redoutable, nous avons un coup d'avance. Fais interpeller immédiatement les briquetiers suspects. Qu'ils soient interrogés et qu'on emprisonne les irréductibles.

— Opération facile et rapide, Majesté. Quant à la Nubie, je propose une expédition d'envergure, ciblée sur la région que contrôle la tribu rebelle. Nous extirperons le mal à sa racine.

— Initiative approuvée, à une condition : c'est moi qui conduirai cette armée.

— Majesté, votre place…

— La place de Pharaon n'est-elle pas à la tête de ses troupes ?

★

Pour Néhésy, naviguer était un plaisir suprême. Et plus encore si, poussé par un vent violent que des marins d'élite savaient maîtriser, il voguait en direction d'un nid de frelons qu'il devait anéantir.

— Nous approchons, dit-il à Hatchepsout, qui se tenait à la proue du vaisseau amiral et contemplait le Nil. Ne restez pas là. Les Nubiens sont des archers de première force.

— Ils ne tireront pas sur leur pharaon. Prépare les troupes à débarquer.

« Le Vieux ne se trompe pas, pensa Néhésy ; il n'existe pas de femme plus entêtée. »

Conscient qu'il n'avait aucune chance de la faire changer d'avis, il demanda à deux archers d'élite de se tenir derrière elle et de tirer s'ils repéraient un agresseur.

L'apparition de la flotte égyptienne sidéra les guetteurs de la tribu. À toutes jambes, ils coururent prévenir leur chef, qui abandonna son repas et grimpa sur une butte d'où il découvrit une dizaine de bateaux de guerre.

À la proue du vaisseau amiral, une femme coiffée d'un casque bleu et vêtue d'une robe rouge.

— Nous pouvons l'abattre, lui suggéra un guerrier.

— Non, nous ne pouvons pas. Ne vois-tu pas les rayons de soleil qui la protègent ? Ils détourneraient nos flèches. À un contre dix, inutile de nous battre.

Même les plus rétifs déposèrent les armes.

★

Les Annales de l'an 12 du règne de Hatchepsout indiquèrent que la souveraine avait maté une révolte en Nubie et que la région était pacifiée pour longtemps. La population ne subirait pas de mesures de rétorsion et, en grande majorité, continuerait de se féliciter d'une bonne entente avec l'Égypte.

« Un nouveau miracle de Hatchepsout », murmurait-on dans les rangs des soldats, qui avaient admiré le courage de leur général en chef.

Sur l'île d'Éléphantine, la souveraine avait fondé un nouveau sanctuaire, déclarant en présence des dieux et des notables de la région :

— J'ai construit ce grand temple en calcaire de Toura, ses portes en albâtre de Hatnoub, leurs montants en cuivre d'Asie.

Néhésy n'était pas complètement rassuré. Certes, il avait coupé les ailes de Pousil, tant au nord qu'au sud. Mais le malfaisant n'avait été ni tué ni arrêté. Et jamais il ne se découragerait.

— 76 —

Échec total.

Avaris et sa citadelle totalement détruites ; la cohorte de briquetiers démantelée avant même d'avoir été réunie ; la tribu nubienne, formée de lâches, définitivement soumise.

Dans son repaire de la grotte de la lionne, Pousil, face aux derniers Hyksôs, atténua l'ampleur de la catastrophe. Cette manœuvre-là avait échoué, à cause d'un ennemi que le Libanais avait négligé : le commandant Néhésy. Il ne commettrait pas deux fois la même erreur.

Néanmoins, l'objectif principal demeurait Hatchepsout. Elle morte, l'édifice qu'elle avait bâti s'écroulerait. Un gamin sans force serait appelé à régner, secondé par un conseiller véreux, une femelle aux appétits insatiables et une mère inexistante. Lénap, Byna et Isis, un trio désorganisé que Pousil fracasserait d'un revers de main, avant d'écraser le petit Thoutmosis sous son talon.

D'une voix sucrée et enveloppante, Pousil, aussi réconfortant qu'un bon père de famille, persuada les derniers Hyksôs qu'ils n'avaient perdu qu'une bataille et non la guerre. Leur petit nombre était à la fois une faiblesse et une force. Une force, car ils se glisseraient aisément entre les mailles du filet de sécurité. Frapper juste serait décisif.

*

Une fois de plus, la dame Byna avait connu l'extase dans les bras de Pousil, oubliant toute dignité. Se comportant comme une bête en rut, il ne prononçait jamais un mot tendre.

Ensuite, il buvait du vin, et son regard devenait si haineux qu'il en effrayait parfois sa compagne, au caractère pourtant bien trempé.

— Le conseiller Lénap a réussi à convaincre le Vieux, déclara-t-elle : après-demain, lors de la fête de Sokaris, c'est moi qui passerai le collier d'oignons autour du cou de Hatchepsout.

Le Libanais eut un sourire féroce. Comment la souveraine supposerait-elle que cette vieille coutume signerait son arrêt de mort ?

— Lénap a expliqué que j'avais le désir de prouver mon absolue fidélité devant la cour, reprit la dame Byna, et qu'un tel honneur ferait de moi la servante la plus dévouée du pharaon.

— Es-tu assurée de l'efficacité de ce collier ?

— Juste avant le rite, j'enduirai les oignons d'un poison particulièrement vicieux, issu du venin de cobra. Hatchepsout ne ressentira rien pendant une petite heure, mais la substance imprégnera ses vêtements et pénétrera lentement dans sa peau. Elle souffrira de premiers symptômes qui lui paraîtront anodins, mais il sera déjà trop tard. Son état s'aggravera brutalement, elle agonisera dans d'atroces souffrances.

— Parfait, apprécia Pousil. Dès l'annonce de sa mort, mes hommes et moi truciderons le Premier ministre. Au petit Thoutmosis de se montrer et de nous désigner comme sa garde rapprochée.

— Lénap a obtenu l'approbation d'Isis. Cependant...

— Qu'est-ce qui te gêne ?

— Le commandant Néhésy. Son flair est redoutable.

Pousil agrippa les cheveux de la belle brune.

— Rassure-toi, ma douce. Ce chien de chasse ne nous embêtera plus.

*

Pour Néhésy, chaque fête était un véritable casse-tête. Toute apparition publique de la souveraine exigeait un dispositif de sécurité adapté, et le géant craignait toujours d'être coupable d'une négligence.

Le milieu de la nuit approchait. Demain, il réglerait les derniers détails pour que la célébration de Sokaris soit un moment de bonheur.

Fatigué, il quitta le poste de police principal, salua les deux sentinelles et se dirigea vers sa résidence, proche du centre de Thèbes.

À cette heure tardive, les Thébains dormaient. Seules des patrouilles sillonnaient la cité et, de temps à autre, interpellaient un ivrogne.

Les quatre gaillards qui surgirent d'une ruelle prirent le commandant au dépourvu. S'il était une sécurité à laquelle il ne songeait pas, c'était bien la sienne.

Armés de gourdins et de couteaux, ils se ruèrent sur lui. Au lieu de s'enfuir, Néhésy contre-attaqua, la tête en avant, et percuta si violemment l'un des agresseurs qu'il lui défonça la poitrine. Résistant à un coup de bâton sur l'épaule, il ramassa un gourdin, et fracassa le nez de son adversaire. L'hésitation des deux survivants, surpris par la vivacité de leur proie, leur fut fatale. Poussant un cri de rage qui dut s'entendre à l'autre bout de la ville, le colosse leur faucha les jambes avant de leur piétiner le ventre et le visage.

Tout à sa joie de combattre comme dans sa jeunesse, le géant eut le tort de ne pas se méfier de ses arrières et de croire que les malfaisants n'étaient que quatre.

Jaillissant de l'ombre, Pousil lui planta le poignard de Seth dans le dos.

Malgré la douleur, Néhésy eut la force de se retourner et parvint à bloquer le poignet du Libanais qui s'apprêtait à l'égorger.

Le commandant ne tiendrait pas longtemps.

— Tu vas crever ! promit Pousil, dont la hargne prenait le dessus.

Des bruits de pas précipités, une voix inquiète.

— Qu'est-ce qui se passe ici ?

Une patrouille.

Pousil tenta de perforer le cœur du géant, mais celui-ci para le coup de l'avant-bras.

N'ayant plus le loisir d'achever sa proie, Pousil s'enfuit.

La vue de Néhésy se brouilla, il perdit connaissance et s'effondra.

— 77 —

À l'approche du moment décisif, le conseiller Lénap, au terme d'une réflexion approfondie, était parvenu à une conclusion : tout homme avait son prix. Tout homme, y compris le fidèle parmi les fidèles de Hatchepsout, le maître d'œuvre et astronome Sénenmout.

Certes, il ne manquait de rien et disposait même d'une remarquable demeure d'éternité, proche du temple des millions d'années de la souveraine.

Mais ce personnage central, qui détenait presque autant de secrets d'État que l'incorruptible Hapouséneb, avait deux failles qu'il dissimulait habilement. Pourtant, elles existaient bel et bien, et Lénap se sentait capable de les exploiter pour faire basculer dans son camp ce haut responsable.

D'abord, malgré son dévouement, Sénenmout n'avait pas été nommé Premier ministre, et en concevait inévitablement une profonde amertume. Ensuite, malgré les ragots, il n'était pas l'amant de la souveraine, à laquelle il vouait un amour impossible. Célibataire, sans postérité, il ressentait forcément une aigreur qui se transformerait peu à peu en détestation.

★

— Vous désiriez me voir, conseiller ?

— J'aimerais vous ouvrir mon cœur, Sénenmout.

— Vous m'honorez.

— Chacun sait que vous êtes un grand savant et un exceptionnel serviteur de l'État. Je ne vous flatte pas, j'exprime simplement mes sentiments.

Le jardin du palais, au soleil couchant, était propice aux confidences.

— Comme vous, reprit Lénap d'une voix sourde, j'admire notre souveraine, mais nous sommes tous conscients de la fragilité de l'existence. Souvenons-nous de la brièveté du règne de son mari. Hélas, Hatchepsout n'est pas immortelle ! Le malheur survient si vite.

— Me mettriez-vous en garde contre un avenir incertain ?

— Exactement. Vos qualités auraient dû vous porter au sommet de l'État, comme Premier serviteur du pharaon. Je ne conteste pas les compétences de Hapouséneb, mais il est loin de posséder votre envergure.

Comme Sénenmout ne protestait pas, Lénap constata que ses arguments portaient.

— Notre monde va bientôt changer, annonça-t-il. Aujourd'hui freinée par Hatchepsout, votre carrière pourrait prendre un nouvel essor.

Le maître d'œuvre hocha la tête. Ni indignation ni protestations. Lénap avait touché juste.

— La prospérité actuelle n'est qu'une illusion, affirma le conseiller. Hatchepsout est une magicienne dont les pouvoirs ne tarderont pas à disparaître. Vous, vous lui survivrez.

— Que me proposez-vous ?

— La fonction dont vous rêvez : Premier ministre. Moi, je serai votre bras droit. Nous gouvernerons ensemble ce pays. Rester dans l'ombre me conviendra parfaitement.

— Oubliez-vous le jeune Thoutmosis ?

— Un érudit épris de textes anciens... Nous le manipulerons aisément, pour le plus grand bénéfice des Deux Terres. Votre heure approche, mon ami ; saisissez votre chance. Hatchepsout appartient déjà au passé. Vous, vous incarnez le futur.

— Pourquoi pas ? s'interrogea Sénenmout à haute voix.

★

Depuis plus d'une heure, Hatchepsout était au chevet du commandant Néhésy. S'apercevant qu'il respirait encore, même faiblement, la patrouille l'avait transporté à l'infirmerie du palais. Il y bénéficiait des soins du supérieur des médecins, plutôt pessimiste, car le géant avait perdu beaucoup de sang.

Le Vieux discuta avec le praticien.

— Il s'en sortira ?

— Cela m'étonnerait. La blessure est trop profonde, même si elle ne semble pas avoir atteint d'organes vitaux. La voix du cœur est à peine audible.

— Que fait notre souveraine ?

— Son travail de grande magicienne. Elle lui appose des amulettes sur tout le corps afin de faire circuler l'énergie, prononce les formules pour repousser la mort et le magnétise. Comme j'ai stoppé l'hémorragie, cette thérapie ne sera peut-être pas inutile.

Le Vieux se rongeait les nerfs. Les quatre agresseurs de Néhésy n'avaient pas survécu au traitement que ce dernier leur avait infligé. De parfaits inconnus. Il y en avait probablement un cinquième, celui qui avait planté un poignard dans le dos du géant. Et s'il s'agissait de Pousil, surgi à nouveau des ténèbres ?

Quoi qu'il en soit, on avait voulu éliminer le chef des services de sécurité à la veille de la fête de Sokaris à laquelle participerait la souveraine.

Hatchepsout sortit de la chambre où reposait Néhésy.

— Il dormira au moins deux jours, prédit-elle.

— Crois-tu qu'il se rétablira ? s'inquiéta le Vieux.

— Je ne le crois pas. J'en suis certaine.

— 78 —

Une belle journée et une belle fête en perspective. Célébrer Sokaris, le maître des espaces souterrains, revenait à repousser la mort et à favoriser la renaissance quotidienne du soleil, après sa traversée des espaces nocturnes. Le moment préféré des marchands d'oignons, dont on faisait des colliers que chacun portait.

À cette occasion, les prix montaient. Exceptionnellement, Thouty, le ministre de l'Économie, fermait les yeux. Dès le lendemain, ses contrôleurs vérifieraient le retour à la normale.

Protection contre les serpents et les scorpions, réputé pour ses qualités nutritives et antiseptiques, l'oignon s'appelait « le brillant ». Clarté dans l'obscurité, il illuminait le visage de la momie, le corps osirien.

Des heures de joie avec, comme point culminant, la remise d'un collier d'oignons à Hatchepsout, devant la façade du temple d'Amon.

★

Le conseiller Lénap reçut l'invitation de Sénenmout au milieu de la matinée. Le message que contenait le petit rouleau de papyrus roulé et scellé le réjouit au plus haut point : « J'ai beaucoup réfléchi. Vous avez raison : notre monde doit changer. Venez déjeuner chez moi, vous détaillerez vos propositions. »

Le poisson avait mordu à l'hameçon ! Pendant que le peuple festoyait, Lénap finirait de façonner un nouveau Sénenmout qui, dans les premiers temps du prochain régime, lui serait fort utile. Au terme de ce repas mémorable, ils se dirigeraient, séparément, vers Karnak où la souveraine, en présence de la cour et des ritualistes, recevrait le collier de Sokaris.

★

— Belle villa, constata Lénap, accueilli par un Sénenmout aimable et détendu. Demain, vous en aurez une plus vaste et plus somptueuse, digne de vos nouvelles fonctions.

— Ce n'est pas négligeable. J'avoue que j'apprécie les grands espaces. J'espère que mon cuisinier ne vous décevra pas.

— J'ai toute confiance, mon ami ! Avez-vous conscience d'écrire une nouvelle page de l'histoire de l'Égypte ?

— Je n'irais pas jusque-là.

— Mais si, mais si ! En mettant fin au règne de l'usurpatrice, nous allons redonner aux Deux Terres un formidable élan.

Sur le seuil de la salle à manger, Sénenmout s'immobilisa.

— J'ai pris sur moi d'inviter quelqu'un d'important qui, je crois, nous conseillera.

— Fort bien !

En recrutant déjà un collaborateur, Sénenmout prouvait son engagement.

Les deux hommes pénétrèrent dans la vaste pièce fleurie. Aucun couvert n'avait été disposé. L'invité, qui contemplait le jardin à travers une fenêtre, se retourna.

— Inutile de faire les présentations, jugea Sénenmout.

Le conseiller blêmit.

Hapouséneb, le Premier ministre, le fixait d'un œil qui n'avait rien de convivial.

Un instant, Lénap voulut croire que le maître d'œuvre l'avait persuadé de se joindre à eux pour renverser Hatchepsout. L'illusion fut de courte durée.

— Sénenmout t'accuse de haute trahison, déclara le Premier ministre. Il est convaincu que tu es mêlé à un complot visant à assassiner notre souveraine.

— C'est faux, complètement faux !

— Je veux le nom de tes complices, Lénap, et je te conseille de parler. C'est la seule façon d'atténuer ton châtiment.

— Je suis innocent ! Sénenmout est un affabulateur.

— La torture est interdite en Égypte, rappela Hapouséneb. Nous ne pouvons donc que t'interroger, jusqu'à ce que tu dises la vérité. Je confie cet interrogatoire à deux adjoints du commandant Néhésy. Leur chef survivra, mais ils sont extrêmement irrités, en raison de l'attentat qui aurait dû lui coûter la vie. Je leur ai demandé de procéder avec mesure. Ils se réjouissent de tenir entre leurs mains l'un des coupables. Je ne doute pas que tu seras coopératif.

Les deux policiers apparurent et empoignèrent le conseiller.

— Emmenez-le, ordonna Hapouséneb.

★

La dame Byna absorba une potion calmante. Laisser les autres agir, c'était facile. Devenir une criminelle et tuer une femme, une reine, un pharaon, beaucoup moins. L'exaltation passée, loin de Pousil dont la bestialité l'enivrait, elle avait tout à coup saisi la gravité de son geste.

La peur. Un sentiment qu'elle croyait ignorer et ne dominait pas.

Renoncer. Ne pas commettre un meurtre abominable. Ne pas obéir à cet amant incomparable.

Si elle ne remplissait pas sa mission, il la tuerait. Et Byna ne voulait pas mourir.

La vie de Hatchepsout contre la sienne.

★

Conformément aux instructions, les deux policiers s'étaient comportés avec mesure. Problème : le conseiller Lénap leur racontait n'importe quoi. Admirateur inconditionnel de Hatchepsout et fidèle serviteur de l'État, il n'avait rien à se reprocher. Quant à la déplorable agression contre le commandant Néhésy, il n'en avait pas entendu parler, et la condamnait avec la plus extrême indignation.

Le flot de billevesées écoulé, il devenait nécessaire d'utiliser des méthodes plus radicales.

— Prenons l'air, décida un adjoint.

— Vous… vous me libérez ?

— Ne pose pas de questions idiotes. On a tous besoin de se dégourdir les jambes.

— Vous n'avez pas le droit de me malmener !

— On respectera la loi.

Une déclaration plutôt rassurante. Lénap était contraint de se taire. Bientôt, Hatchepsout serait morte. Proche du sommet, il se vengerait avec une férocité que Hapouséneb et Sénenmout n'imaginaient pas.

Marche rapide jusqu'à un canal bordé de saules.

— Connais-tu Croqueur ? interrogea l'autre adjoint.

— Non, je…

— Il n'est plus tout jeune, mais sa vitesse demeure impressionnante. Regarde, là-bas, sous le feuillage.

Lénap n'aperçut qu'un branchage.

— Croqueur, c'est le roi du camouflage. Malgré sa taille, il se fait tout petit. Des semaines sans manger, ça ne le dérange pas. Après, il a un appétit féroce. Vérifions.

L'effroi assaillit Lénap. Il allait servir de repas à un crocodile !

— Vous… vous n'avez pas le droit !

— On n'a pas le droit de te torturer, mais rien ne nous interdit de t'accorder une baignade. Ne t'inquiète pas, tu ne souffriras pas longtemps. Deux ou trois brasses, et les mâchoires de Croqueur se refermeront sur toi. C'est fou comme il est vorace.

*

Les deux adjoints firent leur rapport, avec une concision toute policière. Le cerveau du complot était le patron de la corporation des briquetiers, Pousil. Le conseiller Lénap ignorait où il se cachait.

Insatisfaits de ce premier aveu, les policiers l'avaient plongé dans l'eau jusqu'à la taille, provoquant le déplacement du crocodile, dissimulé sous le feuillage des saules. Un Croqueur affamé.

Pris de panique, Lénap avait révélé que la dame Byna était chargée d'orner le cou de Hatchepsout d'un collier empoisonné.

Hapouséneb observa le soleil.

— Trop tard, déplora-t-il. La cérémonie touche à sa fin.

*

Sans enthousiasme, Vent du Nord avait accepté, comme tout le monde, un collier d'oignons. Les humains avaient de curieuses coutumes. Au moins celle-là s'accompagnait-elle d'une succulente compote de fruits à la bière que l'âne avait dégustée.

Devant la façade du temple de Karnak, une assistance nombreuse. Les apparitions publiques de la souveraine suscitaient l'enthousiasme. En rendant hommage à Sokaris, elle accroissait le règne de la lumière, incarnée dans l'oignon.

Comme de coutume, lors d'un rite, le jeune Thoutmosis figurait à la droite de Hatchepsout.

Sortant des rangs des courtisans, la dame Byna, vêtue d'une longue robe verte, s'avança en portant un coussin sur lequel était posé un collier d'oignons, muni de deux lanières.

En le passant au cou du pharaon, elle devrait se montrer habile et ne pas trembler. Son cœur battait très fort dans sa poitrine. Chaque pas lui coûtait. Beaucoup pensèrent que la solennité de sa démarche correspondait à l'honneur qui lui était dévolu.

Les yeux d'or du pharaon faillirent dissuader la criminelle. Ses doigts se raidirent.

Sereine, Hatchepsout s'inclina légèrement pour faciliter le geste de Byna, qui empoigna les lanières.

Un braiment d'une puissance rare tétanisa dignitaires et ritualistes. Lancé à pleine vitesse, Vent du Nord percuta le dame Byna.

— 79 —

« Quelle sacrée bête », pensa le Vieux, ému, en voyant Hatchepsout passer autour de l'encolure de Vent du Nord, très digne, un collier, non pas d'oignons, mais de turquoises, dédiées à Hathor, déesse de l'amour et de la joie.

L'âne avait sauvé la vie de la reine, comme le prouvait l'état du cadavre de la dame Byna. Elle n'était pas morte sur le coup, mais les oignons, en touchant sa peau, avaient provoqué des taches rouges et une asphyxie que les médecins n'avaient pu enrayer. Avant de rendre le dernier soupir, elle n'avait prononcé qu'un seul mot : « pardon ».

D'un Lénap brisé, il n'y avait plus rien à tirer. Le tribunal le condamnerait probablement aux travaux forcés à perpétuité dans le bagne des oasis.

Pousil, lui, demeurait insaisissable. Après l'échec de Byna, il s'était enfui. Mais quelqu'un connaissait peut-être son refuge.

*

— Vous voici privée de votre conseiller, dame Isis, dit Hatchepsout, sévère.

— Ce n'est pas un homme mauvais, il...

— Quand regarderez-vous enfin la réalité en face ? Vous n'étiez qu'un jouet entre ses mains. Vous en savez sans doute davantage que je ne le supposais.

— Majesté...

— Ce titre, vous me le refusez. Qui est l'âme du complot contre moi, sinon vous ?

— Sur le nom de mon fils, je vous jure que vous vous trompez !

— Un serment qui engage votre vie dans l'autre monde.

— Je ne l'ignore pas ! Oui, mon conseiller et la dame Byna ont tenté de m'associer à leurs projets indignes. J'ai refusé. Si vous ne me croyez pas, agissez. Condamnez-nous, mon fils et moi.

Hatchepsout et Isis se défièrent du regard.

— Peut-être ai-je tort, déclara la souveraine, mais je vous crois.

*

Le Premier ministre avait des motifs de se réjouir : Hatchepsout saine et sauve, les ennemis de l'intérieur éliminés et Néhésy qui se rétablissait rapidement. Bien soigné et bichonné, le géant faisait preuve d'une vitalité extraordinaire et mangeait comme quatre. Les vins sélectionnés par le Vieux lui redonnaient du sang neuf.

En revanche, Pousil et ses derniers partisans restaient introuvables. Se terreraient-ils à jamais dans leur antre ou préparaient-ils un nouvel attentat ? Un être aussi maléfique que ce briquetier ne renonçait jamais à nuire.

Le secrétaire particulier de Hapouséneb lui remit les dossiers délicats, montés jusqu'à lui après être passés en vain devant les tribunaux du village, de la ville et de la province, qui s'étaient estimés incompétents. Des cas rares, en général graves. Aussi l'un d'eux surprit-il le Premier ministre. Depuis un an environ, un vétéran de la police du désert s'échinait en vain à proclamer son bon droit. Dix jarres de bière forte lui avaient été promises en échange de ses services, mais son débiteur ne s'était pas acquitté de sa dette. Le vétéran en appelait à la justice, afin de ne pas laisser courir le voleur.

Un voleur qui s'appelait Furet.

★

C'était la première sortie de Néhésy. Le commandant ne se sentait pas encore capable de terrasser un adversaire robuste, mais l'information que lui avait transmise le Premier ministre accélérait sa guérison, et il se réjouissait d'avoir été invité à rencontrer le vétéran.

Après tant d'années passées dans le désert à affronter pillards et bêtes sauvages, le bonhomme ne fut guère impressionné par l'austère bureau de Hapouséneb.

À son habitude, ce dernier alla droit au but.

— Mauvaise nouvelle : Furet est mort. Bonne nouvelle : l'État accepte de reprendre sa dette et de te donner les dix jarres promises.

— Je savais qu'on me rendrait justice ! On ne vit pas pour rien au pays de Maât.

— Une condition, cependant : répondre à une question.

Le vétéran se renfrogna.

— Posez-la toujours.

— Que lui avais-tu vendu en échange de cette rétribution ?

— Un renseignement.

— Lequel ?

— Un renseignement sans importance.

Néhésy intervint.

— Tu as sillonné le désert et tu connais tous ses secrets. Nous, nous recherchons un endroit appelé la grotte de la lionne. Furet ne la recherchait-il pas, lui aussi ?

— Possible.

— Là se cachent de redoutables criminels. Je fais appel à ta conscience de policier. Si tu nous indiques l'emplacement de cette grotte, nous les empêcherons de nuire.

— Pour mes dix jarres, pas d'entourloupe ?

— J'ajoute une prime, décida Hapouséneb : tu en auras douze. Elles te seront livrées aujourd'hui même. Tu as ma parole.

Doté de cette garantie absolue, le vétéran fournit les précisions tant espérées, tout en soulignant que l'endroit était maudit et particulièrement dangereux.

— 80 —

À la tête d'une véritable armée, le pharaon en personne. Cédant à l'instance de Néhésy, Hatchepsout avait autorisé sa présence, sous réserve qu'il se contente de donner des ordres et ne participe à aucun combat.

Au premier rang de la troupe qui venait de débarquer à la hauteur du site aisément identifié grâce à la description du vétéran, un nouveau gradé, Vent du Nord.

— C'est bien beau d'être un héros, protesta le Vieux, mais tu vois dans quel pétrin tu nous as fourrés ! Ce coin-là ne me dit rien qui vaille. Il y aura du dégât.

Des carrières délaissées, une vallée désertique, point d'aboutissement d'une piste abandonnée, une montagne hostile et chaotique. Néhésy stoppa la progression des soldats, afin de réfléchir à une manœuvre cohérente.

Des nuages noirs obscurcirent le soleil. Dans cette région, les orages étaient d'une extrême violence et déclenchaient des torrents de boue et de caillasse. Une colère céleste dépendant de Seth.

Alors que Néhésy hésitait, Vent du Nord emprunta un sillon creusé entre deux monticules.

— Suivons-le, recommanda le Vieux. Il sait toujours où il va.

Inquiets, les archers bandèrent leurs arcs et visèrent les hauteurs. L'ennemi s'y tenait peut-être.

★

Pousil enragea. L'armée avait choisi le seul chemin qui lui permettait d'éviter les deux embuscades qu'il avait préparées, sitôt l'alarme donnée par son guetteur.

— Ils sont trop nombreux, constata ce dernier. Mieux vaudrait se rendre et implorer leur pitié.

Pousil brandit le poignard de Seth.

— Ils te tueront, imbécile ! Et si tu ne te bats pas, c'est moi qui t'étriperai.

— À un contre cent… Nous n'avons aucune chance !

— Détrompe-toi. À la tête de leurs troupes, Hatchepsout et Néhésy forment des cibles faciles. Installons-nous dans les grottes qui surplombent le débouché du chemin. Nous abattrons la souveraine et son commandant. Je te promets une belle débandade des Égyptiens et le triomphe des Hyksôs !

Le moral des rebelles remonta.

★

Vent du Nord s'immobilisa. Une attitude peu compréhensible, puisque l'on sortait d'une zone angoissante pour aborder un terrain découvert.

Le Vieux s'approcha.

— Il y a du danger ?

L'oreille droite se dressa.

Les premières gouttes de pluie tombèrent. L'orage ne tarderait pas à éclater.

— Ne redoutez pas la foudre, recommanda Hatchepsout. Pharaon est Horus et Seth. Ce dieu n'est pas mon adversaire. Sa force sera la nôtre.

L'eau des cieux se déversa en abondance. Tant bien que mal, les soldats se mirent à l'abri. Vent du Nord repéra un auvent de pierre dont profitèrent Hatchepsout et Néhésy.

Impossible de progresser tant que durerait cette pluie diluvienne.

★

Dix pas de plus, et les archers hyksôs auraient abattu la souveraine ! Dépité, Pousil avait planté son poignard dans un carquois.

Maintenant, un autre péril menaçait les derniers Hyksôs. L'eau pénétrait dans les cavités peu profondes où ils se cachaient et, si le déluge persistait, ils mourraient noyés.

Et le déluge persista.

— Sortons d'ici, réclama un séditieux, qui n'attendit pas l'approbation de Pousil.

D'autres descendants des Hyksôs l'imitèrent. Mal leur en prit, car des archers égyptiens, malgré le rideau de pluie, les repérèrent. Redoutant l'imprécision, ils tirèrent des volées de flèches à une cadence maximale.

Voyant ses hommes s'effondrer les uns après les autres, Pousil n'avait qu'une solution : disparaître.

★

Le soleil réapparut. Prudent, Néhésy fit ratisser le terrain après avoir entassé les cadavres. Hélas, pas trace de Pousil ! Une fois de plus, le briquetier s'était enfui. Mais à présent, il ne disposait plus d'aucun allié.

Soudain, un grognement intense et profond intrigua les soldats.

Jaillissant d'une grotte qui n'avait pas encore été explorée, une énorme lionne défiait la troupe.

Les archers bandèrent leurs arcs.

— Ne tirez pas, ordonna Hatchepsout. C'est la gardienne du site. Elle ne nous veut aucun mal, au contraire. Elle nous remercie d'avoir purifié ce lieu.

« Ce fauve va dévorer la petite », pensa le Vieux qui, cependant, fut rassuré par la vigilance des archers d'élite, prêts à intervenir, et surtout par l'attitude de Vent du Nord, d'un calme parfait.

La lionne se coucha, Hatchepsout s'approcha jusqu'à lui caresser le front.

— Je bâtirai en ton honneur une chapelle dans la roche[1], annonça la souveraine. Apaisée, ta puissance sera au service de Maât. Écoutez, tous ! J'ai agi selon le désir de mon cœur-conscience, sans m'assoupir dans la négligence. Je fais refleurir ce qui était décrépit, je restaure ce qui menaçait ruine, depuis le temps où les Hyksôs occupaient le Delta, dans leur capitale d'Avaris, avec la complicité des nomades et des brigands. Ils gouvernaient sans la lumière divine, Râ. On ne se comportait plus selon la règle de Maât, jusqu'à ce que j'intervienne. Je

1. Le spéos Artemidos, en Moyenne-Égypte, dédié à la déesse-lionne Pakhet. Hatchepsout y grava son discours.

suis fermement établie sur le trône de cette lumière, elle m'a prédit un long règne afin que je sois efficace en tant que Horus féminin. À mon front, la flamme de l'uræus détruit mes ennemis, j'écarte ce que le Grand Dieu juge abominable, l'empreinte des pas de ses adversaires a disparu. Tel fut le devoir du Père de mes pères, nos ancêtres rayonnants. Je magnifie la Règle qu'aime le Principe créateur, je sais qu'il en vit. Elle est mon pain, je bois la rosée, je forme un seul être avec elle.

— 81 —

Après sa victoire sur les derniers Hyksôs, Hatchepsout avait été célébrée dans l'Égypte entière. Nul ne doutait plus de la capacité de la souveraine à défendre les Deux Terres contre n'importe quel ennemi.

La connaissant mieux que quiconque, le Vieux percevait pourtant une tristesse profonde, dont Sénenmout lui révéla la cause : malgré la formule alchimique apparemment complète que le maître d'œuvre avait élaborée à partir des écrits anciens, impossible de transformer l'orge en or. Ne pas respecter la volonté de son père lui ôtait toute joie.

Sénenmout continuait ses recherches. À l'évidence, il manquait un ingrédient majeur. Alors que le temple des millions d'années, aux trois terrasses, était en voie d'achèvement, il fouillait les bibliothèques de toutes les Maisons de Vie, avec une obsession : satisfaire la femme qu'il aimait.

*

Depuis la condamnation du conseiller Lénap aux travaux forcés à perpétuité dans un bagne des oasis, l'attitude de la dame Isis avait radicalement changé. Elle participait aux festivités et aux banquets, enseignait l'écriture au sein de la Maison de la reine et organisait des concerts.

Libérée de son âme damnée, Isis se réjouissait à présent de la complicité croissante entre Hatchepsout et le jeune Thoutmosis qui s'intéressait toujours aussi peu à l'exercice du pouvoir mais, en raison de son sens de l'observation, approfondissait sa connaissance du fonctionnement de l'État. Lors de leurs entretiens de fin de soirée dans le jardin du palais, la souveraine l'éclairait sur quantité de domaines et soulignait les difficultés qui l'attendaient.

— Vous régnerez longtemps, prédit Thoutmosis.

— Je l'ignore. Quoi qu'il en soit, tu dois être prêt.

— J'ai encore tant de textes anciens à lire ! Les sages ont tracé notre chemin. Sans eux, nous serions perdus.

— Je t'approuve, Thoutmosis. Oublier leur enseignement nous ruinerait.

Le garçon posa les mains sur ses genoux et pencha la tête en avant.

— Majesté, je ne sais…

— Entre nous s'est établie maintenant une vraie confiance. N'hésite pas à me faire entendre la voix de ton cœur.

Adepte de la solitude et des longues heures de travail à la bibliothèque, Thoutmosis était pourtant sensible au charme de cette femme, qui tenait ferme le gouvernail du navire de l'État.

— Lors d'un rituel à Karnak, votre fille a merveilleusement chanté un hymne à Amon. Je l'ai félicitée.

Bien que se méfiant des compliments, elle a accepté de bavarder. Elle s'inquiète à votre sujet.

— Pour quelle raison ?

— Votre difficulté à transformer l'orge en or, selon le vœu de votre père.

— Pas une difficulté, une incapacité. Un échec qui m'afflige, en effet.

Cette sincérité émut Thoutmosis.

— Je crois pouvoir vous aider.

Vu le sérieux de l'adolescent, Hatchepsout ne prit pas cette déclaration à la légère.

— Que suggères-tu ?

— Quand les Anciens ont fabriqué de l'or pour conforter la royauté, ils ont utilisé un produit rare, l'encens de la terre de Dieu, le pays de Pount.

— Où se situe-t-il ?

— Les Anciens le savaient, nous l'ignorons. Aucune précision dans les écrits qui le mentionnent.

★

Pousil n'avait plus aucun soutien. Sa cohorte de Hyksôs anéantie, tout espoir de reconquête était vain. Son instinct le poussa à se diriger vers Thèbes, et non à se réfugier dans le désert, où il aurait été victime des serpents, des scorpions ou de bêtes assoiffées de sang. Vaincu, lorsqu'on possédait la plus efficace des armes, le poignard de Seth ? Certainement pas ! La chance le servit. Un transporteur de jarres avait besoin d'un assistant, car son fils était tombé malade. Hisser les voiles détendit les nerfs du Libanais.

Navigation paisible, moment de calme, réflexion productive. Dès qu'il posa le pied dans la capitale, le Libanais se dirigea vers l'un des temples de Karnak, dédié à Mout, à la fois Mère et Mort. Là trônait un chaudron où des ritualistes faisaient bouillir les figurines en cire des ennemis, avant toute expédition militaire d'un pharaon.

En temps ordinaire, on se contentait d'entretenir une flamme. C'est elle qui fournirait à Pousil la puissance nécessaire pour devenir un prédateur invincible.

La nuit, l'endroit était presque désert. Un seul garde à l'extérieur, que le Libanais assomma avant de franchir le mur d'enceinte et d'atteindre le chaudron, installé au centre d'un cercle bordé de statues de Sekhmet, la redoutable déesse à tête de lionne.

Chacun savait que seuls Pharaon et les initiés aux mystères de Sekhmet pouvaient utiliser la fureur du fauve pour combattre les adversaires de l'Égypte, dissiper les ténèbres et guérir les malades.

Ignorant les formules indispensables pour apaiser le feu destructeur, Pousil voulait, au contraire, l'accaparer et se transformer en faucon-homme, dont l'unique but serait de tuer.

En agissant ainsi, le dernier Hyksôs se condamnait au néant et perdait le peu d'humanité qui lui restait. Mais il n'en avait cure. En assassinant Hatchepsout, il obtiendrait sa récompense.

Pousil plongea la lame du poignard de Seth dans le chaudron.

La figure du dieu rougeoya, le manche devint vite brûlant. L'ex-briquetier ne le lâcha pas. Un autre sang, brûlant lui aussi, se mit à couler dans ses veines. Supportant une douleur atroce, Pousil persista. Le visage de Seth, à présent rouge vif, l'encourageait.

Alors qu'il allait s'évanouir, la souffrance disparut brusquement.

La lame du poignard n'avait jamais été si tranchante. Le faucon-homme sortit du temple et, avant de se fondre dans les ténèbres, égorgea le garde inanimé.

— 82 —

Comme chaque matin, le pharaon Hatchepsout était purifié et rituellement vêtu par Sénenmout et ses assistants, afin de célébrer le rituel qui éveillerait la puissance créatrice et maintiendrait le lien indispensable entre le monde des hommes et l'univers des dieux.

Sénenmout eut de la peine à se concentrer, tant il songeait à sa nouvelle mission : localiser le pays de Pount. Tout ce que le pays comptait de géographes était à pied d'œuvre.

Avant de pénétrer dans le saint des saints du temple de Karnak, où elle seule avait accès, Hatchepsout s'inclina devant une statue d'Amon, dont le regard lui parut plus impérieux que d'ordinaire.

Les lèvres de pierre semblèrent s'animer. Une voix emplit le sanctuaire.

— Je t'ai donné Pount, mais personne n'a suivi la route menant jusqu'à la terre de Dieu. Pourtant, c'est un lieu de délices. Je veux que tu fores les chemins qui y mènent. Établis Pount à l'intérieur de mon temple, plante ses arbres dans mon jardin.

★

— Le ministre de l'Économie tenait à vous voir, dit Hapouséneb à Hatchepsout.

Thouty s'inclina.

— La situation est catastrophique, Majesté, et j'en suis responsable. Mon manque de vigilance est inexcusable. J'aurais dû m'apercevoir beaucoup plus tôt de la baisse de nos stocks d'encens. Dans quelques mois, nos temples en manqueront, et les rites ne seront plus célébrés correctement.

— Où en trouver ?

— Si j'en crois les spécialistes, le meilleur encens provient du pays de Pount.

Hatchepsout sourit.

— Tu es un protégé d'Amon, Thouty. Je te garde donc à mon service.

Le ministre en resta bouche bée.

★

L'audience solennelle réunissait la totalité des dignitaires. Comme Hatchepsout n'abusait pas de ce genre de convocations, chacun attendait une décision d'une importance capitale.

Coiffée de la double couronne, la femme-Pharaon prit place sur le trône des vivants. Au fil des années, et à l'issue de l'éradication des Hyksôs, Hatchepsout avait acquis une stature impressionnante.

Son regard s'imposa. Tous baissèrent les yeux.

— Mon père Amon m'a parlé, révéla-t-elle. Mon cœur doit respecter son exigence, à savoir une expédition qui se rendra à Pount et en rapportera des arbres à encens. Ce qui survient n'est pas le fruit du hasard. À moi d'augmenter les onguents destinés aux chairs divines. Aucun de nos temples n'en sera privé.

Les courtisans expérimentés pensèrent que Hatchepsout courait un risque insensé. D'abord, personne ne connaissait l'emplacement exact de ce pays mystérieux ; ensuite, le succès d'une expédition était pour le moins douteux. Et seule la souveraine serait rendue responsable d'une pénurie d'encens, qui empêcherait le fonctionnement normal des sanctuaires et provoquerait donc un grave affaiblissement de l'institution pharaonique.

À qui Hatchepsout confierait-elle cette mission impossible ? Forcément à un proche, digne de confiance. Ressentant le trouble de l'assemblée, le pharaon le dissipa.

— Commandant Néhésy, tu iras à Pount.

★

Seule certitude : Pount, paradis des parfums, se dissimulait à l'orient, à l'extrémité de la mer Rouge. Il faudrait à Néhésy cinq navires, deux cent dix marins, dont des rameurs d'élite et des soldats. S'il trouvait le pays de Dieu, quel accueil lui serait réservé ?

Alors qu'au chantier naval de Thèbes on vérifiait le moindre détail, le commandant ne cacha pas son inquiétude à Hatchepsout.

— Un garde du temple de Mout a été sauvagement égorgé, révéla-t-il. L'enquête n'a pas abouti. Je suis persuadé que le coupable est Pousil.

— Lui, à Thèbes ?

— Aujourd'hui, c'est un homme seul. Haine et folie le rongent. Il est prêt à tout pour vous tuer. Partir pour Pount m'enchante, mais ne plus assurer votre protection me désole. Peut-être faudrait-il nommer quelqu'un d'autre à la tête de l'expédition.

— Demain sera célébrée la belle fête de la Vallée. À l'issue du rituel, nous en reparlerons. Souhaitons l'arrestation de ce meurtrier. Tu partiras alors l'esprit tranquille.

— Soyez assurée, Majesté, que mes hommes le traquent.

— 83 —

Quand la grande barque d'Amon sortit de Karnak, un concert d'acclamations la salua. Même si le dieu restait voilé dans sa chapelle, on pouvait apercevoir Hatchepsout à la proue, près d'un taureau incarnant sa puissance victorieuse, et le jeune Thoutmosis maniant un aviron.

Après avoir traversé le Nil, la barque emprunterait un canal, et le point d'aboutissement de son voyage sur la rive d'Occident serait, pour la première fois, le temple des millions d'années de Hatchepsout, chef-d'œuvre de Sénenmout.

« Pour que les uns s'amusent, il faut que les autres travaillent », grommela le Vieux qui assurait l'intendance pendant ces festivités. Vent du Nord guidait un troupeau d'ânes porteurs de paniers qui contenaient des jarres de vin, de bière et de lait, ainsi que des bouquets montés.

Célébrée depuis le pharaon alchimiste Montou-Hotep II, dont le tertre arboré, dédié à Osiris, à côté du sanctuaire de Hatchepsout, était de nouveau parfaitement entretenu, la belle fête de la Vallée abolissait la frontière entre les vivants et les morts. C'était l'occasion d'honorer leur mémoire, en buvant à leur santé éternelle.

Auparavant, la souveraine gravit la rampe qui menait aux terrasses. Les sculpteurs continueraient à orner les parois des portiques de scènes illustrant les actes majeurs du règne. Parmi eux, elle l'espérait, l'expédition à Pount.

Au sein de la grotte ultime creusée dans la falaise, le pharaon, seul face au divin, lui fit la grande offrande composée de milliers de choses bonnes et pures, sur lesquelles elle déposa une composition florale aux parfums envoûtants.

— Puisse mon âme voguer vers Pount, pria-t-elle. Je rapporterai l'encens cher à Ton cœur, et nous continuerons à glorifier Ta présence.

★

Enfin le moment tant attendu ! Alors que la nuit tombait, Hatchepsout et les ritualistes allumèrent quatre torches, afin que le feu révèle la création quotidienne d'Amon, cachée dans la flamme. Correspondant aux points cardinaux et à des bassins emplis de lait, elles évoquaient aussi les étais du ciel disposés autour d'un lac d'or, cet or qui formait la chair des dieux. Un lac sur lequel voguait une barque miniature, dont le rayonnement animait le pays entier.

C'était le signal du début des banquets dans l'Égypte entière. Toute la nuit, on associerait les défunts à la joie de vivre et aux meilleures nourritures. Non, les ténèbres ne triompheraient pas. Le règne de la lumière les disperserait.

*

D'un coup de museau, Vent du Nord réveilla le Vieux, qui n'avait dormi que deux heures. Le banquet royal s'était déroulé à la perfection, et les convives avaient vanté la qualité des grands crus choisis par l'intendant, lequel s'était contenté de quelques coupes.

— L'aube, déjà...

En règle générale, le Vieux se levait tôt, mais se réveillait tard. Une gorgée de blanc sec lui remit les idées en place. De la patte gauche, Vent du Nord grattait le sol. Mauvais signe.

— Qu'est-ce qu'il y a ?

De la tête, l'âne désigna une direction.

— Entendu, je te suis.

Il conduisit le Vieux à Néhésy, posté près du lac d'or.

— Je suis resté éveillé, confessa le commandant. Quelque chose me taraude. Une peur que j'ignorais.

Rien d'alarmant dans les parages. Le soleil se levait. Sortant de la tente, dûment protégée, où elle s'était reposée, Hatchepsout se dirigea vers le plan d'eau que caressaient les lueurs de l'aube.

Elle saisit la première torche et l'éteignit dans un bassin de lait.

Nerveux, Vent du Nord continuait à gratter le sol. Le cercle des ritualistes observa la souveraine, qui plongea deux autres torches dans le liquide issu de la vache céleste. Ainsi les ex-destructeurs se transformaient-ils en énergie créatrice.

À l'instant où elle empoigna la quatrième et dernière torche, un cri de bête figea l'assistance. Brisant les rangs des participants au rituel, Pousil surgit, brandissant le couteau de Seth.

— Me voici enfin victorieux, moi, le faucon-homme ! Nul ne saurait me vaincre !

Néhésy voulut s'élancer, mais il demeura cloué au sol, comme Vent du Nord, le Vieux et les ritualistes. Le démon avait envoûté l'endroit et les empêchait d'intervenir.

Les sourcils broussailleux se dressaient, la bouche se tordait, les yeux brillaient d'une excitation malsaine. La femme-Pharaon était à sa merci.

— Tu n'es qu'un faucon-homme, déclara Hatchepsout. Moi, je suis Horus, qui a soumis son frère Seth et utilisé sa puissance pour terrasser les êtres maléfiques. Agis, Horus !

Le manche du poignard devint brûlant et s'incrusta dans la peau de Pousil, qui hurla de douleur. Dans un geste de colère, il tenta d'atteindre la grande magicienne, mais la lame ne fendit que l'air.

— Éteins-toi, flamme purificatrice, que Seth soit au service de la lumière !

Hatchepsout jeta la torche au visage du dernier Hyksôs. Ses sourcils s'enflammèrent aussitôt, il brûla vif en quelques secondes.

— 84 —

Sénenmout était formel : impossible d'atteindre Pount sans passer par les chemins du ciel. Après un long moment de perplexité, il avait tenté de percer la pensée des Anciens et compris qu'ils demandaient au commandant d'un navire d'observer les corps célestes, de les projeter sur terre et de repérer ainsi le territoire correspondant à telle constellation ou à tel décan. En ce qui concernait le pays de Dieu, le doute fut vite levé : il se trouvait forcément à la verticale de la maison stellaire qui contenait les parfums du cosmos. Aussi l'astronome fournit-il à Néhésy une carte qui lui éviterait de s'égarer.

Autre précaution majeure : une statue représentant Amon et Hatchepsout côte à côte, présent inestimable destiné au prince de Pount.

Héritier de la science des grands voyants, Hapouséneb procura une garantie supplémentaire : protecteur de l'institution pharaonique, un faucon survolerait les navires en permanence. Et son regard transmettrait leurs images par l'intermédiaire d'un miroir préservé dans le trésor de Karnak. Un objet créé au temps des pyramides, et voué à Hathor, maîtresse des cieux.

Quant au Vieux, il gratifia Néhésy d'un encouragement non négligeable :

— J'ai interrogé Vent du Nord. Il ne s'oppose pas à ce voyage.

*

Soleil radieux, bon vent, mer calme : une promenade de santé pour les cinq bâtiments. Efforts réduits au minimum, nourriture excellente, aucun pirate à affronter.

À l'approche d'une presqu'île, le faucon, qui n'avait cessé de précéder la flotte égyptienne, quitta la mer pour se jucher au sommet d'un palmier.

Néhésy regarda sa carte.

— Pount, constata-t-il.

*

Seule Hatchepsout avait vu, dans le miroir, se dérouler l'expédition. L'œil du faucon relayait sa propre vision, à peine déformée par la distance.

Au terme de plusieurs jours de navigation paisible, un superbe paysage : des palmiers-dattiers, des palmiers doum, des cocotiers et des arbres à encens. Dispersées dans cette abondante végétation, des huttes sur pilotis auxquelles on accédait grâce à des échelles.

Le pays de Dieu.

*

Néhésy ne se laissa pas captiver par le charme de l'endroit. Les étrangers ne seraient-ils pas considérés comme des envahisseurs ? Aussi s'avança-t-il à la tête d'une compagnie d'archers, prêts à intervenir en cas de menace.

Un curieux couple vint vers lui. Lui, maigre, une barbe en pointe, un poignard à la ceinture. Elle, énorme, affligée de bourrelets de graisse qui témoignaient d'une certaine conception de la beauté et de la richesse.

— Je suis le prince de Pount, et voici mon épouse. Toi, qui es-tu ?

— Néhésy, l'envoyé du pharaon Hatchepsout. Je viens en ami. Mes bateaux sont chargés de cadeaux à ton intention. Puis-je te présenter le plus précieux ?

Le prince acquiesça.

Une équipe de costauds débarqua la statue. À sa vue, le maître de Pount ressentit une vive émotion.

— Amon et Hathor... le dieu et la déesse que nous vénérons ! Donne-moi l'accolade, mon frère !

Des cris de joie, tant égyptiens que pounites, saluèrent cette heureuse rencontre.

Sans tarder, la merveille fut installée au centre du village, et chaque habitant put l'admirer. Déjà, on se hâtait de disposer des nattes, en prévision d'un banquet mémorable.

Les Égyptiens offrirent du pain, du vin, de la bière, de la viande séchée, des poissons récemment pêchés, des légumes et des fruits. Des gamins commencèrent à chaparder mais, vu les circonstances exceptionnelles, leurs parents ne sévirent pas.

*

Hatchepsout avait de quoi se réjouir. Cette fraternisation était un excellent prélude aux négociations prochaines.

Des entretiens qui ne seraient peut-être pas aussi amicaux que les échanges des fêtards, ponctués de rires, de chants et de danses.

Quand Néhésy formulerait ses exigences, le prince de Pount se froisserait-il, au point de déclencher un conflit ?

L'armement égyptien semblait supérieur, mais la population locale ne se déchaînerait-elle pas contre des étrangers devenus indésirables ?

*

Après une nuit de liesse, Pount se réveillait lentement. Assis à l'ombre d'un palmier, le prince et le commandant Néhésy, l'esprit légèrement embrumé, buvaient du lait.

— Tu te doutes que le pharaon m'a confié une mission, indiqua le géant.

— Tu ne me surprends pas.

— J'ai beaucoup de denrées à te proposer en échange de la spécialité de ton pays : les arbres à encens.

— Tu t'es déjà montré généreux, reconnut le prince. Néanmoins, j'aimerais un autre cadeau.

— Lequel ?

— La protection de l'Égypte. Tu nous as trouvés, je ne sais comment, mais je souhaite que notre isolement se poursuive. Peux-tu me jurer que Pount ne figurera sur aucune carte ?

— Je m'y engage. Et je sais que ma souveraine m'approuvera.

★

En vidant leurs soutes, les Égyptiens avaient procuré aux Pounites de la nourriture pour plusieurs semaines. Néhésy ne s'attendait pas aux richesses que ses hôtes lui accordaient : arbres à encens aux racines soigneusement enveloppées dans des nattes humides, anneaux d'or, bois précieux, ivoire, myrrhe, sacs de gommes aromatiques et, en prime, une girafe et des singes.

Le commandant n'avait gardé qu'un minimum de vivres. Les Égyptiens pêcheraient. Quand le faucon s'envola pour guider la flotte, Néhésy s'interrogea : le retour serait-il aussi calme que l'aller ?

— 85 —

Pas un Thébain ne voulait manquer l'accostage des cinq bateaux, chargés des richesses de Pount. Secouant des palmes, les spectateurs firent un triomphe au commandant Néhésy, et l'on s'amusa de voir la girafe un peu affolée.

Hatchepsout et Thoutmosis furent les premiers à féliciter le géant, très ému. La souveraine demanda à l'adolescent royal de présenter, à Karnak, une première offrande à Amon pour le remercier de sa protection.

Avec un soin extrême, on transporta les arbres à encens au temple des millions d'années de Hatchepsout. Pendant que le Vieux s'échinait à préparer un gigantesque banquet en l'honneur des héros et que Vent du Nord donnait des consignes à son troupeau d'ânes qui acheminerait les jarres de vin, Sénenmout, au sortir de son laboratoire, s'inclina devant Hatchepsout.

— Néhésy m'a remis de l'encens de la terre de Dieu, Majesté. Je suis certain qu'il s'agit de la substance qui manquait à ma formule. Je l'ai incorporée. Voici ce que les alchimistes nomment la « pierre noire ».

Le maître d'œuvre remit à la souveraine un petit pot en albâtre qu'elle serra longuement contre son cœur. Sur son visage, une expression de bonheur qui combla Sénenmout, dont l'inquiétude, cependant, n'était pas tout à fait dissipée. Il fallait encore vérifier l'efficacité de la substance.

Hatchepsout lut dans ses pensées.

— Nous allons sur la rive d'Occident. Je te confie ce trésor. Je te le réclamerai au moment voulu.

★

Sous les regards de sa fille Néferourê accompagnée de la nourrice Touéris, du roi Thoutmosis et de sa mère Isis, du Premier ministre, de Néhésy décoré du collier de la vaillance, de Sénenmout porteur du pot d'albâtre ô combien précieux, du Vieux harassé mais satisfait après avoir goûté le grand cru qu'il servirait, de Vent du Nord attentif, du ministre de l'Économie ravi du coût minime de l'expédition, et de l'ensemble des dignitaires, Hatchepsout planta elle-même les arbres de Pount dans le jardin du temple, selon le désir d'Amon. Puis, sur la balance de Thot, dieu de l'exactitude, elle pesa l'électrum qui illuminerait le sanctuaire.

C'est alors que, du regard, elle demanda à Sénenmout la pierre noire des alchimistes. Personne, pas même lui, ne s'imaginait assister au plus grand des miracles du règne de Hatchepsout.

Elle ouvrit le pot d'albâtre et, avec autant de grâce que de majesté, s'enduisit le corps d'un onguent dont le parfum, véritable enchantement, se diffusa loin autour d'elle.

Incrédules, éberlués, fascinés, tous virent la peau de la souveraine se transformer en or pur. Elle resplendit comme une étoile, et son éclat fut presque aveuglant[1].

Posés sur un autel, neuf grains d'orge, eux aussi, devinrent de l'or.

En respectant l'enseignement de son père, Hatchepsout accomplissait sa propre destinée. Face à cet être de lumière, à ce soleil féminin, à cette Femme au visage d'or qui s'était transmutée pour s'affirmer comme le Père des pères et la Mère des mères, Sénenmout sut qu'elle serait à jamais inaccessible. Pourtant, il l'aimerait toujours.

1. Pour le récit de cette transmutation, voir *Urkunden* IV, 339,13 – 340,1.

ŒUVRES DE CHRISTIAN JACQ

Romans

L'Affaire Toutankhamon, Grasset (prix des Maisons de la Presse).
Barrage sur le Nil, Robert Laffont.
Champollion l'Égyptien, XO Éditions.
Le Dernier Rêve de Cléopâtre, XO Éditions.
Égypte, l'ultime espoir. La vie héroïque du grand prêtre Pétosiris, XO Éditions.
L'Empire du pape blanc (épuisé).
Les Enquêtes de Setna, XO Éditions :
* *La Tombe maudite.*
** *Le Livre interdit.*
*** *Le Voleur d'âmes.*
**** *Le Duel des mages.*
Et l'Égypte s'éveilla, XO Éditions :
* *La Guerre des clans.*
** *Le Feu du Scorpion.*
*** *L'Œil du Faucon.*
Horemheb, le retour de la lumière, XO Éditions.
Imhotep, l'inventeur de l'éternité, XO Éditions.
J'ai construit la Grande Pyramide, XO Éditions.
Le Juge d'Égypte, Plon :
* *La Pyramide assassinée.*
** *La Loi du désert.*
*** *La Justice du vizir.*
La Création du Temple de Salomon, Ebook (uniquement).
Le Moine et le Vénérable, Robert Laffont.
Mozart, XO Éditions :
* *Le Grand Magicien.*
** *Le Fils de la Lumière.*
*** *Le Frère du Feu.*
**** *L'Aimé d'Isis.*
Les Mystères d'Osiris, XO Éditions :
* *L'Arbre de Vie.*
** *La Conspiration du mal.*
*** *Le Chemin du feu.*
**** *Le Grand Secret.*

La Naissance d'Anubis ou le Crime suprême (nouvelle), J Éditions.
Néfertiti, l'Ombre du Soleil, XO Éditions.
Pharaon. Mon royaume est de ce monde, XO Éditions.
Le Pharaon noir, Robert Laffont.
La Pierre de Lumière, XO Éditions :

* *Néfer le Silencieux.*
** *La Femme sage.*
*** *Paneb l'Ardent.*
**** *La Place de Vérité.*

Pour l'Amour de Philae, Grasset.
Le Procès de la momie, XO Éditions.
La Prodigieuse Aventure du Lama Dancing (épuisé).
Que la vie est douce à l'ombre des palmes (nouvelles), XO Éditions.
Ramsès, Robert Laffont :

* *Le Fils de la Lumière.*
** *Le Temple des millions d'années.*
*** *La Bataille de Kadesh.*
**** *La Dame d'Abou Simbel.*
***** *Sous l'acacia d'Occident.*

La Reine Liberté, XO Éditions :

* *L'Empire des ténèbres.*
** *La Guerre des couronnes.*
*** *L'Épée flamboyante.*

La Reine Soleil, Julliard (prix Jean-d'Heurs du roman historique).
Sphinx, XO Éditions.
Toutânkhamon, l'ultime secret, XO Éditions.
Urgence absolue, XO Éditions.
La Vengeance des dieux, XO Éditions :

* *Chasse à l'homme.*
** *La Divine Adoratrice.*

Ouvrages pour la jeunesse

Contes et légendes du temps des pyramides, Nathan.
La Fiancée du Nil, Magnard (prix Saint-Affrique).
Les Pharaons racontés par..., Perrin.

Essais sur l'Égypte ancienne

Ces femmes qui ont fait l'Égypte, XO Éditions.
L'Égypte ancienne au jour le jour, Perrin.
L'Égypte des grands pharaons, Perrin (couronné par l'Académie française).

Les Égyptiennes, portraits de femmes de l'Égypte pharaonique (épuisé).
Les Grands Sages de l'Égypte ancienne, Perrin.
Initiation à l'Égypte ancienne, MdV Éditeur.
La Légende d'Isis et d'Osiris, ou la Victoire de l'amour sur la mort, MdV Éditeur.
Les Maximes de Ptah-Hotep. L'enseignement d'un sage du temps des pyramides, MdV Éditeur.
Le Monde magique de l'Égypte ancienne, XO Éditions.
Néfertiti et Akhénaton, le couple solaire, Perrin.
Paysages et paradis de l'autre monde selon l'Égypte ancienne, MdV Éditeur.
Le Petit Champollion illustré, Robert Laffont.
Pouvoir et sagesse selon l'Égypte ancienne, XO Éditions.
Préface à : *Champollion, grammaire égyptienne*, Actes Sud.
Préface et commentaires à : *Champollion, textes fondamentaux sur l'Égypte ancienne*, MdV Éditeur.
Rubriques « Archéologie égyptienne », dans le *Grand Dictionnaire encyclopédique*, Larousse.
Rubriques « L'Égypte pharaonique », dans le *Dictionnaire critique de l'ésotérisme*, Presses universitaires de France.
La Sagesse vivante de l'Égypte ancienne, Robert Laffont.
La Tradition primordiale de l'Égypte ancienne selon les Textes des Pyramides, Grasset.
La Vallée des Rois, histoire et découverte d'une demeure d'éternité, Perrin.
Le Voyage dans l'autre monde selon l'Égypte ancienne. Épreuves et métamorphoses du mort d'après les Textes des Pyramides et les Textes des Sarcophages (épuisé).
Voyage dans l'Égypte des pharaons, Perrin.

Autres essais

La Flûte enchantée de W.A. Mozart, traduction, présentation et commentaires de Ch. Jacq, MdV Éditeur.
La Franc-maçonnerie, histoire et initiation, Robert Laffont.
Le Livre des Deux Chemins, symbolique du Puy-en-Velay (épuisé).
Le Message initiatique des cathédrales, MdV Éditeur.
Saint-Bertrand-de-Comminges (épuisé).
Saint-Just-de-Valcabrère (épuisé).
Trois voyages initiatiques, XO Éditions :
  * *La Confrérie des Sages du Nord.*
  ** *Le Message des constructeurs de cathédrales.*
  *** *Le Voyage initiatique ou les Trente-Trois Degrés de la Sagesse.*

Albums illustrés

L'Égypte vue du ciel (photographies de P. Plisson), XO Éditions et La Martinière.
Karnak et Louxor, Pygmalion.
Le Mystère des hiéroglyphes, la clé de l'Égypte ancienne, Favre.
La Vallée des Rois, images et mystères (épuisé).
Le Voyage aux pyramides (épuisé).
Le Voyage sur le Nil (épuisé).
Sur les pas de Champollion, l'Égypte des hiéroglyphes (épuisé).

Bandes dessinées

Les Mystères d'Osiris (scénario : Maryse, Jean-François Charles ; dessins : Benoît Roels), Glénat et XO Éditions :

** L'Arbre de vie (1).*
*** L'Arbre de vie (2).*
**** La Conspiration du mal (1).*
***** La Conspiration du mal (2).*

LES ENQUÊTES DE L'INSPECTEUR HIGGINS,
XO Éditions / J Éditions

Déjà parus

1. Le Crime de la momie
2. L'Assassin de la Tour de Londres
3. Les Trois Crimes de Noël
4. Le Profil de l'assassin
5. Meurtre sur invitation
6. Crime Academy
7. L'Énigme du pendu
8. Mourir pour Léonard
9. Qui a tué l'astrologue ?
10. Le Crime de Confucius
11. Le Secret des Mac Gordon
12. L'Assassin du pôle Nord
13. La Disparue de Cambridge
14. La Vengeance d'Anubis
15. L'Assassinat de Don Juan
16. Crime dans la Vallée des Rois
17. Un assassin au Touquet
18. Le Crime du sphinx
19. Le Tueur du vendredi 13
20. Justice est faite
21. Assassinat chez les druides

22. La Malédiction de Toutânkhamon
23. L'École du crime
24. Le Démon de Kensington
25. L'Aiguille de Cléopâtre
26. Brexit oblige
27. Crime sur le lac Léman
28. Comédien, assassin ?
29. Sauvez la reine !
30. L'Énigme XXL
31. Le Marchand de sable
32. Jack l'Éventreur : le retour
33. Un crime pour l'éternité
34. Les Sept Merveilles du crime
35. Crime niçois
36. L'Empreinte carbone
37. Que le diable l'emporte !
38. L'Ennemi invisible
39. Le Monstre du loch Ness
40. Le Crime d'une nuit d'été
41. Le Masque de l'assassin

Composition et mise en pages
Nord Compo à Villeneuve-d'Ascq

FSC
www.fsc.org
MIXTE
Papier issu
de sources
responsables
FSC® C123930

Impression réalisée par CPI BUSSIÈRE
Saint-Amand-Montrond (Cher), en septembre 2021

N° d'édition : 4577/01 – N° d'impression : 2059804
Dépôt légal : septembre 2021

Pour illustrer la vie miraculeuse de la reine-Pharaon Hatchepsout, voici quelques chefs-d'œuvre de l'art égyptien de son époque, d'une beauté et d'une finesse inégalables.

On y verra Hatchepsout elle-même et plusieurs personnages du roman, qui jalonnèrent le parcours extraordinaire de cette femme d'or, créatrice du temple des millions d'années de Deir el-Bahari, qui continue à fasciner les visiteurs.

J'ai écrit ce texte en contemplant quotidiennement les images que vous allez découvrir. Ces admirables témoignages ont animé ma pensée et ma plume. Ils rendent présent un lointain passé. Au cœur de ce livre, leur présence magique fait revivre des êtres d'exception.

Christian Jacq

Metropolitan Museum of Art — Crédit photo : Farabola / Bridgeman Images

La lignée de Hatchepsout

Hatchepsout est représentée en colosse. En elle s'inscrit la puissance vitale qu'exprime l'intensité de son regard.

Musée du Caire — Crédit photo : Andrea Jemolo / Bridgeman Images

Architecte et astronome, Sénenmout fut le plus proche serviteur de Hatchepsout. Il devint le précepteur de la fille unique de la souveraine. Cette statue le représente tenant sa jeune disciple sur ses genoux.

Chicago, The Field Museum — Crédit photo : Farabola / Bridgeman Images

Désigné roi, mais encore enfant quand Hatchepsout fut, elle aussi, appelée par Amon à régner, Thoutmosis III n'eut aucun conflit avec elle. Comme Hatchepsout, il détenait le testament des dieux, qui lui léguaient l'Égypte.

Musée du Louvre — Crédit photo : Bridgeman Images

Trônant en majesté, Isis, qui portait le nom de la grande déesse, était la mère de Thoutmosis III, dont le règne fut parallèle à celui de Hatchepsout, avant qu'il ne lui succède.

Musée du Caire — Crédit photo : Andrea Jemolo / Bridgeman Images

Thoutmosis signifie littéralement « Celui qui est né de Thot ».

Incarné dans un babouin, le dieu Thot, maître des hiéroglyphes et des sciences sacrées, dicte à un scribe attentif le texte qu'il doit rédiger. Qui sait entendre transcrit fidèlement les paroles divines. Tel fut le cas de Hatchepsout.

Musée du Louvre — Crédit photo : RMN-Grand Palais / Gérard Blot

Hatchepsout Pharaon, lien entre le ciel et la terre, entre les dieux et les hommes...

Amon, « le Caché », et son épouse Mout, à la fois Mère et Mort (passage obligé vers l'au-delà), forment le couple divin qui règne sur la cité de Thèbes. Grâce à sa fonction de Pharaon, Hatchepsout transmettait leur rayonnement.

Musée de Louxor — Crédit photo : Photo Josse / Bridgeman Images

En donnant l'accolade à Hatchepsout, Amon lui offre la vie, la puissance et la stabilité.

Karnak — Crédit photo : Mary Jelliffe / Bridgeman Images

La procession de la barque d'Amon joua un rôle déterminant dans le destin de Hatchepsout. En s'inclinant devant la reine, elle la désigna comme Pharaon.

Chapelle rouge de Karnak — Crédit photo : Mary Jelliffe / Bridgeman Images

... pour assurer la fécondité
et la prospérité de l'Égypte.

Dans le temple de Deir el-Bahari, adossé à la paroi rocheuse de la montagne de Thèbes, Hatchepsout s'identifie à Hathor, souveraine des étoiles et dispensatrice de l'amour qui crée la vie.

Temple de Thèbes (Deir el-Bahari) — Crédit photo : Insights / UIG / Bridgeman Images

Touéris, l'hippopotame femelle, favorisait les naissances. À son exemple, Hatchepsout devait assurer la fécondité spirituelle et matérielle de l'Égypte.

Karnak — Crédit photo : Werner Forman Archive / Bridgeman Images

Comme tout pharaon, Hatchepsout ne peut régner qu'en faisant offrande aux divinités, les puissances créatrices. Parmi elles, Hâpy, la capacité fécondante du Nil qui fertilise les rives.

Tombe d'Inéni — Crédit photo : akg-images / De Agostini Picture Lib. / G. Sioen

Pour les anciens Égyptiens, aucune activité n'est profane. Couper les épis et les transporter fait référence à la résurrection d'Osiris, incarné dans les céréales et nourriture indispensable. À Hatchepsout, il était demandé de transformer l'orge en or, l'acte fondamental de l'alchimie spirituelle.

Sur la rive ouest de Thèbes, le temple de Deir el-Bahari fut le grand œuvre de Hatchepsout. Jadis précédées de jardins luxuriants, ses trois terrasses menaient à un saint des saints creusé dans la falaise, où l'âme de la femme d'or communiait avec le divin.

Temple de Thèbes (Deir el-Bahari) — Crédit photo : Gérard Degeorge / Bridgeman Images